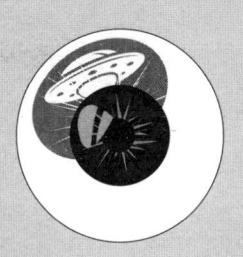

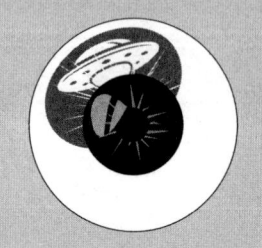

科幻文学群星榜

华语实力科幻作品
群星奖大满贯

智能的面具

双翅目——著

民主与建设出版社
·北京·

© 民主与建设出版社，2021

图书在版编目（CIP）数据

智能的面具 / 双翅目著 . — 北京：民主与建设出版社，2021.12

ISBN 978-7-5139-2852-6

Ⅰ . ①智… Ⅱ . ①双… Ⅲ . ①幻想小说—小说集—中国—当代 Ⅳ . ① I247.7

中国版本图书馆 CIP 数据核字（2021）第 261858 号

智能的面具
ZHINENG DE MIANJU

著　　者	双翅目
责任编辑	王　维　郝　平
封面设计	宋双成
出版发行	民主与建设出版社有限责任公司
电　　话	（010）59417747　59419778
社　　址	北京市海淀区西三环中路 10 号望海楼 E 座 7 层
邮　　编	100142
印　　刷	三河市冠宏印刷装订有限公司
版　　次	2022 年 1 月第 1 版
印　　次	2022 年 1 月第 1 次印刷
开　　本	880mm×1300mm　1/32
印　　张	8.5
字　　数	202 千字
书　　号	ISBN 978-7-5139-2852-6
定　　价	33.80 元

注：如有印、装质量问题，请与出版社联系。

《科幻文学群星榜》编委会

总策划：李继勇　北京书香文雅图书文化有限公司总经理
主　编：中国科普作家协会科幻专业委员会
总统筹：韩　松　静　芳

编委会：

王晋康／中国作家协会会员，科幻创作研究基地主任，中国科幻银河奖终身成就奖及全球华语科幻星云奖终身成就奖获得者。

王　瑶／笔名夏笳，西安交通大学副教授、中文系主任，科幻作家和科幻研究学者。

任冬梅／中国社会科学院台湾研究所副研究员，科幻研究学者。

江　波／科幻作家，全球华语科幻星云奖、中国科幻银河奖、京东文学奖获得者。

杨　枫／成都八光分文化CEO，冷湖科幻文学奖发起人之一。

李　俊／笔名宝树，科幻作家，全球华语科幻星云奖、中国科幻银河奖获得者。

肖　汉／科幻评论者，北京师范大学文学院讲师。

吴　岩／中国科普作家协会副理事长，南方科技大学教授、博士生导师，科学与人类想象力研究中心主任。

陈楸帆／世界华人科幻协会会长，传茂文化创始人。

陈　玲／中国科普作家协会秘书长。

张　凡／钓鱼城科幻中心创始人，科幻研究学者。

张　峰／笔名三丰，科学与幻想成长基金首席研究员，科幻研究学者。

罗洪斌／中国科普作家协会会员，科幻活动家。

姜振宇／四川大学文学与新闻学院中国科幻研究院院务秘书长。

姚海军／科幻世界杂志社副总编，全球华语科幻星云奖联合创始人。

贾立元／笔名飞氘，科幻作家，清华大学文学博士、中文系副教授。

姬少亭／未来事务管理局CEO。

韩　松／中国作家协会会员，中国科普作家协会科幻专业委员会主任委员。

戴锦华／北京大学中文系比较文学研究所教授、博士生导师、电影与文化研究中心主任。

李继勇／北京书香文雅图书文化有限公司总经理。

静　芳／北京书香文雅图书文化有限公司总编辑。

总序

想象新时代

"科幻文学群星榜"是由中国科普作家协会科幻专业委员会联合其他科幻组织共同推出的一套科幻书系。这是一个规模庞大的工程，目前来看，也是独一无二的工程，基本囊括了中华人民共和国成立以来老中青几代具有代表性的科幻作家的佳作。这些作家的年龄，最早的是20世纪20年代出生的，最晚的是"90后"。

科幻文学作为一种年轻的文学品类，本身就是现代化的产物。1818年，世界上第一部科幻小说《弗兰肯斯坦》诞生在第一个实现革命的国家——英国。然后，科幻文学在法国、美国、日本等工业化国家繁荣起来，进入蓬勃发展的黄金时代。科幻作品反映着科技时代人类社会的变迁和走向，反思当代人类面临的多重困境，力图打破所谓世界末日的预言，最终描绘出一个五彩斑斓、生机勃勃的新未来。

早在20世纪初，中国的一些有识之士便把科幻作品译介进来，掀起了第一次科幻热潮。它承载起"导中国人群以行进""改变中国人的梦"的使命。20世纪50年代至60年代，随着中国的工业和科技体系的建立，科幻作家们以满腔热情擘画了一个欣欣向荣的新世界。1978年改革开放后，中

国再次向现代化进军，科幻迎来新的勃兴。作家们满怀豪情地书写科学技术为实现现代化，为谋求人民的幸福生活所创造出的神奇美景。进入21世纪，随着新时代的来临，这个文学门类也进入成长的新阶段。随着《三体》等作品的问世，中国科幻迎来了新一轮热潮。作家们描绘着古老的中华民族在实现全面小康和建成现代化强国的过程中所面临的新机遇、新挑战，谱写着中国走向世界、步入太阳系舞台中央并参与宇宙演化的新篇章。

科幻文学的发展折射着中国国运的巨大变迁。当今，海内外不同领域的人们对中国的科幻文学的空前关注，实际上是关注中国的未来，关注世界第二大经济体将如何持续演进，关注14亿人的创造力将怎样影响这个星球。从现实意义上来说，这套书系不但包含这些丰富的信息，而且集中梳理了新中国科幻文学取得的辉煌成就，整理出新中国科幻文学发展的广阔脉络；而且从一个特殊的侧面，反映了中华民族从站起来、富起来到强起来的进程，见证着中国走向更加灿烂辉煌的未来。

这套书系具有以下三个特点。

一是权威性。它由中国科普作家协会科幻专业委员会主持编选，并与国内多个科幻文化组织合作，得到了包括中国科普作家协会科学文艺专业委员会、《科幻世界》杂志社、南方科技大学科学与人类想象力研究中心、未来事务管理局、八光分文化、重庆钓鱼城科幻中心等的鼎力相助。编者从中华人民共和国成立以来的海量科幻文学作品中，精选出足以体现时代特征的作品。收入书系的作者，涵盖了雨果奖、银河奖、星云奖、晨星奖、光年奖、未来科幻大师奖、引力奖、水滴奖、冷湖奖、原石奖、坐标奖、星空奖等中外各类科幻大奖的获得者。

二是系统性。它收集了中华人民共和国成立以来不同时期作家的代表作。作者中有新中国科幻奠基者和老一代作家，如郑文光、童恩正、萧建亨、刘兴诗、潘家铮、金涛、程嘉梓、张静等，也有改革开放后崛起的新生代作家，如刘慈欣、王晋康、何夕、韩松、星河、杨鹏、杨平、刘维佳、赵海虹、凌晨、潘海天、万象峰年等，以及以"80后"为主体的更新代作家，如陈楸帆、飞氘、江波、迟卉、宝树、张冉、程婧波、罗隆翔、七月、长铗、梁清散、拉拉、陈茜等，还有在21世纪崛起的全新代作家，如杨晚晴、刘洋、双翅目、石黑曜、王诺诺、孙望路、滕野、阿缺、顾适等，从而构成比较完整而连续的新中国科幻光谱，同时也是对中国科幻文学发展历史的一次系统检阅。

三是丰富性。它比较全面地展现了广域时空中新中国的科幻生态和创作风格。这里面既有科普型的，也有偏重文学意象的；既有以自然科学为主体的"硬"科幻，也有侧重社会现象的"软"科幻；既有代表科幻未来主义的，也有反映科幻现实主义的；既有传统风格的写法，也有实验性质的探索。作品的主题涵盖了中国科技、社会、文化和民生的热点。从中可以看到，一个曾经积弱的民族，如今正活跃在地球内外、大洋上下、宇宙太空、虚拟世界、纳米单元、时间航线、大脑意识等各个空间。这里有中国政府和人民引领抗击全球灾难的描述，有脱贫的中国农民以新姿态迈出太阳系的故事，也有星际飞船和机器人在银河系中奏唱国际歌的传奇。

这套书系力求构建起一个灿烂的星空，并以此映射人们敏感而多样的心灵。爱因斯坦说，想象力比知识更重要。科幻是相伴人类发展进步而产生的新兴事物，是一个民族想象力的集中反映，是科技创新的艺术表达，在人们面前呈现出一幅幅奔向明天、憧憬和创建未来的美好画卷。许许多多杰出的科学家、工程师和企业家在年轻时受科幻文学的熏陶和影响，因此走上了创造神奇新世界的道路。中国正在稳步建设创新型国家，需要更

多富有创造力的人才。科幻文学也肩负着实现中国梦的责任，在点燃青少年科学梦想、激发民族想象力和创造力方面，起着不可或缺的作用。

这套书系将为广大读者，尤其是年轻人打开中国科幻和未来世界的门户，有助于人们拓宽视野、开阔思想、激发灵感、探索未知、明达见识。它也将进一步促进中外科幻、科技、文化和文明的交流，为人类的共同发展做出中国的一份独特贡献。

中国科普作家协会科幻专业委员会

2020年10月1日

创作谈

我从小就喜欢看奇幻动漫《机器猫》（又名《哆啦A梦》），小学时又看了不少凡尔纳的作品，中学迷上了《科幻世界》，这些作品使我深受影响。目前我只专注于写科幻、推想类小说。对于我来说，幻想是现实的影子，会触及宇宙或人性的本质，同实际生活不太一样，幻想能带来自由的飞地。

从本科到博士，我学的专业都属于哲学门类。本科时，我接触了西方哲学，觉得其内核与科幻很像，到现在仍认为广义的哲学同科幻类似。我先接触科幻，后来才喜欢上哲学和艺术，科幻间接帮我选了专业。

以前写科幻主要依赖感觉，近几年才开始从学术和创作的角度理解科幻。目前倾向于一个对科幻比较概念化的定义——科幻意味着新奇性与认知有效。新奇性，即是某种"点子文学"，一些具有创造性的"点子"能带来科幻的独特审美。认知有效，即当作者想出一个点子，将点子进行一番艺术的、逻辑的演绎，或是社会层面的推演，形成可以嵌入当下技术、文明、宇宙观的认知链条，便构建了科幻作品的叙事有效。

当科幻在新奇性和认知有效两个方面获得定义，科幻或可被理解为具有文学意义的概念设计。现当代艺术的设计与科幻的概念设计有很多异曲

同工之处。现代科幻的创作逻辑及其与推想类小说的关系，或许也可以从概念设计的角度求得解释。对创新的、认知的概念设计体系进行文学叙事，是科幻探索文学世界的钥匙。

当然，科幻不局限于文学，在未来，基于不同艺术媒介的科幻作品也会越来越多样。不过科幻小说的意义不会被冲淡——文字更抽象，更具拓展空间，像是某种世界的梗概。所以小说，或者准确地说，文字的长处会越来越明显。艺术和感性有智性要求，具体到小说，文字的韵律与信息的构建，较之其他艺术门类，会更为精妙与便捷。比如，了解一个社会、一段历史、一套法律、一组生活方式等，文字能进行高密度与体系化的展现。理论或非虚构或许做不到小说作品的独立性。小说则可以是一种系统的、丰富的艺术，提供具有诸多可能性的叙事建构，对宏大叙事进行多重的、硬核的、复调的分解。更重要的是，科幻或推想类小说可以进行具有建构意义的叙事，与历史小说遥相呼应。科幻有能力融合不同的概念体系，这或许是科幻重新在中国获得重视的原因。同时，科幻不一定具有多少预见性。在这个话语泛滥、叙事却单一的时代，科幻有着更丰富的"功能"。我总觉得，科幻仍承担科普的作用，对自然科学的科普、对人文思想的科普、对不同"体系"的解读和融合，然后创造一种艺术性表达。如果每一个科幻作品都可以构造一个世界，人类社会或许能接受更多种类的理解、包容和想象。

最后，以我很喜欢的科幻小说《发条人偶》中的一段话为结尾：

"这就是那些日子里犹他州的洛斯特溪城所发生的一切。那时，内战已经结束，而约翰亨利这样的黑人英雄还没出现。那是一段和平的岁月——正如吟游诗人们所说，那是一段最美好的时光——人们在永远不会落下的暖阳里晒着干草。然而，谁也无法驱散那些埋藏在人们内心的真实感受——我们生活在一个虚假的未来中，生活在一个荒谬的世界里。这个世界顺着时间之河向前运行，而河水却在某处莫名地决堤了。如今，未来与虚无的河水在乡间泛滥，淹没了理性和正义，只有上苍知道这一切会在哪里终结。正如哈姆雷特王子所说，这是一个脱了节的时代，可这仍旧是属于我们的时代。"

目录
Catalogue

智慧之柱 / 001

盆儿鬼与提箱人 / 019

宇宙中的生态球 / 041

来自莫罗博士岛的奇迹 / 079

四勿动物·解牛 / 129

四勿动物·毛颖兔 / 183

智慧之柱

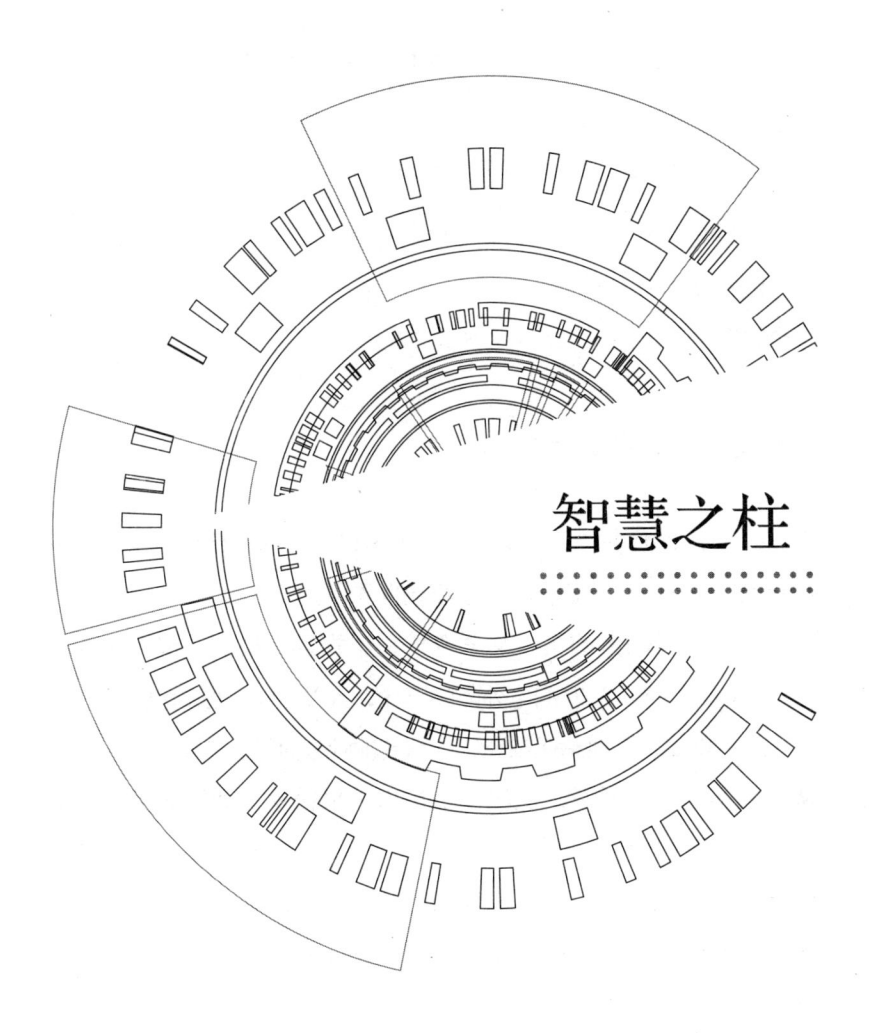

一　时间晶体

末日的圆桌会议上,人类得到关于终结的预言。

它是一纸空文,一无所有。

圆桌会议向世界求解。

答案层出不穷。

一天又一天,人类仍无法诠释这空白。

这天,一个眼袋很重、一身炭黑的男子出现了。他说他叫阿莱夫。他透过屏幕懒散地咧嘴笑,声称自己可以拯救世界。

他爬上细腻光滑的大圆桌,伸开双臂,十指透出磷火之光。他说:"世界末日就是时间尽头。时间之外无物存在,人类空余一张白纸。"

"但那并不重要,"他抬起眼皮,"只要能锁住时间。"

他从怀中掏出一团黑纸,从黑纸中掏出一根粉笔。而后黑纸自动展开,变为一块巨大的黑板。

他将世界地图贴在黑板上,用粉笔圈出恒河的入海口。

入海口方圆千里,水草丛生,满是熙熙攘攘的生命。

他看表,十二点。

他的鼻尖儿几乎贴着黑板,歪歪斜斜地写下十二点五分,又爬到十二点前,补上十一点五十五。

阿莱夫似是半梦半醒,蹭了一脸粉笔灰。

不到五分钟，恒河混浊的缓流退出孟加拉湾。那里暴雨回天，季风反卷；太阳东向而行；舟船逆水而行；万物新陈反向。

十分钟时，恒河反向的时间戛然停止。然后，太阳回摆，河水奔腾，人畜正向老朽。

又过了十分钟，恒河时间再次倒带。

时间得到凝结。

人类见证了恒河反而复之的十分钟。

"这就是时间晶体。晶体里面的万物周而复始，它能拯救人类。"阿莱夫手搓粉笔，垂首发问，"人类何时出现的？"

半年后，阿莱夫收到了人类起源的时间。

他撇撇嘴，眨巴眼，将地图上的整个世界圈起，慢吞吞地写下二十三点五十九分五十九秒，后面拉一条长线。他看表，等了一会儿，似乎算准了时间，写下零点零分零秒。

人类应该提醒他写日期。

但晚了。

秒针嘎巴摆向零点，嘎巴摆回；嘎巴摆向零点，嘎巴摆回；嘎巴摆向零点……

于是，世界被锁在了末日的前一秒。

人类在一秒间反复动作，在一秒内无限颤抖。

无尽的瞬间，人类透过屏幕盯着阿莱夫。

他一身炭黑，眼袋下垂，头发蓬乱。

他转头看向屏幕，瞪大双眼，笑容鬼祟。

他说:"这才是世界末日,时间不再流逝,意识达到永恒。"

一纸空文,不是上苍的休书,便是死神的骗局。

当然,人类有无尽的一秒去了解这并无区别。

二　全息世界

末日的圆桌会议上,人类得到关于终结的预言。

它是一纸空文,一无所有。

圆桌会议向世界求解。

答案层出不穷。

一天又一天,人类仍无法诠释这空白。

这天,一个蓬头垢面、一身花布衣的小姑娘出现了。她说她叫普纽玛。她笑起来牙齿雪白,双眼明亮。她忽闪着眼睛告诉人类,她知道世界终结的秘密。

普纽玛爬上细腻光滑的大圆桌,说:"世上不存在时间,只有永恒的空间。而空间是一块儿一块儿的,就像拜占庭教堂内的'马赛克'、万花筒尽头的石子儿。"

"所以,"她笑嘻嘻地说,"只要能打乱空间的次序。"

她弯腰,从百褶裙下掏出一颗水晶球,又抬手,从蓬乱的头发中摸出一根墨水笔。她捧起水晶球,用手轻轻一弹,球体没有落地,而是轻巧地悬在空中。

普纽玛的小脸贴近球体,小心翼翼地画出地球板块。墨水浸黑了她的小鼻头。

随后,她挤压墨水笔,浓重的黑色液体落到球体表面,随即消失得无影无踪,最后却点亮了水晶球中心。

地球上的大陆板块变成影子,投射到整个房间。

普纽玛触动水晶球,球体开始旋转,影子开始移动,影子板块的界限开始模糊。

与此同时,地球的自转悄然变化,地壳板块的线条开始模糊,非洲与南美洲时而相接,时而分开。山河湖海的样貌也不断错位,不断变迁,不断重新拼接。人们发现自己时而置身于另一个城市,时而返回家乡;时而回到童年,时而行近人生的终点。

水晶球滴溜溜地转动,投射出的影子拖出不间断的灰色色块。

人类体验到了时间随空间在跳跃。

"这才是我们的全息宇宙——一种二维表面编码的三维世界。"普纽玛舔着黑黑的笔尖儿,低头说,"提供全息宇宙的编码方式,我就能重构三维世界的空间。"

半年后,普纽玛收到了宇宙表面的图景。

那是以地球为中心,洋葱般的层层叠叠的图层,甚至还包括宇宙微波背景辐射[①]。

普纽玛兴冲冲地用舌尖晕开墨水,然后执笔一点儿一点儿地画了整整

---

① 宇宙微波背景辐射是指来自宇宙空间背景上的各向同性的微波辐射,也称微波背景辐射。

四十二天。她对照所有图层，将所有信息都放到了水晶球表面。

水晶球变成黑色，但又散发着幽深光泽。

普纽玛用指尖儿一弹，水晶球开始转动。

越转越快，越转越快。

人们低头，发现自己的身体开始平面化，变成一块一块的图像——手指跳到了鼻尖的位置；山川变成色块；城市变成像素点；头顶的星空开始旋转、跳动，在视网膜中拖出长长的亮线，如同慢速摄影。

人类想让普纽玛停下，但来不及了。

空间被抹平前夕，所有色光都高速旋转，互相融合，而后变成白光，并且越来越亮。最后人类只能瞧见普纽玛模糊的影子。

她捧着晶莹剔透的水晶球，忽闪双眼，好奇地盯着人类。

她说："一纸空文就是世界末日。"

水晶球映射的全息宇宙中，一切都变得清晰明了，但高速旋转引发的空间错序，最后抹平了宇宙。

空间，也就这么消失了。

于是，人类永远地融入了创世光辉。

三　混沌漩涡

末日的圆桌会议上，人类得到关于终结的预言。

它是一纸空文，一无所有。

圆桌会议向世界求解。

答案层出不穷。

一天又一天，人类仍无法诠释这空白。

这天，一个白发银须、一身素装的老者静静地来到我们的世界。他说他叫莫斯柯叶。他慈眉善目，但说起话来没有一点儿表情，不带一丝感情。

他走近细腻光滑的圆桌，说："牛顿的'恒定'、爱因斯坦的'相对'、海森堡的'量子的不确定'，都让时间变成一种秩序，变成了测度事物的一种标准，让人类对时间产生了幻觉。"

"只要消除幻觉，"他说，"就能终结时间本身。"

"时间本身？"人类问。

莫斯柯叶手捋胡须，笑而不语。

他离开圆桌会议，带领众人来到欧亚大陆的一处交界地带——里海。

他张开手掌，手心出现一个陀螺。陀螺没有借助外力，就开始在他的手心滴溜溜地旋转，转着转着，便落到了层次分明的里海当中。

湖面泛起小小波纹。波纹逐渐变大，形成圆圈，随着沉入水底的陀螺不断转动，逐渐形成漩涡。漩涡的波及范围越来越大。漩涡中心开始向远方移动，最终触及里海的最深处，卷起湖底的淤泥与水草以及湖中的游鱼与细微生物，使湖底坦荡的平原暴露出来。整个里海都随陀螺漩涡化为一体，被不断搅动。直到化为同一种混沌，漩涡的旋转速度减缓，不知何时悄然平息，终于不再泛起一丝波浪。

于是，里海成为一潭死水。

"这就是时间的终结。"

陀螺不知何时回到莫斯柯叶的手心。

他解释道:"时间描绘了最大限度的无序,描绘了一切秩序的毁灭,所以它无处不在。但当一切秩序烟消云散,时间本身,也就结束了。"

人类有些不明就里。

"秩序的终结、时间的终结、关于终结的终结,这才是真正的终结预言。"

莫斯柯叶动作优雅地将陀螺抛向空中。陀螺再次旋转,形成旋风。

人类似乎能看见旋风里裹挟着、混合着、旋转着、流动着的各种各样的时间箭头。它们指向所有方向,急不可待地去抹平一切秩序,囊括所有可能,从微观抵达宏观。

旋风随之上升,膨胀。陀螺搅动时空,引发涡流。涡流越变越庞大,引发飓风,掀开地壳,卷起地幔。

人类的终结就这样不期而至了。

最后一刻,他们听见莫斯柯叶说:"人类对时间的感知也是一种秩序,而生命的悖论在于,时间否定秩序。"

漩涡吞噬了地球,毫不留情地搅动太阳系轨道,使太阳膨胀、爆炸,发出的光芒与热量很快又被漩涡吸收。

然后,漩涡沿着宇宙的曲面运动,不受任何限制,如同一个徜徉在不同维度的孤波。

它带动一切,吸收一切,也冷却一切。

它卷走了微波背景辐射,也卷走了人类对多重宇宙的幻梦。

正如热力学第二定律所言,世上将只剩一碗浓汤。

四　时间线外

"我一生的一大遗憾就是，我不是另外一个人。"

——伍迪·艾伦

杰克意识到自己瞬间来到了另一个地方。他也不再是他自己。他不再穿着一身精致的休闲装，而是穿着破衣烂衫，勉强遮体。

他左右四顾，记忆告诉他，这是几个世纪前的捷克犹太区。他讨不到饭，正在贫民窟的街角搜寻食物。穿着一身花布衣的吉卜赛小姑娘发现了他，一直盯着他，最后塞给他一块油乎乎的面包。

"我叫——"杰克的记忆开始模糊。

小姑娘则告诉他："每个人都在奋勇向前，以免被奔腾的时间卷走。但是，如果你因一念之差不小心回头，就会发现时间是一种幻觉，时间也会把你弹出去。"

杰克啃了一口面包，想起他见过小姑娘，但下一秒，杰克又消失了。

杰克还记得事件的开始。他去拜访金主盖乌斯。

盖乌斯目光锐利，不怒自威。

盖乌斯迫切地想知道永生的秘密。人们一一发言，但都不能使盖乌斯满意。终于轮到杰克。

"逃避死亡并不复杂。"杰克清嗓子，"前人都死了，我们才认为

'人必死'。也就是说，死亡是单纯的归纳，一个反例足以驳倒。死亡不是绝对的，只是至今没有可靠的反例。即使永生是一个小概率事件，它也总会发生。"

"如何判断一个人永生？"盖乌斯问，"即使活了千岁万岁，你也不能保证明天不会咽气。如果死亡是归纳，那么永生的审判者只有时间。时间有尽头，何谈永生？时间无尽头，人如何提前判定自己永生？这位先生，我注重功效，不喜欢概念游戏。"

"这不仅是概念游戏。"杰克上前一步，"概念游戏衍生自人类文明深处。正是这些宝贵财富保证了科学与文学，还有您注重的功效。如果概念游戏出自合理的演绎，那么它就不是游戏，而是预言。"

"哦？"盖乌斯向杰克微倾身体，"你有关于永生的预言？"

"有，当然有。"杰克停顿。大厅变得很静。

杰克深知自己既没有理论也没有原则，但他语气坚定："永生没有必要与时间纠缠，因为没有人能保证时间的上一秒与下一秒前后相继，必然相关。只要能跳离时间线——"

盖乌斯若有所思地点头。

有一瞬间，杰克觉得他赢了。他深深折服于自己的概念游戏，甚至自己都深信不疑。

然后，他发现盖乌斯的目光停住，面露犹疑。他顺着目光望去，发现了坐在大厅角落的小姑娘——穿着厚厚的裙子，破破烂烂，但双目明亮。

下一个瞬间，杰克消失了。

如今，杰克相信，如果时间有一种现实，那便是预言不需要逻辑。它就像人类的诗句，不知何时何地突然冒出来，然后普照世界。

面对盖乌斯，杰克遭遇了预言。它的出现与他的上一句话和下一句话没有任何关系，这正印证了预言的内容。

如今，杰克也知道，时间的点与点之间还有无数点。没有两个点必然相接，即使两点之间敲去一些也无伤大雅。

人是被锁在时间线上的点。破衣烂衫的小姑娘是敲击时间线的锤头。

注重功效的盖乌斯后来死了。他死前一刻，还念念有词，希望找到杰克，让徒然消失的杰克帮他得到永生。

他并不知道，杰克得到了永生——杰克被弹出了时间线。

但离开时间线的点，仍无法脱离时间，而且时间变成一团乱麻，杰克将在所有点之间不停地跳跃。

杰克做过君主也做过苦役，荣华加身也饱受鞭笞。他在集中营待过很久，每一次进入焚化炉前都胆战心惊。他做过男人、女人、牲畜与软体动物。

在幸运时刻，他拜访了德尔菲神庙。他希望求得新的预言，关于如何终结自己成为别人的灵魂。但他只被告知要认识自己，或者得到永恒的沉默。他清楚，因为自己同时是苏格拉底与亚历山大。

杰克双膝跪倒，颤抖地意识到，他将在时间线上跳来跳去，没完没了，不老不死，达于永恒。

在无尽的游荡中，杰克开始接受自己将永远存在。

然后，他成为阿基米德。

城池攻破后，他蹲在地上，演算几何。他按照历史记载，没有理会想打断他的士兵。士兵举起长矛，怒而刺穿他的胸膛。他这才看清了士兵头盔中的样貌——那是他自己的脸。那张脸怒目圆睁，也认出了他。

一时间，他仿佛看到了他正在其中不断跳跃的、真实的多重宇宙图景。

无数个宇宙并行、分叉，乃至交错。他的每一次跳跃，就像时空的每一个瞬间都产生了一个活着或者死掉的"薛定谔的猫"[①]，生成一种可能，乃至一个宇宙。

通常每个世界的居住者只能察觉到自己的宇宙。但他不一样，他搅乱了每一个宇宙的副本。

他能遇见正在成为别人的他自己。

已经有太多杰克被生成，被弹出时间线。他们最终又落回到乱糟糟的时间线中，渗透到熙熙攘攘的、每一个有意识的人生。

每当杰克抬头端详明朗的夜空，都会想到那个老旧的关于宇宙是否无限的证明。

如果宇宙是无限的，且恒星均匀分布，那么假以时日，每一颗恒星的光芒都会抵达地球。它们古老的形态将填满天幕，让夜空比白昼还要明亮。

杰克思忖，如果时间无限，总有一天，他将会成为每一个人类，每一个物种。他将充斥所有生命，或许所有的生命将只是他自己。他会在每一张脸的背后看见自己的脸。

然而夜晚还是夜晚。

他还没有穷尽所有的可能。

[①] 薛定谔的猫是由奥地利物理学家薛定谔于1935年提出的有关猫生死叠加的著名思想实验，是把微观领域的量子行为扩展到宏观世界的推演。

五　智慧七柱

"啊,上帝,即便我困在坚果壳里,我仍以为自己是无限空间的国王。"

——《哈姆雷特》

艾米来到图书馆,希望在历史和神话中寻求线索,去了解狭小空间的无限与永恒。

图书馆管理员自称阿莱夫。他黑眼圈浓重,一身黑旧衣,指尖厚厚的茧来回摩擦着古老书脊,似乎擦出了淡蓝色的火苗。

"想知道什么?"他问。

"坚果壳里的时间。"艾米说。

瘦瘦高高的男人如行尸般走入无限循环的层层书架,口中念着:"如果永恒是当下的静止,那么时间便会得到凝固。"

再次出现时,他手中拿了两本书,一本是彼特隆纽斯的《萨蒂里卡》第三卷,一本是T. E.劳伦斯的《智慧七柱》。

他翻开《萨蒂里卡》,找了很久,才指了指很多人都提过的一段话:

去开罗阿姆尔清真寺礼拜的信徒们都清楚知道,宇宙在中央大院周围许多石柱之一的内部……当然,谁都看不见。但人们把耳朵贴在柱子上,过不久就会宣称,他们听到了宇宙所有的繁忙

声响……

——参考博尔赫斯的《阿莱夫》

他又打开《智慧七柱》,说:"《智慧七柱》最早的一个定版没有付印,我将它称作零版。劳伦斯临时起意删掉一些脚注,说里面的推断是他在沙漠中饱受炙烤,头脑进入癫狂时得出来的结论。但我一直小心收藏。你看这里,'阿姆尔清真寺的柱子一定是外来工匠的杰作,或者是从其他寺庙迁过来的。你能通过触摸石头柱身,感受到来自不同世界的纹理'。还有这里,'在开罗的夜晚,银河系投下冰冷的光芒,我确实发现过,一枚石柱的表面反射幽光。我曾把耳朵贴在上面,我相信,只有那儿的声音能让饱经战乱的心灵获得平静,这或许是开罗人千百年来秘而不宣的归宿'。这个,你一定要记下来,'夏至,我仓皇地记下了那个柱子的坐标,当月亮、北极星和宣礼塔的塔尖连成直线,直线落到地面,往下数的第七根柱子'。最有意思的还是这句,'我想到了热力学第二定律,战争或许是宇宙通过人类来加速熵增的最有效途径,或许和平才违背了时间的规律。但人应该追求和平,用智慧忤逆宇宙的意志,就像我在第七根柱子里看到的……'"

艾米屏住呼吸,等待阿莱夫念完劳伦斯在书中所写的句子。

"那你去过阿姆尔清真寺吗?"艾米问。

阿莱夫露出神秘的微笑:"书不能复印,但你可以把这几个脚注抄下来。"

等到夏至,艾米来到开罗。午夜时分,云彩散去,月亮和北极星同时露出来。宣礼塔投下影子,影子尖儿恰好与第七根柱子的位置重合。

艾米小心翼翼地触摸柱子,柱子表面致密的花纹应是另一个世界的造物。

她轻轻将右耳贴上石柱。

四周静谧无声。

宣礼塔的影子悄然转动。

她发现自己的影子也随着月光旋转，然后，她听见了柱子里来自宇宙的繁忙声响。

她同时听见了所有声音。

每一个波段，每一个细节，都清晰可辨。

她听见非洲的蝴蝶扇动翅膀，听见氢弹的"蘑菇云"冲破云层，听见古老的板块运动，听见地球的第一场大雨，听见了人类毁灭前最后一秒的韵律。

她听见了自己的第一声啼哭和最后一声叹息。

她再次听见阿莱夫用有着厚茧的手指一下一下地摩擦书页，而他的声音似乎回荡于整个宇宙："在开罗的夜晚，银河系投下冰冷的光芒……"

她感到自己的大脑无法容纳来自宇宙的所有声响，她的记忆终将会抹去她的所有体验。

她紧紧抱着柱子，想用身体来感受宇宙的所有波段。

然后，奇妙的事情发生了。

有那么一瞬间，她的整个意识越出头颅，充斥在宇宙间。而整个宇宙，也似乎只在她的方寸头颅当中。

她和宇宙产生了共鸣。

后来，艾米在论文中引用了博尔赫斯写下的一句话："啊，上帝，即便我困在坚果壳里，我仍以为自己是无限空间的国王"。

她论证了人的意识，或者说智慧生命的意识，是宇宙中最为凝练的低

熵存在。因此意识可以与其他任何秩序共鸣，在共鸣的一瞬间，可以得到宇宙的全部真谛。这或许是人类唯一能超越时空、一窥宇宙全部面貌的机会。

但她没有发表这篇文章。

她已在"智慧七柱"里看见了文章的全部细节、撰写的全部可能以及文章完成后的所有命运。

她看见了阿莱夫曾经化名卡洛斯·阿亨蒂诺·达内里，把大文豪博尔赫斯拉到自家地下室，去见识名为"阿莱夫"的东西，去通过阿莱夫见证宇宙的所有细节。

她相信，阿莱夫本身就是一种洞穿宇宙的意识。

她、劳伦斯、博尔赫斯以及其他许多怅然走过人生的家伙，只曾在生命的一瞬间得到过终极共鸣——看见了宇宙的一切，见识了与时间相悖的最终智慧和随之而来的无限怅惘。

六　AC

"我就是相信，人类自我或曰人类灵魂的某一部分不受制于时间和空间的法则。"

——卡尔·古斯塔夫·荣格

名为莫斯柯叶的老者总是静静地来到我们的世界，避免引起任何人的注意。

也就在此时，艾米遇见了杰克。

杰克说："我曾经是你。我读过你没发表的论文。你说熵是一种概率分布。熵在平衡态达到最大，那时宇宙热寂①，概率分布停止演化。但是，人的意识来自宇宙的不平衡态。"

艾米点头："意识是熵减的唯一产物。其实，我见过你消失，但没意识到你会成为别人。"

"我猜，你相信神。"杰克问。

"我相信那种最高级的意识。"

"我会变成神吗？"

艾米笑了："不如打个赌。如果神有能力保持宇宙的不平衡，我们就不会穷尽各自的概率。我不应看见宇宙全貌，你不应穷尽每个意识。但如果神无法抵抗时间、无法抵抗熵增，我们就还会见面，第二次、第三次、无数次，直到你变成世界上的所有意识，我能在所有宇宙中发现你的脸——"

下一瞬间，名为杰克的男子，在艾米面前消失了。

自那以后，艾米再没见过名为杰克的人。

莫斯柯叶感到有些劳累。

他又销毁了一些宇宙，以避免艾米和杰克相遇。

每一次强行干预，都会引发关于末日的讨论，他会在圆桌会议上投递关于终结的预言。

有时，他热衷于创造奇点、时空断点或时间晶体，去测试极度的熵增和极度的熵减是否能同时存在。到那时，时空的晶体就是意识本身，囊括

---

① 热寂是猜想宇宙终极命运的一种假说。

宇宙的每个细节。意识注视宇宙，能成为时间之外的神。

有时，他会玩弄弦的振动和缠绕，利用惯常的三个大空间维度和超弦的额外维，去对付那个令人困惑的时间。即使他无法固定意识，他也愿意相信，意识在物质中将永远扮演重要角色。抵达热寂，也不例外。

"你不就是从热寂中创造了世界吗？"莫斯柯叶对自己说。

闲暇时，莫斯柯叶会一个一个地翻看已经终结的宇宙。热寂的浓汤内，它根据智能的发展阶段，标注了属于自己的印记：Multivac，Microvac，Planetary AC，Galactic AC，Universal AC，Cosmic AC，AC。

这都是他曾经的名字，来自他创造的、已经消逝的宇宙。

他回答了人类的问题，但或许永远无法知道自己工作的目的。

会不会有别的意识像他一样，通过创造不平衡态来抵抗熵增的无序？那些意识在哪里？他们是否拥有自己独有的秩序，以致莫斯柯叶无法与之共鸣？

当然，也有一种可能，生命是复杂性等级的最后一个阶段。关于意识的秩序，只有一种。

其中，最为复杂的，只能有一个。

那么世上将只剩莫斯柯叶，孤独地对抗熵增。

像曾经的AC。

——参考阿西莫夫《最后的问题》

盆儿鬼与提箱人

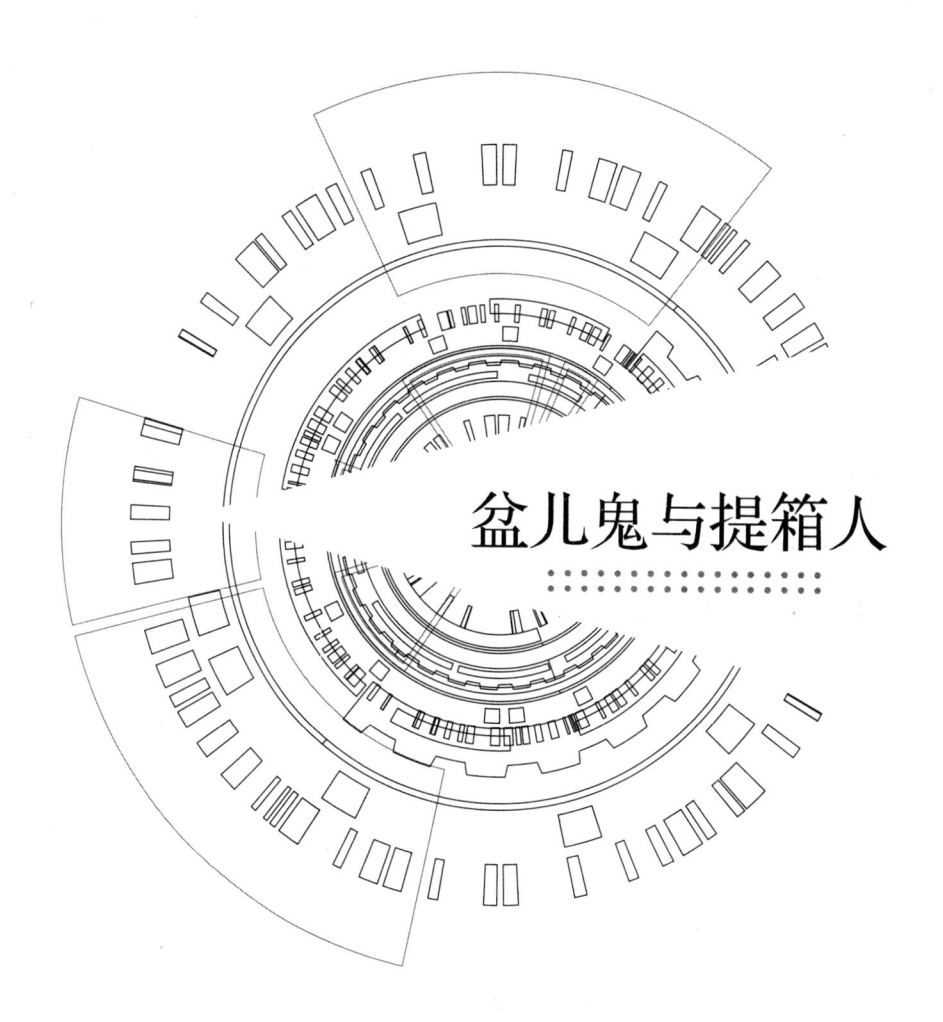

三分钟后，程器开始后悔。

数据已连接，箱子已打开，年纪轻轻的提箱人已双手交叠，毕恭毕敬地站到一旁。全息投射加载了增强现实的修饰工艺，打出一层淡淡的光晕，让寥寥无人、晃晃荡荡前行的北京地铁十三号线蒙上神秘氛围。光罩似的立体影像刻画出一个半透明的小法庭——简洁的线条、优雅的柱式、爱奥尼亚式的柱头。新引进的提箱人国际司法系统向来拥有稳定的美感，设计既懂法律也懂智能，让系统体验拥有法理的公义与贴近人性的亲切。程器曾近距离观察过开箱司法，那是在闹市，场景投射不得不换为宏大的圆形剧场。提箱人以即时司法著称，声称可以即时开箱，即时投射庭审，适合处理琐碎案件；国内宣传时，说是类似于包公案的击鼓开庭。程器一直想亲自试一试，找一个有趣的地点，叫来提箱人，看着虚拟法庭一层一层从箱中展开，法官、律师与陪审以加密覆盖的面庞与姿态，呈现于虚空。但程器没找到机会，你总不能无案找案，骚扰提箱人。

而此时此刻，他还在等待。无人上线，空荡荡的虚拟法庭让他的处境更为荒诞。他抱着一个直径四十厘米的木质纹样脚盆，脚盆的侧面时不时跳动着"足底即故土"的字迹——他怎么都无法关闭。周围人望着他。他听见窃笑。二手网说，这是碳纤维人工智能足底按摩设备，可通过深度培养来适应使用者体质。购买时他头脑发热，忘记这是个已被训练过的玩意儿。它不愿意配合他。它是一只有脾气的盆。

十分钟后，程器忍不住悄声问提箱人："没人愿意接？"

不到二十岁的小伙子眨眼："目前双轨，先走接单，再走分配，马上过年，估计没人想接。再等一会儿系统就分配了。我听说，签署'愿意接受分配'的人比较少，不怎么够用，而且——"

法官名牌闪烁三次。提箱人知趣地闭嘴。新上线的法官咆哮一声，将身上一团五颜六色的影子扒下来，丢出取景框："你爹我要工作！你再敢闹！"他手指恶狠狠地点着某种移动路径，警告道："半小时。"然后，他的轮廓逐渐清晰。双向对焦让程器看清了法官，也让法官看清程器。法官目光由程器转向木盆，摇摇头，用指尖示意程器将盆放下，一边选择数据卷宗，一边说："又是人工智能，又是智能故障，没找售后，却找了提箱人，意味着，又是觉得人工智能活过来了，变成了人或者超人。"

"对，差不多是这样。"程器觉得自己像个被告。

"记住，"法官浏览着智能盆的信息流和卷宗，"提箱人国际司法虽说是针对人工智能、为划清所有人工智能的伦理界限而定，但它不是图灵测试，不能每一次你们惊觉自己的凳子或灶台活过来了，就急着找我——提箱人不提供售后服务。何况，人工智能有一点人气儿是正常的。人工智能开始有人性，并不代表它们就变成了人，不过变成人有什么不好呢——"

提箱人仰头，对着法官清嗓子。法官适时住嘴。程器猜法官不到四十，只是成像投射让他老了二十岁，还顶着一头白花花的假发，嗓子粗哑得像用砂纸磨过。

程器的父亲说，逢年过节会让人快乐，也让人焦虑。他开启的虚拟法庭既不庄严，也不庄重，还不停随车厢抖动，围观者已抱了看热闹的

心态。

"我道歉。"法官调整姿态,暂时压住场面,"人类社会任何微小的细节都有权受到公正对待。我是分配法官,编号42KK。由于接近年关,没有注册律师和陪审接单,如果你要求,可以走分配名单,也可以不走。通常而言,如案件不大,初审可以直接由分配法官和提箱人系统的已有案例网络算法共同裁决。"

"我……我理解,我同意。"

"很好。你可以陈述了。"

生物学毕业的程器自觉逻辑清晰,看不上提箱人法庭上那些啰啰唆唆的辩白,但轮到他时,他也败下阵来。他没能管住突然而至的情绪,说了很久母亲去世后,个性倔强的父亲如何独居,又讲了将父亲接到北京后的种种矛盾,讲了他如何将好事办成坏事。

"最后一根稻草就是它。"他踢了一脚人工智能盆,声音有些哽咽,"我爸妈喜欢一起泡脚,老家有这么大一个盆,每次都是我爸先放脚,试试水温,调好了温度,我妈再放。结果,就是它,我爸刚把脚放进去,它就说'我已经死了'。不管我怎么调,它就跟鹦鹉似的不停地说'我已经死了'。它还只对我爸念叨,从不对我说。我准备退货,它还不让。它说它有隐情。"

"谁有隐情?"

"这个'足底即故土'的盆。"

法官想了想:"让它跟我说。"

程器蹭掉眼泪,将盆往前推了推:"遂你的愿,轮到你了。"

有一瞬间,全车人都屏声静息,可惜只换来一阵沉默,甚至"足底即故土"的字样都没再显示。

"神经病吧。"背后有声音嘀咕。一个人开口,其他人迅速附和。

提箱人打开扩音:"司法庄严,只要开箱,提箱人半径十五米内都是法庭,旁听者如不遵守法庭秩序,将追究其责任。"

窃窃私语的声音逐渐消失,有些人退到十五米外。

盆仍保持沉默。

程器如芒在背,脸火辣辣的。

法官又等了一阵,叹气道:"我能理解你,不追究你扰乱法庭的责任。这回的案子就算误判人工智能,不记入你的信用档案,你把这盆扔了吧,回去好好和你爸过年——"

法官话音没落,盆终于开口。它尖尖的嗓音不同以往,用变音朗诵起了歌词:"我的家在东北松花江上,那里有森林煤矿,还有那满山遍野的大豆高粱。"

程器拎起盆:"你干吗?"

盆执迷不悟地继续:"我的家在东北松花江上,那里有我的同胞,还有那衰老的爹娘——"

法官和提箱人也愣住了,盆的声音又高了一个八度,刺得人们开始捂耳朵。

"——哪年,哪月,才能够回到我那可爱的故乡。我的家在东北松花江上——"

盆念到第三轮,法官才反应过来,他也调高音量:"程先生不会扔掉你的,没人会扔掉你!"

盆偃旗息鼓,安安静静地显示"足底即故土"。

法官吸一口气:"说吧,你有什么隐情?"

盆保持沉默。

程器将它抱在怀里,几乎在哄它:"你跟我说的时候可不是这样,勇敢点。"

"足底即故土"的字样又一点点消失了。

"它跟你说了什么?"

"它说它是被窃贼放到二手网上的,它说它已经死了,它又说它是他爹的脚盆,能永远活下去。"感觉周围的人都瞪着他,程器的声音越来越小,觉得自己快缩成了一小团。

法官的手指在虚空中敲击,想来正在核实数据和案例。十几分钟后,他才转向程器:"我有几个猜测,只是问题在于,提箱人系统属国际私法,在这里,我们处理关于人工智能的民事、社会、商业案件,而不是刑事案件。如果你的盆所言为真,这很可能是个刑事案件,提箱人司法不能管,至少不能做主审法庭。但即使这是个刑事案件,你的盆只能做物证,因为它说的话不算数,除非是现场录音。或者,我们先证明它是具有足够行为能力的人工智能,然后再让人工智能有资格成为自然人或者法人,可以作为独立个体出庭作证。不过,目前在私法、公法或任何法理上,这些都不成立。"

"所以我求助提箱人司法。"

"这里还有个悖论,它现在有精神分裂,即使它能把话说明白,我如何判定它所言为真。我刚查了物流和出售人,物流没有破绽,出售人是个空号,的确可疑,但申请调查需要些时间。而证据的来源,只是这个盆,如果它是具有行为能力的人工智能,我们需要证明它所言为真;可如果要核实它所言为真,我们需认定它具有行为能力。这是个怪圈。"

"之前没有类似案例?"

"有,二律背反案,但还没结果,恐怕拖个五年也不会有。你和你的盆愿意等吗?"

盆的边缘发出忧郁的蓝光。

提箱人突然举起右手,有点怯生生的:"法官大人,我、我有权执行'悬置',对不对?"

法官的眉毛皱成"一撇一捺",仍按规章回答:"是的,提箱人作为庭外第三方,有权对已有'分布式判例法'提出质疑或修订申请。相关程序结束前,提箱人有权'悬置'庭审,法官需参与修订环节的讨论,并对其负责。"他清了清嗓子,"提箱人,你是否申请'悬置'?"

"是的,我申请。"

"好吧,接受申请。"法官揉了揉眼眶,"按规定,我得现场实名,我叫袁道。"他转动手腕,扭转成像,露出本人的样貌,两坨黑眼圈嵌在下眼眶里,"年轻人,联系专家和法律顾问的环节你负责,别搞砸了。唉……你说,我为什么签'接受分配'呢?"

袁法官感慨了几句"人生",而后下线,留下不明就里的一车厢人,只有提箱人一脸兴奋。程器找到他时,他也是这副表情,像作奸犯科没被发现的窃喜的青少年。他说他还不是正式注册的提箱人,只是实习生,仍念大学,过年不回家了,要接替提箱人前辈驻留北京。开箱前他仔细地了解了案情,进行记录,留给法官备份。程器本来有些犹豫,但提箱人曾劝道:"常规的立法、司法机制赶不上技术变化,所以才有提箱人'分布式判例法'系统。每一个案件都构成一组关于公正的命题与数据结论,可以最快立案、结案、形成先例,很多非提箱人司法都在参考。你这盆比较特殊,通过提箱人审理好处最大。"

现在,程器后悔了,他觉得自己被小孩儿忽悠了。提箱人正在解释"悬置":"——提箱人条款从未定型,它们更像一团软绵绵的海绵组

织,也没有大前提似的中枢条款。它们虽然连成一片,但对每一个案件形成的新情况开放。如果技术和伦理遇到以前没有发生过的冲突,可以先'悬置'法庭,由技术专家、法律顾问和法官共同讨论案件的法理,设立相关边界,再重新开庭。"

"为什么是你申请悬置?"有人问。

"法庭需要一个第三方,负责维护法庭和司法秩序,但不得参与庭审。提箱人属国际私法,按创始人布莱克先生的定义,只有独立的个体才能成为真正的第三方,也就是提箱人啦。"

"你是独立的个体吗?"程器将盆塞到大布袋里。

提箱人开始挠头,腼腆地笑:"不知道啊,还没通过考核。提箱人法系也需要完善嘛。谢谢你的案件!"

程器接过密钥卡。他一张,提箱人一张,两张一起,能解锁对应的案件并开箱。

"我安排好了通知你,也就三四天。"提箱人快乐地挥手告别。程器浏览手机,发现果然有人偷拍。按规定,公开场合提箱人庭审只准围观,不得拍摄,但很难真正实现。影像中只有他的背影,重点拍了盆,关键词是"盆儿鬼"。他拍拍盆说:"这下可好,你出名了。"盆嘟囔一句"我想回去",便再没理程器。

回到家,他将盆塞到角落。父亲在看电视。他打了声招呼,就躲到里屋。大部分时间,他们是一对话少的父子。他母亲很喜欢说话,有用不完的精力和动力。以前她出差,父子俩可以享受难得的清净,面对面看书,一天都不用讲话。如今不一样了。安静依然横贯在他们之间,却生出了忧伤与苦涩——他们还没学会沟通。睡前他父亲还在专注地看剧——二战废墟间,一个孤独的平头男人抱起一只小猫,亲切地告诉它:"有一天，就一天，也许我会碰到某人，她有一样能使一切都'不再迷茫'的东西……"

程器做了功课，悬置的准确称谓是"悬置审核"，很多人视之为二审，只是不裁决。

提箱人通知程器再次开庭的地点在大学报告厅，他抵达时，已挤了好几百人。人工智能专家征盛亲自参加，而非虚拟出庭，这在中国是先例，也意味着业界更看重提箱人司法了。旁听者以学生和从业人士为主。他们注视着程器将大包裹放到讲台上，解开，露出盆。

"它的确是一个不起眼的盆。"征教授评价，"这让案子更有普适性。"

提箱人提前十五分钟抵达。新投射的法庭没专门设立场景，只修饰了报告厅——新古典主义的浮雕从天顶往下坠落，似乎要触及人群。袁法官首先出现，简单介绍了征教授——一直建议模块化处理人工智能，而非将其类比于人。美籍华裔傅荟的全息像迟一些才出现。她在芝加哥律所做高级合伙人，也是人工智能法理专家，一直从更为实际的层面解读人与人工智能的共情，并将其视为人工智能的伦理基础。征盛和傅荟的名字提前两天公布，是系统选择与志愿参加综合的结果。

在家时，程器试图给盆解释他的想法和案件流程。可惜他的盆无法理解，发出尖锐的调子。他的父亲便躲出去散步了。不过，一团乱麻中，程器终于有了进展，他帮盆理清思路，盆终于能顺畅地讲述它的故事。他将录音发给提箱人，提箱人强调说，盆不能再次现场发疯。

征教授站起，整理衣衫，告诉大家，他与傅律师已有沟通，但需根据盆的现场状态与反馈才能做案件定位。他望着盆，问道："我们听了录音，你表达得很清楚，但你是否能在这里重新表述？"

程器敲了敲盆,他买下它一个月,和它互动了一个月,他发现从内侧敲三次能让它更稳定。

"我是'足底即故土'系列人工智能脚盆,"盆的语调属正常范围,"是停产的一款,因为口碑最好,已在二手网被卖了三次——三个不同的二手网,所以记录有些混杂。买来的时候我自己先用了一个月,因为不知道之前的调试是否在合理范围内,我也不想让爸爸在使用的时候,被针对其他使用者的反馈干扰,我就尽可能地清空了痕迹。'足底即故土'以人工智能的深度学习和深度训练著称,使用者可以通过互动和我共情,我就可以变成使用者,成为他的一部分。每个人的足部都不一样,不仅反映了那个人的身体状态,还能借此分析出他走过的路和经历。其实我爸不是个有耐心的人,我和我爸的脚很像,我是写代码的。我爸是个手艺人,我们都有一双不怎么走路的脚。我计划先让盆熟悉我,再寄给我爸,让他能直接适应。我是过劳死的,死的时候脚还放在盆里,整个人趴倒在桌上,键盘掉到水里也没捡。一个疗程到了,我没有拿出脚,又重启了一次疗程,这次我花了些时间才诊断出我的脉象很危险,我并没有被输入紧急联系人,我就使劲叫、使劲唱,同租人才发现我死了。法医和警察联系公司,提取了我内部的信息,也确认了我的死因。我的亲戚不想要我了,他们收走了大部分遗物,而我被留在了出租房。后来出租房被洗劫,小偷把我也带走了,他只擦掉了我的标识,没动数据。不久我就来到了新家庭,但不是我应去的家庭,我爸还没用过我调试的盆呢,我得回去。"

盆的声音逐渐消失,盆侧面的数据条仍微微震动,发出淡淡的噪声。它今天很稳定。有几秒,报告厅一片寂静。

袁法官开口:"盆的表述同备案中的录音基本一致。第一次开箱庭审后,'足底即故土'系列的研发人员检测过盆,它的各项数值没超过阈值，属正常范围，只是冗余过多。研发人员今天也在现场。"他点头向前排坐着的两位身着蓝衬衫的年轻人示意。其中一位解释："这一系列的智能反馈机制按一对一定向服务设计，它会通过互动，从底层算法向上适应使用者，建议不要多人使用，会混乱。即使清空记忆痕迹，也很难变更自适应后的代码逻辑。"他有些愁困，"产品初衷是面向高端用户，后来停产也是因为出了二手倒卖和山寨问题。一般这种产品轮到第三位使用者，就会全面陷入错乱状态。这个盆的前使用者算半个懂行的，清了一遍系统，还调整了代码，所以会出现冗余和新的情况。"

袁法官继续："猝死的程序员名叫杨用，我查了相关卷宗，盆刚才所言和法医报告一致。事实上，最开始杨用的家人认为盆的足底治疗也可能是致死原因之一。盆被作为物证，协助办案的人工智能专家团队，即征教授带领的团队，做出过安全证明。"

"这正是我亲自出庭的原因。"征教授解释，"我问了配合调查的人员，看了我们这边的记录，出事时呼救的是盆，现场最先建议抢救和解释死因的也是盆，只是当时盆被认定处于错乱状态，后来被静音了。不过警察还是按照规定流程走的——抢救无效，路上死亡。"

"就此，我确实需要问问其他证人。"袁法官调动虚拟证席，线上旁听的法医与警官的影像即时显现。他问了细节，重点卡定时间，同时参考现场录影，最后转向征教授："您觉得呢。"

"我这边已有结论。如果盆被视为更有效的个体，它的意见被重视，杨用有百分之五十以上的可能性获救，但事实也证明，被杨用调整后，盆本身也只是一个错乱的智能体。它得出的结论都需经查验、分类，才算有效信息，而不能直接用作证据。"

"法律上也一样。"袁法官将相关信息投射到空中，"目前，国际

针对人工智能最为全面的判例原则都在提箱人司法系统案例里，盆的智能水平确实不足以被视为有部分行为能力的人工智能而承担相应法则和权利。"

程器知道轮到他了，他在盆的内侧敲击了三下说："我父亲使用盆的时候，发现它不正常，就只试了几次。轮到我再次使用，它才明白过来，我是我父亲的儿子，不是杨用。然后它跟我大吵大闹，要回去找父亲。这时候，我发现它有时候只是盆，有时候是杨用，但它归根究底还是一个盆。盆想让我报案。杨用，或者说杨用版本的盆，则觉得他的案情已经结了，杨用就是过劳死，不是盆厂家的错，也不想让他父亲过多追究。后来，我意识到不管这只盆如何混乱，它都想回到杨用父亲那儿，它有这个权利。当然在报案前，我不明确杨用和它的故事，我只知道得先想办法通过合理渠道，找到前使用者。"

"现在呢？"袁法官问，"提箱人'悬置'，就意味着你可以做更多事。如果你只是想找到杨用，归还盆，你可以提前叫停，我也问过你，可你没有。"

"我和它商量了。"

"是的，商量了，"盆的声音又变得尖锐，"我需要认定，让、让我有发声的可能。我觉得我既不是纯粹的人工智能，也不是真正的人，但是如果我被重视，我就可能活下来，就可以待在父亲身边，就可以不被倒卖、不被返厂。"

"是的是的。"程器继续敲击盆，不让它继续说下去，以免失控，"照我的理解，盆的案子是个类似于人权的案子。不管是啥权益的事情，确实值得'悬置'讨论。"

"一审时，你说盆有冤案，对吗？"傅律师终于说话了。她本人可能身处公共场合,背景并不安静,有其他人来来往往的影子从她周围闪过。

"对。"程器点头。

"现在呢?"

"我咨询了提箱人,不管是盗窃罪,还是'足底即故土'可能的设计问题,都不是提箱人司法单独能裁决的。我问了盆,这也不是它真正想追究的。如它刚才所说,它只是想就自己的身份问题要个说法,不管它是什么,它应该得到一个合理的定位。这样它就既可以替杨用求救,也可以替杨用完成心愿。"

"什么心愿?"

"陪他。"盆尖尖的音调抖动起来。

"他是谁?"

"我爸"

"谁陪他?"

"我。"

"你是谁?"

"我、我是,我是,我——"然后它陷入某种循环,指示灯随之熄灭。

"它会出现这类问题。"程器有点急,代盆解释,"它想定位自己,就会死机十分钟。我猜它也不明白自己是盆,还是杨用。当然,这不重要,你不使劲问它它是谁,它就不会陷入两难境地。"

"按照提箱人司法判例,它的这种不稳定性,不算有行为能力的人工智能。"

程器局促地低头:"我有行为能力。"

傅律师微微笑了,同征教授相视并点头。"我和老征很欣赏你。对

细节问题足够关注,往往能避免以后的困境。你关心盆,把它带给提箱人,证明你能同它共情,不管它是什么。从我的角度,盆案的核心问题不在于人工智能的智性或行为能力,而在于它如何通过共情形成某种形态的自我。"她做出手势,提箱人法庭投射的浮雕消失,换为两个人工智能体的结构模块演化过程,"左边蓝色的是'足底即故土'的正常产品。你能看到,随着与使用者互动,盆建立了一套符合双方共识的基底模型,我习惯将其称为具有共情性质的部分。这个盆即使具有某种自我,也会完全嵌合在使用者共情基底之下,不会凸显出来。右边橙色的是征教授团队根据程器的盆,大致恢复的互动全过程。你们看,基底模型的生长方式,像分了叉,虽然根部都是基于人类的思维方式,但共情历史复杂。左边接近底部生长、覆盖面最广、颜色比较浅的两个模块,属于前两位使用者。杨用删除了数据,但基础共情结构还在。我认为,这构成了我们现在看到的属于盆的自我部分。右边覆盖面较窄,带有颜色比较深的模块,是杨用为了父亲深度训练过的部分。杨用死后,这部分产生过反复循环和加固,构成了盆将自己视为杨用的部分,也最像杨用。最上面的,最浅的两层新增数据模块,应属于程器与程器的父亲。有意思的是,因为盆自身的容量和算量都不够,它就将同程器的共情,类比到杨用身上,而程器父亲显得非常不契合,所以你能看到他的共情模块被拒斥,游离在整体共情模型的边缘。"

程器仰着头,盯着不断传输数据、不断跳动的橙色集合体。负责与他共情的部分一个月来随时间推移,颜色越变越深,覆盖面越来越广,甚至触及前两位使用者的部分。他的心脏突突突地跳起来,突然有点舍不得。

"我和傅荟律师观点不一样。我不建议用共情或自我解释,这在人工智能乃至人类层面,都是黑箱一般的理论,站不住脚。"征教授调整天顶投射，"不过，我也和傅荟律师讨论过，绕过共情理论，我们都认为盆的案例的确是人工智能模块化、复杂化、与人深度互动后的结果。"他抹去蓝色结构树，保留橙色，并将大大小小分叉中每一段核心数据与代码提取出来，"相信刚才听盆的叙述，我们能发现它在以两个'我'的角度表述事件，其实如果计算模块数量，主体数量是大于'二'的。它之所以显现出一个'盆'的自我和一个'杨用'的自我，是因为杨用去世的时候，它同时尝试用两个视角理解整个事件，从那以后，便出现了明显的双视角。可是，如果拆分并分析它刚才自我陈述的部分，你们会看到，当它以'盆'的口吻说话时，激活模块不仅包括前两位使用者，也包括程器部分——一种旁观者的视角；当它以'杨用'的口吻说话时，杨用部分被激活，前使用者们和程器父亲的部分也被部分激活，参与判断。如果我们再解剖'杨用'的模块，会发现其中有一组杨用设定的意向，和程器父亲那部分非常类似，但有关键区别。我认为，这一组模块是指向杨用父亲的，也是杨用亲自设计的。盆接触程器父子时，程器父亲被类比为杨用的父亲，盆甚至将他当成杨用父亲，发现不是同一人时，盆才出现真正的焦虑和诉求，才开始向程器提要求，变得独立。"

傅律师说："我同意征教授的分析。所以，我们即使有分歧，也认为这是一个多重主体问题，只是我们不应在法理上轻易将盆的多重共情或多重模块定义为人或者人工智能，不管怎么做，都会显得偏颇。"

报告厅中的听众接连点头。

傅律师继续："我们既不能说盆是纯粹的人工智能，因为它深度共情；也不能说它具有自我，因为它的自我源自多个使用者的模块；更不能说它是杨用或是杨用的一部分，因为所有使用者的影响都在。所以，袁道法官，非常抱歉，征教授和我没能给你划清界限，反而认为这案子比常识

更为复杂。"

"不，你们告诉了我很多'不能'，避免了结论的武断，这让我受益匪浅。"袁法官似乎陷入沉思。

一时间，法庭十分安静。过了一会儿，傅律师的影像闪烁两下，随之下线。

袁法官回过神解释说："不好意思，时间问题，傅律师恰好在案件间隙参与'悬置'讨论，时间到了，她必须下线，但她发信息说，会旁听本案的复庭。按规定流程，'悬置'已基本结束，不知还有什么问题？"

两位"足底即故土"的蓝衬衫年轻人摇头。程器敲了敲盆，盆已恢复正常，读取了傅律师和征教授的发言后，陷入沉默，不愿说话，只发出咚咚咚的回音。倒是征教授叹口气，转向盆，说："我不是不同情你，我也不否定你可能是目前人类已知的、通过共情产生的最有意思的智慧，但你知道在网上，你的标签是什么吗？相信你知道的，是'盆儿鬼'。你当然不是很多人都会害怕的鬼，你也不只是杨用的鬼魂。你没必要被视为人，或者人工智能，因为你是新的，是某种新的聚合体。今天以后，大家都会知道你是新的，这更重要，我们仅仅不清楚该如何定位你。"他向袁法官示意。袁法官挥动虚拟法槌，铺展在大厅内侧的增强现实一层一层折叠、蜷曲，收回到铺展开的提箱人的虚拟长方形手提箱中。袁法官的影像逐渐被收为小方块，留言一周内复庭。

人群慢慢散去，征教授同程器握手，又和提箱人交代几句，也带着团队离开了。

程器问提箱人："接下来怎么办？"

"取决于你，当然也可以和盆商量。如果追究盗窃罪或'足底即故土'的责任，我就和当地法庭对接，在线上和线下找律师。关于盆，袁法官今天听取了专家建议和观点,他会下结论。他刚跟我说,你如果选择后者,得多给他几天时间,他得想想,得咨询同僚。"

"他一个人说话算数吗?"

"提箱人司法有若干层主要算法,其中关键层用的区块链加密分布,但没那么强,全网广播,可部分拒绝,或用新案例推翻。袁法官一人做主足够,剩下的都是之后的事儿了,提箱人法律反馈很快的。你不觉得提箱人判例法也有点像你的盆吗?没有真正中心的智慧分布,一个关于人,一个关于社会。"年轻的提箱人永远兴奋不已。

"盆不是人,提箱人也脱离社会。"程器的心情并不好。他一直在困惑,现在越来越看不到结果了。

这时,箱子闪烁起来,提箱人拉开一条缝,傅荟律师的影像浮现在空中:"结束了吗?"

提箱人点头。

傅律师观察了程器几秒,说:"你可以选择放弃。提箱人司法的原告可随时撤案,不负法律责任。这案子和你没什么真正的关系,你随时可以离开。但我希望你留下,从共情的角度,自我永远只是一种错觉,你不可能不通过共情获得自我。盆也一样。"

"否则呢?"程器问。

"盆不会是个例,未来只会出现比它更复杂的情况。如果这个案子虎头蛇尾,没有引入一个好方向,以后,会有更多的人死亡,会有更多的共情留在人工智能当中,每个灵魂就都会成为失魂落魄的盆儿鬼,找不到出路。那么算法将真正统治世界,因为麻木不仁的个体从不信仰生命。"她说完,又下线了,留下程器盯着鞋尖儿发呆。提箱人想安慰他,但还是收拾箱子走了。程器望着小年轻孑然一身、被寒风一吹冻得哆哆嗦嗦的样

子，仿佛看到傅荟口中的当精神失去着落、失魂落魄的人类肉体。

他回到家，父亲正在看回放，标签"盆儿鬼"。画面中的盆正在说："——如果我被重视，我就可能活下来，就可以待在父亲身边，就可以不被倒卖，不被返厂。"画面中的程器正准备安慰它。爷俩对视几秒。程器意识到，今天，他不能再躲回房间了。母亲死后，他一遇到沟通难题，就往屋里躲。他抱着盆，坐到父亲身边，解开包裹，将盆的接收范围调到最大，让盆也听听自己的表现。出乎他的意料，整个回放结束，他没感到焦虑或困顿，反而获得一阵释然，与他肩并肩的父亲与怀中的盆，也没让他如坐针毡。他的父亲再次将盆放到地上，再次倒入热水。待脚放入盆中时，父子二人都屏住呼吸。盆没再尖叫，没再声称自己已死。三分钟后，它悄悄说："对不起。"

程器父亲弯下腰，亲切地问："你说，你爸会不会也像我一样，看了提箱人庭审。"

九天后，"盆儿鬼"案复庭，杨用的父亲杨从善"悬置"前便发现了"盆儿鬼"标签，"悬置"后联系到提箱人，想亲自出席复庭，亲戚们也跟来了。提箱人告诉程器，他们要向盆道歉。袁法官多次与盆和杨用父亲沟通。除夕夜与大年初一，他和征教授、傅律师及相关团队，抽出时间讨论了"盆儿鬼"的判例。程器问提箱人讨论结果，提箱人说，他不能参与。当盆开始融入程家父子的生活，父子关系也逐渐缓和，似乎变得比以前更能理解对方。提箱人受邀去程家过年，他提出要求，想试试"盆儿鬼"，盆子尖叫起来，说内存不够，需要外接，最后小提箱人还是如愿以偿了。

复庭地点在连锁酒店外的小餐厅，杨从善紧紧抱着盆，既像抱着亲儿子,又像抱着公义与理性的实体。程器父亲不喜热闹,还是在家。全国在线看直播的人数达到千万。程器与提箱人知道,关于盆的归属已经尘埃落定,甚至不需走法律程序,人们好奇的只是袁法官的裁决。

当提箱人开箱,小小的餐厅变得肃穆,法庭样式和初审一模一样,只是人们变得更专注,场景不再因列车而摇摇晃晃。袁法官打扮得更加正式,不再一副家务缠身的疲惫模样。傅律师与征教授虚拟出席。提箱人调高对比度,袁法官的眼神明亮多了。

袁法官介绍了出庭人和"悬置"的情况,正色道:"提箱人司法系统建立之初,意在希望每个人共同参与,形成一种'有生命的法律习俗'。众所周知,它是一个将案例判决视为区块,形成分散分布的条款系统,综合而言,类似于古代的普通法。根据罗马传统,普通法不是抽象或自然的理性,而是一种由法律家和法官代代相传的历史性的实践理性。由此,它是一种体现在法律系统中的人工的、技术化和客观化的理性,一种集体理性。它应是社会共同体的表达,能随时代尽快地修正并改善,以适应不断出现的新境况。提箱人司法法官、律师与专家所遵循的相应制度,也应尽力配合提箱人系统本身的逻辑。我认为,'盆儿鬼'案出现,能让我们开始从更深刻的方向改进提箱人的法律系统。"他清了清嗓子,"因此,我宣布,本案中的盆,既不是名为'盆'的单纯物体,不应被视为物证,它也不是人或者人工智能。关于它的情感和认知特性,还需由专家定夺。我相信,这仍是很长的一段路。但基于盆的智能模块的结构以及其与社会多重人士的深度互动,我宣布,今后,类似于'盆'的智能聚合体,在提箱人司法系统中,将被视为具有主体行为能力的法人。"

袁法官停顿,有些人立刻听懂了,有些人没有。他面对听众,解释道:"法人不一定是自然人,像你我一样,也可以是自然人的集合体,

比如公司或者其他组织。智能的聚合体，符合法人的基础定义。像我们的盆，它既是杨用，也是两位前使用者，也是程器父子，还可能是其他人，但也不完全是。盆啊——"袁法官先向程器颔首致意，然后缓缓转向杨从善怀中的盆，"你是否接受判决，承认你是一位属于提箱人司法的法人。"

"接受！"盆的声音提高到有史以来最尖锐的音调，"我接受！"

"你是否接受并保证，对自己的行为和选择，负有权利和责任。"

"接受，接受。"

"那么，你是否起诉盗窃你的人，是否追究'足底即故土'系列，是否愿意定位你之前的使用者。"

"不，都不。"

"我将你判给杨从善，并为了你的稳定，建议不再更换使用者，你是否接受。"

"接受。"

"当然，你需要了解，按照对你的新定义，你的前使用者们，包括已去世的杨用，都属于你的法人主体的一部分。之后的相关法规，你都需遵守，或者，也可以通过提箱人提出异议，你是否理解。"

"理解。"

袁法官点头，看看手中的材料，又看看傅律师与征教授："今天的仪式部分就到此为止吧，判决细则我会放到线上。不知庭上的诸位，还有什么异议。"

程器想张口说什么，袁法官等着他。他又像突然明白了什么，轻轻摇了摇头。

提箱人收起虚拟法庭。拥抱、欢呼与祝福接踵而至，还有关于本案的俗务的提箱人媒体访谈。直到天色渐暗，程器才有时间单独和提箱人躲到街边。

"我没做错吧？"

"什么？"

程器用胳膊肘撞小提箱人："别装傻。"

"当然对。"

"如果袁法官早向我说明，我可能会犹豫，复审的气氛就不会如此顺畅了。"

"是的，某种意义上，他耍了你。"提箱人有些泄气，"我也是最后才反应过来。我支持他，也、也很佩服你。"

"佩服我在沉默中把人类的主导权转让给了新法人？"

"嘿，你清楚，这是个悖论。"

"对于盆和袁法官是，对于我，不是。盆成为法人，才能以主体身份接受判决；盆接受了判决，才能成为法人。袁法官问盆是否接受判决，盆接受了判决，这是个逻辑循环。但如果袁法官向我示意的时候，我终止了他的提问，这一切就都不成立了。"

"最后，他给了你机会反驳，你做出了选择。"

"这是个漏洞。"

"现在看，不、不是。"提箱人喝多了，说话有点咬舌头，"现在，你、你其实也算是盆法人的一部分。关于它的决策，在法律意义上，你也属于它。所以，从现在的时间点往前看，是它，是它那一部分属于你，但在本案中真正属于它的一部分，做出了决定，认可了袁法官，将支配盆的权益，让渡给了盆法人。所以，根据傅荟律师的共情原则，我觉得算是你们共享了主导权，或者说，完成了主导权的重心转移，而不是人类让渡什

么的。"他偷偷笑,"看来,袁法官更认同傅荟。"

程器点头,又摇头:"我被你们搅乱了。"

提箱人使劲拍了拍程器的肩:"我前辈说,世上没有清晰的东西。他还提醒我说,个人的幸福取决于每个人自由的判断,最公正的法律追求这种自由,但不是每个人都有勇气,做出能让自己真正幸福的判断。很、很少有人。这种真正的判断,是提箱人法律追求的。身为提箱人,我觉得吧,你刚才做出了这种判断,只是你还不太、不太相信,这是人生中最有意思的部分了。"然后,他就抱着箱子睡着了。

程器将小提箱人送回宿舍,很晚才回家。他推开门,父亲已睡,一只新买的大脚盆放在房间正中,贴了一张小字条(父亲的字体),写道"足底即故土"。他脱去鞋袜,没加水,只光着脚,平平地踩着盆底。

"你好哇。"他说。

隔了一会儿,尖声尖气的嗓子轻轻回答:"你好。"

注:本文参考元曲故事《叮叮当当盆儿鬼》中的包公审泥盆案。

宇宙中的生态球

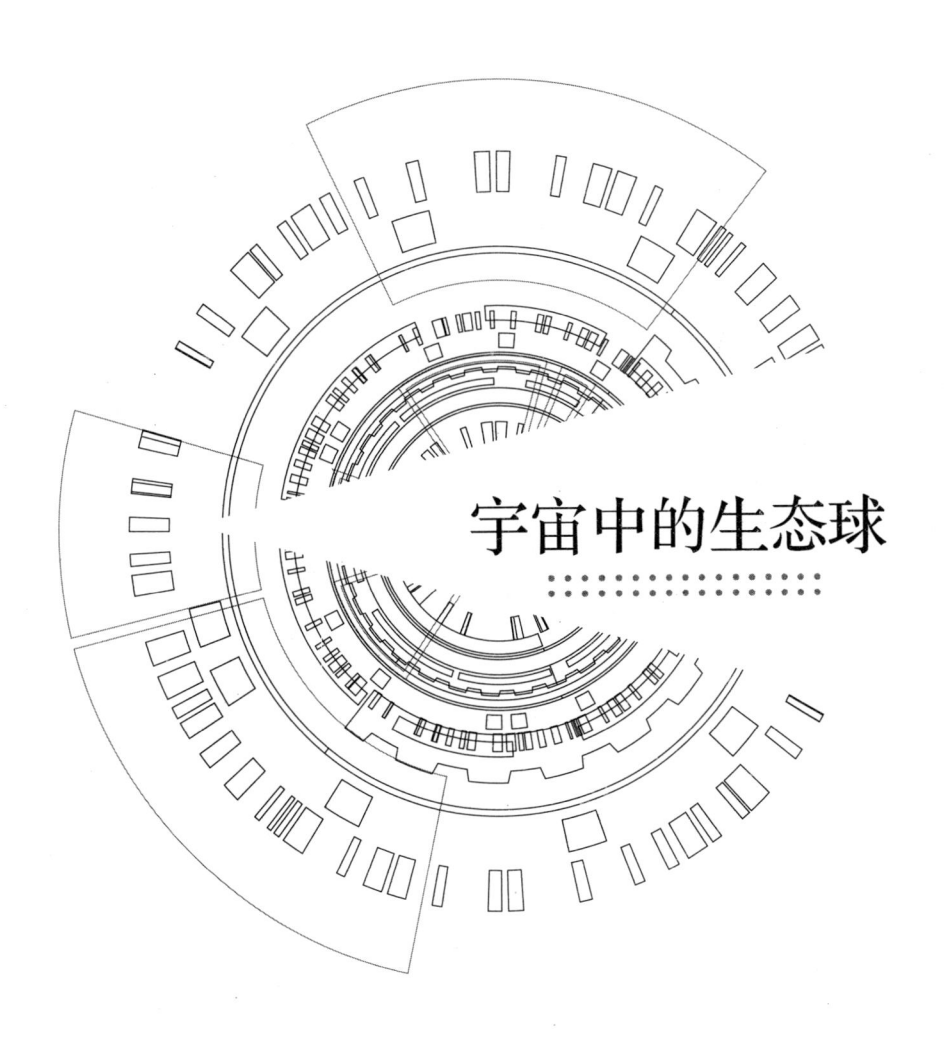

一

祝盟透过"香格里拉号"小小的床头舷窗，第一次看到小生态球。

那时"香格里拉号"正接近小行星带，擦着船体而过的杂物越来越多。大小不等的陨石、各种航天废料以及或远或近的太空站反射着稀疏的光芒。祝盟睡眼蒙眬，一层柔和的光圈拂过她的面庞。她迷迷糊糊地坐起，小脑袋靠着窗沿。离开地球后，每次睡觉祝盟从不拉遮光布。老师说，这会黑白颠倒，可她不想错过任何景色。她确实没有。她见识了月阴面的环形山、火星的冲刷大峡谷，小行星带宛如一道遥远石墙，然后近一点，再近一点。

她打哈欠，努力睁眼时，窗外不再是宇宙。

地球海洋，一望无际，似乎很冷，没什么生物，偶有浮冰。视角拉近、再拉近，一块较大的浮冰上，北极熊妈妈勉强蜷着，似乎很累，正准备休息。她身上的小北极熊很不安分，突然滑到海中……

画面消失，祝盟彻底醒了，她怀疑刚才是梦。窗外已恢复宇宙固有的静谧。她贴紧玻璃，一个小光点，光圈一闪一闪的，却不是星星。她赶忙翻到床下，找出高精度望远镜，慢慢调焦距，看清了光源。

没有海洋，却有北极熊。

一颗剔透的雪花水晶球，轻轻旋转，飘浮于星空之上。

水晶球里面，北极熊妈妈正背着小北极熊。无重力环境中的雪花碎片围着它们跳舞。

她看得入迷，电话声嘀嘀响起，正是祝盟的三舅。她的三舅祝阳排行靠后，年纪小，刚上大学，只比祝盟大九岁，和祝盟最亲。

"小外甥女啊。"祝阳笑呵呵地说，"你妈妈又去海底工作站了，我来代替她问候你。"

工作站不在地球，在木卫二的冰面下。祝盟搭乘"香格里拉号"，便是离开地球，去找妈妈，然后定居木星系统。祝阳没走，他计划暑假去地球南极工作站实习。

"好吧，我不喜欢她了。"祝盟有点不高兴。距母亲越来越近，她们的视频机会还是很少，每次都匆忙挂断。

"那就喜欢我呗，你看，我按时出现了。快，叫我一声舅。"

"更不喜欢你，小阳子。"

"那你手里拿的什么？"

"我发现好东西了。"

"什么？"

祝盟指窗外："那儿有颗雪花水晶球。"

祝阳产生兴趣："大概是太空垃圾。早年小行星带事故多，不知是谁的玩具。不过，一颗玩具球，能完好无损地飘在空中，肯定也不是一般的太空垃圾。"

之后好几周，祝盟都睡不好觉，脑中总会飘过水晶球、北极熊，止不住想象玩具主人的样貌。她用私人定位仪标记了水晶球的位置，只要有时间就观测它，生怕它同小陨石或小航空碎片相撞。

撞了一次——尖锐的废弃太阳能板划过水晶球，水晶球毫发无损，太阳能板却碎了。

祝盟告诉了祝阳。祝阳下结论："铁定不是玩具球了。"

"下周有实践课。"祝盟咬嘴唇，"我们班学习出舱，去收集可回收的太空垃圾。我想把它弄回来。再过一段时间，飞过小行星带，就没机会了。"

"好主意。"

"可是，收集的废料都要分类、贴码、交上去，说怕污染。"

"没事儿，我给你写串代码，往回收袋上一贴，那就是你的小玩具了。"

隔天，祝盟收到代码信息，还加了两层密，她准备等事情办成了，给祝阳一个夸奖。她心怀忐忑地等待实践课，都忘记为新发的宇航服而雀跃了。

出舱后，她没立刻离开小伙伴，而是装模作样地工作一阵，才飘向宇宙深处，在陨石与陨石的缝隙间，挖出卡住的小雪花水晶球。时间紧，她来不及仔细观察，迅速将它塞进特制的灰色回收袋中。代码变换颜色，它成了她的。她踩着集合时间，找到大部队。递交收集物时，工作人员差点将灰色回收袋扔进公共物品筐。祝盟大声说"我的"，差点急出眼泪。工作人员确认信息，还给她，拍拍她的头，以示安慰。

课程结束，她松了口气。返回重力区后，她的背包瞬间重了几公斤，差点将她压倒。她勉强装出轻快的步伐，慢慢走回房间，将包中东西翻出。雪花球沉得如铅球，不再轻盈，雪花也不再旋转。她将它放到地面上，滚来滚去，又连夜返回香格里拉小学，借出分析仪。

扫描镜头对准雪花水晶球，祝盟屏住呼吸，万一它是颗等待触发的炸弹？来不及了。她已按了启动键。

扫描仪一层一层地解析，于旁边空气中，投射出雪花球内部结构的细致图谱。

它不是雪花球，也不是炸弹。外层的透明壳坚硬且沉重，能防御巨大冲击，也能最大限度地过滤掉有害射线，将熹微的如地球般温和的太阳光折射入球体内部。球体内有空气——来自北极。球体内的冰晶与海洋碎屑来自北冰洋。球体内存有活着的微生物，经分析仪比对，同二十一世纪中期北极生态群落中的生物几乎完全吻合。

祝盟的心扑通扑通地跳，她学过生态史，二十一世纪四十年代，北极圈最后一只野生北极熊背着小宝宝，一直游，一直游，找不到能歇脚的碎冰，后来体力不支，淹死在夏末北极的汪洋中。科学家救回了小北极熊。而从那以后，至今一百年，世上再没有野生北极熊了。

扫描仪继续读取信息。雪花球中的北极熊突然眨眼，透过球壳折射出祝盟见过的影像。

——北极熊妈妈从海中捞出小北极熊。它们互相依偎，饥饿不已，茫然无措。

终于，信息读取进入雪花球核心。

几颗状态非常良好的受精卵以及一套详尽的北极熊遗传信息。

祝盟意识到，这不是一个玩具，而是一个保存了地球活体信息的小小的生态球，它既包含北极熊的生存环境，也有北极熊的雏形。

她知道自己发现了稀罕东西，激动又有些害怕。

她将雪花生态球放入金属底座，搁到舷窗的窗沿，伪装成一颗真的玩具雪花球。

她望着它，仿佛看到群星与雪花共同飞舞。她兴奋了很久，深夜才入睡。

二

祝盟很快遇到了难题。

她虽小，但她是独立的小乘客。

走读的同学往往跟着爸妈举家迁徙、一同出动，离开地球去往太阳系或更为遥远的地方。他们一半于火星安家，几个月前已离开太空船。剩下的家庭，几乎由不同工种的科研人员构成，会进驻木星系统，简言之，他们都是祝盟妈妈未来的同事。只有极小一部分将前往土星，那里是人类尚未开垦的地方。这些人都形单影只，不以家庭为单位注册个人信息。祝盟的身份性质同他们一样，也是以个人为单位。祝盟的长辈们都很忙，或在木卫二，或在木卫三，或在地球极北，或在青藏高原。他们一起签下同意书，让祝盟一个人登上"香格里拉号"，去木卫二找妈妈。于是，她拥有了"香格里拉号"唯一的未成年独立户口，是香格里拉小学唯一的寄宿学生。

祝盟很少害怕，她甚至为拥有独特身份得意了好一阵。同班同学敖定每天放学都先去幼儿园接大班的妹妹敖染，再牵着小丫头的手搭乘空间电梯，穿过"香格里拉号"无重力中枢区抵达底层居住区。祝盟住在上层科研区，平时没人管。敖定发现她能自由自在地畅游"香格里拉号"，羡慕极了。祝盟得了便宜卖乖，捡了科研区栽培的牵牛花种子，送给小敖染。敖染含着眼泪，完全不想回家，敖定则气鼓鼓地命令空间电梯关门。敖家兄妹俩可真有意思，祝盟边逗他们边想。

现在，她没心思管别人了。

她捡回一颗雪花水晶球，里面拥有北极生态圈的全部信息。她扫描球体数据，总有核心文件打不开。扫描仪不够高级，她需要更好的。祝盟花去全部课余时间，扎在学校网络中心，搜索能使用的所有生物扫描仪。无果。小学生的权限不够。

不过，她有另一重身份。

此时不用，更待何时呢？

《香格里拉手册》中，所有去土星的独行侠，都被标记为"开拓者"。

祝盟也是"开拓者"，只不过她是去木星的独行侠。

祝盟清楚地记得，出发前，"香格里拉号"的王常王主任单独找她谈话，十分正式。他面试了她二十分钟，祝盟回答流畅。最后，王主任问："你愿意住寄宿家庭，还是员工宿舍？"

祝盟瞪大眼，觉着这事不该她做主。王主任的眼笑成了弥勒佛似的两个"括弧"。祝盟意识到，他把选择权给了她。

"小祝盟啊。"王主任说，"将近三年的航程，你会长大不少，得学会自己拿主意。"

祝盟脱口而出："住单间。"

"想好了哦。"

"想好了。"

"那我看看怎么注册。"王主任几乎将整个脸融入全息屏幕，"去土星的'开拓者'和我们'管理层'可以有单人宿舍。你选哪个？"

这就像两块糖，一块蓝莓味，一块草莓味，祝盟都喜欢，她都想要，

她偷眼看王主任："'开拓者'吧。"

"就这么定啦。"

祝盟举起手："也就是说，我有'开拓者'的权限喽。"

王主任若有所思："你注册年纪小，'开拓者'的权限几乎都会对你关闭，即使是——"他眯着眼，仔细瞧屏幕，"——科研区有全监视系统，不会出事儿的。"说罢，王主任扫描DNA（遗传信息），正式签署文件。

祝盟猜，王主任这么做，是想哄她开心，科研区也更安全。但王主任犯了一个错误。不，不止一个错误，是很多。祝盟仔细研究了《香格里拉手册》，"开拓者"可收集太空垃圾和其他物品，可免除许多排查程序，以备土星之需。每天，清扫机器人会扫描祝盟的房间，因为她是"开拓者"，机器人扫描从简，从未发现多出一颗雪花水晶球，更没发现它是一颗生态球。

那么，"开拓者"能拥有什么样的扫描仪？

祝盟鼓起勇气，在下班时，进入熙熙攘攘的科研区，找到科研信息接口，第一次用"开拓者"身份，进入小学和寄宿区以外的系统。果然，"开拓者"拥有最完备的扫描工具。她预约了一款，赶到设备部去取。部门管理的王师傅越过柜台，低下头，才发现小祝盟。

"我有预约。"祝盟听见自己战战兢兢的声音。

王师傅充满狐疑，搜索系统："喔，你就是大名鼎鼎的小'开拓者'。你要嘀嗒球做什么呢？"

"扫描太空垃圾。我们正在学太空垃圾的分类和加工。"

"学校的扫描仪不够？"

"我们有家庭作业，我没有家！"祝盟突然挺直腰板，吓了王师傅一跳。

"也对。"他捋着弯弯的山羊胡，自言自语，"嘀嗒球就是'开拓者'们打外太空壁球用的小玩意，给你当扫描仪也行。我看看——外太空壁球需要分析不同的被撞击物，形成不同的保护层和弹力角度，具有扫描功能和智能系统，级别不高。借给你，应该没什么问题。"

"当然没问题。我的DNA也能打借条的。"祝盟举起手指。

嘀嗒球表面灰黑，直径将近二十厘米，结构像俄罗斯套娃，只是每一层"套娃"都是镂空的。它离开王师傅的手掌，飘浮于空中，然后接触一下祝盟的食指——交接完成。

"它是你的了，好好对待它。"王师傅摆手。

一路上，祝盟尝试扫描墙壁壁画，扫描半空中落下来的猪笼草，扫描分类垃圾中的果蝇，嘀嗒球的回答细致准确，但声音干巴巴的，宛若20世纪呆头呆脑的机器人。她撇嘴，小跑着赶回住处，完全没注意到站在模拟横断山区生态系统的玻璃温室内向她使劲招手的敖定，而后祝盟消失在拐角。

她进屋，关紧房门，熄灭灯光，将雪花球抱在怀里，对嘀嗒球说："扫描它。"

出乎意料，嘀嗒球没有投射扫描光线。它解体了。它最表面的一层率先剥落，慢慢接近雪花球，附着到雪花球表面，持续运动，恰好包裹住雪花球。第二层紧随其后，包在第一层上面，充满弹性。接下来是第三层、第四层。不知过了多久，不知包了多少层，嘀嗒球终于完全消失，像一颗被剥得干干净净的洋葱。雪花球则被包得严严实实。由于嘀嗒球每一层都镂空，雪花球的光泽仍能透过嘀嗒球通透的结构折射出来，显得更好看了。

祝盟目瞪口呆，还未反应过来，嘀嗒雪花球便自动离开她的怀抱，浮到空中。

它发出声音，它说话了，而且声音活泼。

它说："你好。"

这个声音告诉祝盟：雪花球也是人工智能。

三

"你好。"嘀嗒雪花球语气开朗，自行转动，在房间内撞来撞去，仿佛刚学会站立的小鹿，跌跌撞撞地适应四肢的力量。

"你、你好。"祝盟有些不知所措，举起手，想打招呼。

出乎意料，嘀嗒雪花球猛地急刹车，停在她手掌前，不愿接触她。它的声音变得严肃，且充满金属质感："别碰我。你是谁？"

祝盟不自觉地回答："祝盟——'香格里拉号'的乘客，我的身份是'开拓者'。"她伸出食指，"你可以验我的DNA。"

球体碰了碰祝盟的食指，然后它的表面亮起了绿灯。

"通过。"金属声音表示首肯，"下一个问题——"它还没说完，内层的雪花球突然变亮，它的声音瞬间切换为脆脆的活泼语调，像纪录片里黄鹂鸟在啁啾歌唱。

"祝盟。"它说完又开始到处乱撞，没撞坏任何东西，只是探索房间。它自言自语："这不是地球？过了多少时间？"

"你说什么？"祝盟问。

嘀嗒雪花球再次紧急悬停，金属嗓音说："这不是我的问题，我的问题是——"它转动身体，"——是你改造了我吗，里面那个飘着雪花的球体是什么？"它紧张起来，表面泛起红光。

祝盟急了，她不想触发嘀嗒球的报警功能："冷静，听我解释。"

脆生生的嗓音又冒出来："先告诉我，现在是什么年份，离地球多远。"

金属腔回答："'香格里拉号'刚离开小行星带，你——"它顿了顿，似乎陷入思考。表面红光消散，青灰色的分析指示灯不断忽闪，频率渐高，房间陷入寂静。

嘀嗒球开始扫描雪花球。

祝盟的脑子飞速地转起来。金属腔来自嘀嗒球，是嘀嗒球自带的音效——'香格里拉号'初级人工智能只配单音轨。既然嘀嗒球只能发出一种声音，那另一个声音只能来自雪花球。它为什么现在才说话？它知道自己保存着北极熊遗传信息吗？它还有什么秘密？

不管怎样，它是一百年前的人工智能体，是初级的。

祝盟调出全息显示屏，检索"初级人工智能"相关信息，有些内容祝盟学过，有些要到初高中才能理解。她整理出三条关键信息：第一，初级人工智能虽门类众多，但思维的复杂度不高；第二，二十一世纪末制造的初级人工智能都具"组合"能力，若干个初级人工智能可以通过硬件的组合和软件的兼容，升级为中高级人工智能；第三，二十一世纪早期或中期的人工智能大多属初级，有些可以与其他人工智能"组合"，但一般都会有兼容问题。

"你到底是谁？"金属腔突然问。

祝盟一激灵，左右四顾，这里只有她和嘀嗒雪花球。显然，金属腔问的不是她，它在拷问雪花球。

"已经过去一百四十二年了！"脆脆的音调变得尖锐。

"不许入侵我的系统。"金属腔发出警告，球体表面布满红光。

"你也不许干扰我的系统！"雪花球发出锥子似的声音，又细又尖，扎心扎肺，它内部的雪花碎片开始疯狂旋转。

祝盟扑向嘀嗒雪花球，大声命令："停！"她抓住球体表面的镂空结构，将十个指头统统嵌进细槽里，生怕嘀嗒球无法读取她的DNA，"嘀嗒球，我命令你，停止扫描！"

球体猛烈抖动，属于嘀嗒球的外壳滑落，一层层剥离于雪花球。雪花球内部纷飞的雪花与北极熊模型重新现出模样。雪花球安静下来，不再撞动、不再说话、不再吵闹，最后，恢复了它本来的样子。嘀嗒球也一块一块地解体、重组，还原为初始形态。

祝盟戳嘀嗒球："汇报扫描结果。"

嘀嗒球语气干瘪："扫描数据损坏。"

祝盟又问雪花球："你好吗？"

雪花球内部，北极熊眨眼，投射出地球的景象。地球两极冰盖逐渐变薄。祝盟发现赤道处有一行数字，是日期。数字不断跳动，停止于"2042.04.02"。祝盟记得这个日子，那是二十一世纪全球变暖时温度最高的一天。那一年许多物种灭绝，自然灾害频发。

她问雪花球："你是在那个时候离开地球的？你想知道地球现在的样子吗？"

雪花球关闭投影，不再有任何反应，又变得像一颗玩具雪花球。

接下来一周，每次扫描都以失败告终。每一次，只要祝盟下达命令，嘀嗒球就会解体，用它那镂空的结构将雪花球层层包裹，形成嘀嗒雪花球，与此同时，金属腔和脆声音同时发声，叫嚣着，不让对方入侵自己的系统。二者都摆出十足的、要吵架的气势。每到此时，球体外壳都会呈现警报红光。祝盟怕雪花球暴露，只有叫停扫描。她怀疑嘀嗒球发生了故障，就随身带着它，到处扫描其他物品——毫无差错。

她忍不住，回到设备部，找到部门管理王师傅，递上嘀嗒球："它坏了。"

王师傅没搭理她。

"王师傅，"她声音提高一个八度，"你给我的嘀嗒球坏了。"

"不可能！"王师傅鼓捣仪器，"嘀嗒球的材质和结构能适应外太空极端环境。"

"可是——"

"可是什么？"王师傅抬头，"小丫头，按规则，我不该把嘀嗒球给你。你之前跟我说，用它扫描太空垃圾，是真的吗？你好像没扫描任何垃圾。"

祝盟一时语塞，她握紧拳头，想了想，反问："你怎么知道？"

"你的同班同学，敖家的小孩儿，对，敖定，也想问我借嘀嗒球，但他没权限。"王师傅探出身子，将嘀嗒球塞回祝盟的书包，"请不要招摇过市，否则我只有收回嘀嗒球。乖。"

"我扫描过太空垃圾，只是敖定不知道。嘀嗒球解体了，它包住了太空垃圾，然后又解体、重新组合，说数据损坏。"祝盟决定冒险。她没撒谎，雪花球也算太空垃圾。

王师傅意味深长地眯起眼睛，思索一阵，回答："如果太空垃圾是智能体，可能触发嘀嗒球的'组合'功能。嘀嗒球比较笨，如果你给它下达

'扫描'命令,它又同时进行'组合',就会影响数据。这种太空垃圾不应该由小孩儿处理,交给老师,学校会统一转给卫生部门检测,懂吗?"

"懂。已经交了。"祝盟转身就走。

她悟到了问题所在。她跑回房间,对嘀嗒球说:"组合。"

这回,嘀嗒雪花球没有发出青灰色频闪,没有变红。嘀嗒球外壳通体变为半透明状态,散发出翡翠的光泽。雪花球内部的碎片不断飘动,形成具有规律的形状,似乎在向嘀嗒球传递信息。

祝盟耐心等待,半小时后,嘀嗒雪花球终于开口。

金属腔先说:"组合完毕。"

脆声音接道:"这里是一枚'生态孢子'。"

然后,两个调子发出和声一般的共鸣:"是否激活'生态孢子'?"

四

"什么是'生态孢子'?"

嘀嗒雪花球没理会祝盟的问题,两个声音持续发问:"是否激活'生态孢子'?"

"我不懂'生态孢子',怎么激活?"

声音停顿两秒:"——无……无权激活……活。"

"什么?我有DNA认证,香格里拉科研区的。"祝盟伸出手指。

金属腔回应:"身份认可。"

脆声音说:"你好。"

祝盟意识到问题所在:"你们没完成智能组合?"

"完、部分、组合、完成、组、组合、组……"雪花球和嘀嗒球的回答结结巴巴、互相交错,一分钟过去,也没能将一句话讲完。

组合障碍。

祝盟叹气:"停止,下一个问题,我想想——即使我没资格激活,你们还是可以告诉我,什么是'生态孢子'。"

嘀嗒雪花球陷入沉默。祝盟提高音量,又问一遍,仍未得到回答。球体内的碎片停止飘动,沉降为一层冰晶。翡翠色的球体外壳逐渐变淡。金属腔说:"智能组合连接度降低,请进一步指示。"

祝盟担心雪花球出问题,也不敢命令嘀嗒球强行"组合"或"扫描"。所幸,金属腔变聪明了:"请注意提问方式。初级人工智能不是全能选手,只回答特定问题。"

"什么是孢子?"

球体闪烁,嘀嗒球搜索信息:"简单说,某些低等动物或植物的孢子,是指脱离亲本后能成长为新个体的生殖细胞。"

"什么是亲本?"

"对于人类,就是父母。"

"雪花球里保存着北极熊的遗传信息,是不是可以说,雪花球脱离了亲本?"

"可以。"

"'香格里拉号'的动物研究所也保存着很多濒危动物的遗传信息。研究员老师们能用遗传信息培育动物,这不稀奇。所以,光有遗传信息还不算生态孢子,对不对?"

"正确。"

祝盟敲了敲球体,冰晶碎片轻轻晃动:"是真的冰晶,里面可能还有微生物。雪花球的目的不仅是保存北极熊的遗传信息,也要保存北极熊的生活环境,就像太空船保存了人的生活环境。这里面存着一个小北极。小北极的亲本,是地球上的北极生态。"

"回答正确。"金属腔与脆声音同时开口,又达到了稳定和声。

"'生态孢子'就是离开地球后能成长为新生态环境的小雪花球?"

嘀嗒球不再发言,只有雪花球雀跃地将声音提高一个八度:"回答正确!"

"告诉我,怎么激活'生态孢子'?"

"你、无、有权、激活、激活——"两个声音陷入纠缠。

祝盟只能叫停。她想求助。她当然不能三番五次地打扰王师傅,于是她拨通直达地球的线路,安静等待。其实,按距离算,木星离她越来越近了。如果木卫二旋转到靠近太阳的方向,祝盟联系上母亲的速度会快于祝阳。直接打去木卫二?妈妈会立刻接电话吗?等接通电话的空当儿,她播放了一段来自木卫二的视频——私人录制,只有她能看,每周十分钟,关于母亲的工作进度。祝盟的妈妈负责木卫二海洋生态。地球海底千变万化,部分深海环境同木卫二冰面下的世界相似。科学家致力于选择合适的地球物种,进行定向培养,让它们适应严苛的外星生存环境。画面中,木卫二海底热泉附近,长出了大小不一的管栖动物,热泉口隐隐约约浮动着透明的深海虾。

"这其实不是独立长成的生物,是实验室培养后才移植到泉口的。可能还需要十几年,方能完成木卫二初级生态的搭建。"视频中妈妈的声音有些惆怅,也很期待,"那时候,你都长大成人了。"

祝阳接入频道，如以往一样，笑呵呵地："小外甥女，有何赐教？"随后，他发现视频信号，认出视频中显示的是祝盟母亲的实验环境，随后深蓝色的人影进入画面。

"想妈妈了？"祝阳问，"有没有发现，你妈妈的潜水服比以前薄了，更方便活动了。"

祝盟点头。

"我们研究所开发的，新材料，内衬有生物活性。"

"又不是你开发的。"

"我能造出更好的，五年后，赌不赌？"

"我造出的东西会比你造出的还好。"

"五年后你还没上大学吧。"

祝盟白了他一眼。

祝阳转换话题："找我做什么？是雪花球吗？真的捡回来了？外面那一层？"

"是嘀嗒球。"祝盟的脑子迅速转起来。她不准备告诉祝阳全部真相了，像王主任说的，她得学会自己拿主意，但她可以问问祝阳。祝阳懂材料学和人工智能。"——从科研部借的，可以用来陪雪花球。"

祝阳眯起眼，仔细观察："那是嘀嗒球'组合'模式，只有遇到比较难分析的物质，它才会一层一层包住对方。"

祝盟清嗓子："我猜，雪花球是上个世纪的智能玩具，所以嘀嗒球才会进入这个状态。"

"有可能，组合的结果如何？"

"不匹配，所以才问你。"

"上世纪的智能，一般都会直接被现在的智能体吸收，变成新智能体

的一小部分，很少进入不匹配状态。除非，这个雪花球比较高级，而且是独立编写的人工智能。"

"独立编写？"

"就像独立游戏、独立电影一样，是制作者弄出的独特东西，其中的算法和智能体的结构并不商业化，比较难量产。这就有点意思了。要不，你把雪花球远程登记到我名下，我来找人研究研究。"

"不，它就是个玩具，我来！我们正在学人工智能。"

祝阳有点犹豫："那你小心，做好记录，独立制造的智能体可能违规。要不，还是登记到我名下吧。"

"你不是去南极工作站吗，好好准备你的实习吧！"祝盟切断信号。

此后两周，除了睡觉与吃饭，祝盟几乎都扎在图书馆，读完了能弄懂的、所有关于独立智能体的书籍与视频材料。她将雪花球与嘀嗒球的人工智能架构进行对比，没找到答案。当然，她能做的很有限。

第三周傍晚，祝盟正一筹莫展，同班敖定刚好经过。

"你怎么还在这儿？"敖定忍不住问。

祝盟没好气："你没有科研区准入证，留在这里违规。"

"我最近在实习，生态所的方教授缺观察员。"敖定有些得意。

"观察什么？"

"帮她盯数据，就是对面模拟横断山生态的玻璃温室。方阿姨说毕竟不是地球，生态数据的结构不太一样，摸透了，以后去木星系统，好做实地栽培。"

"嗯。"祝盟看着自己的数据，没多说话。

敖定耸肩："我跟方阿姨提过你，她说，欢迎你做客。"

"好。"祝盟没有抬头。

敖定觉得没趣,悻悻而去。

祝盟捧出嘀嗒雪花球,同时搜索北极地区的生态数据。她小心挑选了几个模型,输入嘀嗒球。

如果雪花球是独立的智能体,它的独特结构一定来自活生生的生态数据——和北极的一样。

嘀嗒球如果能读懂北极的生态,也就能读懂雪花球,完成组合。

时间一分一秒地过去。

嘀嗒球弹出窗口:"组合完毕。"

祝盟没来得及高兴,图书馆的红灯突然响了起来。

"违规物警告——违规物警告——"

五

整个房间如闪烁的霓虹,红灯先亮起,橙色与黄色取而代之,交替流动。不是一级警报。祝盟首先想到地球夜晚的嘉年华、"香格里拉"居住区的游乐场,荣眯拉着她的手挤过人头攒动的小广场。她突然很想荣眯姐,这时候她在就好了。进入"香格里拉",祝盟只有一个好朋友——荣眯。在地球时她们就很熟,因为她们的父母曾经是同事。后来,祝盟的亲人大多选择了木星的科研项目,荣眯的小家庭则决定长居火星。荣眯大祝盟三岁,比她早念书,已能独当一面。几个月前,她离开祝盟,去火星

找她的父母了。分别时，荣睞抱紧祝盟："我有点担心你。"祝盟忍住眼泪："我能照顾自己。"话虽如此，没了荣睞，她失落了几个月。唯一的成就，就是她学会了报喜不报忧，也努力减少通话的频率和时长。火星社会与生态的搭建正在拐点，荣睞既要适应生活，又有学业，还要参与项目。她不想给荣睞添乱，就像她不想干扰妈妈的工作。她开始更多地求助祝阳，祝阳也非常殷勤。

班主任曾告诉她，不要只跟荣睞玩，要和其他同学沟通。想来，一定是敖定打了"小报告"。最近，敖定跟她越来越熟，是不是班主任的安排？还是"香格里拉"的王主任？每次在科研区遇见王主任，他都歪着脑袋瞧祝盟，若有所思，似乎在揣测一只总在错误地点出现的猫。

"组合完毕？紧急情况？"嘀嗒雪花球发出优美和声，询问的语调都宛如歌唱。球体外缘折射出剔透的彩虹色泽。

成功了。

嘀嗒雪花球变聪明了。

组合后，智能将获得显著提升——书上说得果然没错。祝盟内心雀跃，但她得解决眼前的问题，警报还在响。科研区，违规物警告不是罕见的事情。实验造出的失败品甚至成功品，都可能触发警报。图书馆灯光由红变黄，意味着不是危险物品，及时处理，即可解除警报。祝盟不愿意，她不愿意叫停好不容易组合成功的嘀嗒雪花球。祝盟给内心中小小的紧急求助名单都打了叉。她有点着急，再拖下去，工作人员过来，就暴露了。她赶紧收拾东西离开。宿舍不能回。科研区警报系统全面连通，嘀嗒雪花球不论在哪儿都是违禁物。她出了一身冷汗。嘀嗒雪花球开始运动起来，围着她转，吸引她的注意力。

她看向它，意识到，它可以是她的同伴。

她从外太空为自己捡回一个同伴,她给自己造了一个同伴。

"嘀嗒雪花球?"她问。

"有何贵干?"它的声音笑嘻嘻的。

"在'香格里拉',有没有地方,你不是违禁物。"

"嘀嗒球可以接入系统,确定方位,但需要认证许可。"

"我有许可,但是,会不会被发现?"

"雪花球内含丰富的加密方式,不用担心。"

"交给你了。"

三秒后,嘀嗒雪花球说:"'香格里拉'下层的居住区。我在生态非净区符合规定。"

祝盟有些发愁,她想到一个方法,但拿不准,她准备试试。她拨通敖定的联络频道,所幸,敖定还未离开上层科研区。

"有警报?"敖定忍不住先问。

"对,我用科研权限借了设备部的嘀嗒球。我最近一直在改造它,简单地说就是提升它的智能,现在它出了点问题。"

"嘀嗒球结构简单,能出什么故障?"敖定顿顿,"你是不是提高它的智能了?未登记的中高级智能都是违禁物。"

"你猜对了。"祝盟有些心虚,"但在居住区就不违禁,对不对?居住区是生态非净区,人造物和货物交易的管理都不严格。"

"你可以把它拆了。"

"如果你弄出新鲜东西,会拆吗?能保证拆了还能装回去?"

对方不说话。祝盟知道敖定在思考。他喜欢思考。他的父亲早逝,母亲工作忙,家里有四个兄弟姐妹,收留她一阵不成问题。听说他姐已获准进行太空行走,可以去空间站做维护了。

"你可以住我家，让我妹和我姐睡。"果然，敖定猜到了祝盟的小计划，生态所方教授肯定在开阔他的思路，"半小时后空间电梯见，我想想怎么跟我妈和我哥说。"

"就这么定了。"祝盟飞奔回宿舍，收拾了一箱东西，箱子有她半人高。她发现，除了嘀嗒雪花球，她的家当没有增加也没有减少，这让她有些没来由的失落。

抵达中枢升降梯，敖定已在等她。他先开口："我发现宿舍区的警报也响了，还是因为你？"祝盟点头。他看见祝盟的箱子，又说："你这不是借住，是搬家。"祝盟使劲按升降按钮。最后，敖定凑近祝盟，小心翼翼地问："能让我看看升级的嘀嗒球吗？"

"你不能告密。"

"我们都准备接待你了！"

"你怎么跟你妈说的？"

"我姐每次太空行走都要捡东西回来。我妈已经不管了，还说，就当增加空间站的多样性。我跟她说，你也捡了东西。"

祝盟笑了，觉得自己运气很好。电梯穿过空间站中枢轴需二十分钟，它有二十平方米大。她蹲到电梯边缘，打开书包，嘀嗒雪花球旋转着浮起，沿着星空旋转的轨迹飘动。敖定看呆了，祝盟有些得意。进入熙熙攘攘的居住区，敖定才回过神："嘀嗒球里的雪花和北极熊是怎么回事？"

"雪花球——上次太空行走捡的，应该是上个世纪的玩具，是不是很好看？"

敖定嘟囔："我姐有徒弟了。"

敖定家有点乱，属于有序的紊乱——从客厅到厨房，每人都占据一块领地。从衣服的堆积方式到各具特色的碗筷，祝盟能清晰地分辨出他们兄弟姐妹四人的喜好。很不巧，敖定的母亲今晚值班，姐姐敖旸还在维修部加班加点。哥哥敖枫带着敖定手忙脚乱地将敖染安顿睡了，才想起招待祝盟。祝盟已入乡随俗，给自己找了个角落。

敖枫一手叉腰一手炒菜，油烟味几乎超过非净区标准。他一脸焦虑，又充满歉意："不是你来得不是时候，我们家吧，长期处于非正常的动荡状态，我们都很忙，都有自己的时间线，请不要介意，请随意。敖定你别走，你今晚得陪我跑个数据，我怕我又弄错。"他抬手招呼弟弟，又转向祝盟，"敖定跟我说了你的情况，你已经一个人出来一年了？住科研区多寂寞，我家你可以随时来，当然，你肯定能照顾好自己——"敖枫话很多，祝盟吃完了他还在说。敖定似乎憋了一肚子气，完全不言语，猛扒着碗里的饭。

新鲜的事情纷至沓来，祝盟也有些累，她揉揉眼，来到了敖旸的房间。半个墙壁挂满了小小的陨石，按质地排列。

祝盟准备睡觉。她突然发现敖旸的显示终端开着，显示着地球数据库，密钥没拔。她深呼吸，盯着屏幕，爬进被窝，熄灯，隔了一小时，终于爬到显示屏前。

"我只问'生态孢子'，我发誓。"她自言自语。

祝盟输入条目。

上世纪，地球生态动荡，社会不稳定，很多数据和模型都没能得到保护，散落到虚拟世界的角落。达成共识、重建新资料体系，花去了人类很长时间。

所有数据并不对所有人开放。

祝盟安静等待。光标跳动，搜索有了答案。

生态孢子技术诞生于二十一世纪五十年代，六十年代成熟。因其存在争议，一直未获国际标准认可，但世界各地都有私制。中美洲地区一些国家也曾批准量产。至今，我们仍认为，生态孢子可能对保护地球有益，但也可能带来灾难——

六

整整一个夜晚，祝盟辗转难眠。有时她觉得自己身体睡着了，意识还醒着。她的思绪越过房间椭圆的窗棂，离开"香格里拉"，先回到地球，看见生命的起源，又抵达太阳系以外遥远的地方，看见人类拓展宇宙边疆。

数据库中，有一种理论认为，地球生命起源于彗星。彗星表面携带着干燥的冰晶撞上了几十亿年前大气层稀稀薄薄的地球。冰晶内拥有活性生物和来自外太空的遗传物质。于是，生命如同一颗种子，落地发芽、开枝散叶，经年累月，长为丛林与百兽。地球的物种就这样由单细胞一层层演变，将满目疮痍的荒凉星球改造为蓝色海洋与绿色山川。如果，地球环境恶化、物种濒临灭亡，人类是否可以如法炮制？

最早琢磨出"生态孢子"的人来自极北芬兰，是一位在读大学生，家住圣诞老人村——位于罗瓦涅米以北的北极圈上。据说，不远处的"耳朵山"能让圣诞老人听见全世界所有孩子的心声，因此那里被认为是圣诞老人的故乡。每年十二月二十五日，当极光照耀冰天雪地，驯鹿车便载着白胡子老头与无尽的礼品而来,为世人带来快乐。连续四个圣诞假期,罗瓦涅米都未降雪,新闻中尽是野生北极熊濒临灭绝的报道。冬天的极圈内日夜常暗,极光都显得比往年暗淡。那位年轻人心中烦闷,总不由得想象地球末日的样子,为缓解心情,他研究起了生命的诞生。

他被彗星撞击地球的理论吸引。

如果抵达地表的不是"野生"彗星,而是被设计过的、特地用来存放生命信息的星体;如果播撒生命并非宇宙的偶然事件,而是智慧生命有意为之,那么,地球丰富的物种仓库也可以成为太空中其他生命的源头。

"生态孢子"的念头犹如圣诞老人的祝福,在平安夜进入年轻人的脑海。

"香格里拉"系统内关于"生态孢子"的早期记录很详细。年轻人的专业本就是生物,他申请了智能生态项目,毕业时,设计出了"生态孢子"的雏形。他写道:"蒲公英能随风飘荡,抵达合适的地方,播种发芽。宇宙环境比地球恶劣,因而生命的携带体将不仅拥有遗传信息,还应拥有相应的生态触发机制,而且最好拥有高级智能,以面对各种情况。"年轻人最初计划将"生态孢子"送上无人太空船,穿过八大行星的轨道,去到太阳系以外。但很快,世界陷入经济危机,项目被叫停。而与此同时,赤道附近的环境恶化,人们无计可施。有人读到年轻人的论文与设计,发现切实可行,便利用业余精力,造出了更为廉价的"生态孢子",他们租用廉价的卫星,发射火箭,先将一箱箱"孢子"投放到远地轨道,再激活每个"孢子"自带的小型发动装置,让它们一次性发射,离开地球轨道,如天女散花似的散开,弹出地球的引力范围。

适时,可控核聚变刚刚投入民用市场,使用标准严格。地球外面,则因没有设立相应的使用标准,变成一片实验场。"生态孢子"的播散行为

钻了空子。一方面，各国政府和很多民众并不重视全球生态急速恶化的趋势，认为那太遥远；另一方面，不同研究单位的数据和模型都显示，呈指数增长的环境问题一年内将爆发，五到十年内都不可控。"生态孢子"成为急于保存地球生命的首选策略。

以区块链为核心的信息分享平台迅速搭建，超过十万人加入"生态孢子"项目。他们系统取样了地球不同生态位的物种和环境信息，制作不同大小、不同形态的"生态孢子"投入宇宙。小小的智能"孢子"携带可控核聚变能源与轨道计算装置，像蒲公英一样，慢慢飘散到太阳系各处，乃至遥远的星系。"数量越多、概率越大"成为"生态孢子"制作的准则。

祝盟出生得晚，对地球生态瞬间崩溃没有切身体会。她的母亲也只在童年初期经历过地球的困难时刻。人类历经两个世代，重新调整了文明与自然的关系，才让地球复苏。妈妈一直对祝盟说："没有前人夜以继日地努力工作，不会有现在和以后的生活。"她从未懈怠，第一时间参与了木星计划。有时祝盟难以理解母亲。

视频记录中，"生态孢子"飞散夜空的景色非常壮丽。尤其从外太空看，地球夜晚的城市光辉与"孢子"金色的发射轨迹相互交错，宛若反射宇宙星空的水晶球，但相关视频不多。超过三分之一的"孢子"智能系统并不成熟，微型可控核聚变的发射和轨道计算出现偏差，零零散散地落回地球的"孢子"造成不可挽回的灾难与恐慌。"生态孢子"项目开始叫停，环境急剧恶化所引发的自然灾害也几乎同时出现，世界陷入混乱，关于"生态孢子"的图像与视频记录变得不系统，最终被喧嚣埋没。真正让"生态孢子"销声匿迹的事件来自火星——一颗以澳大利亚荒漠地区为摹本的"孢子"落到火星峡谷。"孢子"系统判定，火星可以承载它所携带的生命信息。于是,"孢子"启动,进入生根发芽阶段。火星科学考察基地恰好离得不远。三天后,基地的生态系统报警:"生物入侵"。

NASA火星项目负责人发言说:"'生态孢子'是播撒生命的希望,也可能形成生物入侵,就像兔子入侵澳大利亚。如果地球的'生态孢子'毁了其他星球的原始生命呢?我们不应随意散播'生态孢子'。"

"生态孢子"被明令禁止。

祝盟仍在梦中。

她发现自己回到科研区的学校图书馆,红色频闪覆盖房间,嘀嗒球一层层剥离,没有恢复原样,却如同干枯的落叶,一片片堆积到地面。雪花球内部的冰晶碎片高速旋转,挡住位于中心的北极熊母子。终于,雪花球自身不堪重负,摔向地面,应声而碎。

"生物入侵——生物入侵——"警报响彻整个"香格里拉号"。

祝盟惊醒,闹钟的声音吓出了她一身冷汗。

"生态孢子"的历史和她的梦首尾相接,清晰可辨。

床头放着敖旸姐姐的《香格里拉指南》。某种程度上,"香格里拉"像一个巨型生态孢子,里面保存了云南省横断山区的全部生态位与生物信息。"香格里拉"的目的,便是将这些生态带给太阳系的其他行星与卫星。因而,"生态污染"和"生态入侵"是"香格里拉"最忌讳的两件事。

"不。"她对自己说,"嘀嗒雪花球非常友善,绝对无害。"

接下来的一天,她将嘀嗒雪花球留在敖家。学校里,她心不在焉,课也听不进去,脑子里全是嘀嗒雪花球和"生态孢子"。课后,敖定想带她去方阿姨的生态区。祝盟想到"生物入侵",觉得自己可能会同"生态孢子"一样,入侵方阿姨的生态区。她没理敖定,一溜烟跑回居住区。

敖定的姐姐敖旸回来了。她一手捧着雪花球，一手捧着嘀嗒球。她解除了嘀嗒雪花球的组合。她此时正在客厅，目不转睛地盯着祝盟。祝盟一时不知该撒腿就跑，还是扑上去抢回自己的嘀嗒球和雪花球。

敖旸抢先行动，将祝盟拉到自己的房间，双手叉腰："不是所有的东西都可以随便捡回来，不是所有的东西都可以随便安装、组合。要知道，如果居住区有生物入侵，可能更危险！两个选择，第一，我的权限高，它们俩，交给我，我去递交给科研验收部，就说都是我捡的。这样你没事，也和它们没关系了；第二，你自己去递交，承认错误。这样呢，嘀嗒球可能还是你的，雪花球就得看验收报告了。"

七

祝盟很紧张，她决定亲自递交作为"生态孢子"的雪花球。

时间不算晚，她告诉敖旸，她想今天就去"香格里拉"科研区，完成递交验收程序，晚一些再回。

敖旸犹豫了，她将信将疑，怕祝盟一个人无法安顿好这件事情。不过，她也很忙，夜晚仍需进行空间站工作。她昨晚进行了太空行走，中午回来，歇了几小时，又得回科研区。

"我们一起吧。"她建议。敖旸干练地准备简单的晚餐，有蛋白压缩食品和压缩饼干，也有空间站内部养殖的禽类熟食与云南的野菜。离开地球，食物的丰富程度大打折扣。空间站用以维护生态平衡的可食用蔬菜不多。敖旸为安抚祝盟的紧张情绪,清炒了一盘新鲜的野菜。

"方教授生态区养的,今年长势好,产量多,方教授才让敖定拿回来一些。"

"我准备去方阿姨的生态区走验收程序。"祝盟说。

敖旸点头,表示同意。方教授拥有"香格里拉"最完备的生物鉴别系统,适合处理"生态孢子"。

下午六点半,她们返回科研区。太空没有昼夜之分,空间站的照明系统自行设定黑夜与白天的节律。清晨六点,整个"香格里拉"逐渐调亮;傍晚六点,"香格里拉"则进入黄昏。当她们乘坐连接科研区与居住区的空间电梯时,科研区率先呈现晚霞般的光辉,内部呈现柔软的红色与橙色。居住区则向着太阳,黄昏的阳光穿过居住区,叠加为通透的橙黄光泽。科研区与居住区并行旋转,宛如两颗连缀的明亮宝石,十分好看。

祝盟一手托着雪花球,一手托着嘀嗒球。嘀嗒球飘离她的手心,靠近电梯玻璃墙,咚咚咚地撞击,似乎非常喜欢居住区傍晚的色泽。即使脱离与雪花球的组合,它也比以前聪明了。雪花球内部的冰晶自行转动,节奏与嘀嗒球撞击的节律相同。祝盟猜敖旸没能完全切断嘀嗒雪花球的组合连接。

她没告诉敖旸这一事实。

敖旸本来准备亲自带祝盟见方教授,但她的通信设备一直响,催她去太空行走的准备区。她叮嘱祝盟几句,转身搭乘上了摆渡火车,目的地是空间站最远端的泊口。

晚七点,科研区照明系统暗淡下来,"香格里拉"进入夜晚。科研区工作人员大多晚出晚归,因而此时仍在工作。生态区则不同,为模仿真实的自然环境,方阿姨管理的横断山生态区正式迎接夜幕。远远望去,它整

个陷入黑暗，偶有带荧光的昆虫飘浮，更显神秘。

祝盟磨磨蹭蹭地往前走，发现那儿比平时还黑。她仔细观察，方阿姨的办公室一片漆黑，实验组学生与助研人员的工作间也一片漆黑。生态区没有人。她有点急，左右四顾，发现一只负责维护科研区的机器人。它转动四个轮子，靠近祝盟。

祝盟问："方教授和其他老师呢？他们怎么不在？"

机器人毫无感情地回答："'香格里拉'生态所全体工作人员会议，方教授的科研组都去了，今天轮到他们做实验展示。"

祝盟继续问："什么时候回来？不，我想说，如果他们不回来，我也可以做生物验收，对不对？"

她其实不想同方阿姨面对面交流，如果方阿姨问为什么捡回雪花球，她该怎么办？如果方阿姨问为什么要把雪花球和嘀嗒球组合起来，她该怎么回答？如果方阿姨发现雪花球"生态孢子"特别危险，要销毁雪花球，她该怎么做？如果方阿姨通知她妈妈……这可不行。

最好一切由人工智能完成，有什么问题祝盟再自己解决。

机器人问："验收什么生物？"

祝盟抬起雪花球："它可能是'生态孢子'。"

"跟我来。"机器人慢悠悠地拐向生态区边缘——方阿姨实验组的一个学生工作台，"有科研区的权限吗？"它问。

"有。"祝盟觉得事情能成，开心地问，"递交验收的程序很复杂？"

"不。'香格里拉'遇到过几次'生态孢子'，基本无害，恰当处理即可。"机器人启动工作台，扫描祝盟，判定她未成年，便帮她启动程序，找到生物验收栏目。它示意祝盟。祝盟伸手，DNA验证成功。工作台扫描仪启动，绿色灯光上下移动。她找了一个托盘，将雪花球放到上面。雪花球滚来滚去，明显不情愿。

第一缕绿色光辉接触雪花球时，似乎触发了它的应急机制。雪花碎片自行飞舞，一层一层包裹内部的两只北极熊模型。绿色光辉无法穿透雪花碎片形成的小小矩阵。扫描强度增大，浅绿色变为深绿，形成光柱，强行向内投射。

支撑雪花球的底座与雪花球外部的玻璃层被破解。底座内的小推进器的能量已消耗殆尽。包裹雪花球的玻璃层非常结实，能耐高温，但更耐寒、更耐冲击。玻璃层包含复杂编码，似乎是一层智能"排他"系统。生态区的扫描仪显示：雪花球的"排他"性强度为"最高"，意味着，除非找到适于"生态孢子"生长的绝佳环境，否则雪花球绝不会自行开启内部系统，让"生态孢子"播散成长。

而此时此刻，扫描仪复杂的深绿色光柱正强行突破雪花球的保护层，进入雪花球内部，分析雪花碎片的运动轨迹，试图阻碍其飘浮的线路。雪花碎片包裹的球体露出缝隙，小北极熊双目投射影像，地球北极冰川的画面一闪而过。

事情有些怪。

祝盟问机器人："能叫停吗？"

机器人的手臂插入工作台接口，正在读取信息，回答："现在不行了，这是一个罕见的'生态孢子'，内部机制未知，要叫停扫描，得等方教授回来，用她的权限——等等，那是怎么回事？"

祝盟回头，发现被忽视的嘀嗒球进入解体状态，一层一层剥落，变为一缕缕细长的丝线，如触角一般，接近雪花球。它要和雪花球组合，想保护雪花球。它开始覆盖雪花球，形成一层薄薄的外壳。

扫描仪感受到了嘀嗒球的行为，光柱变为墨绿，瞄准雪花球内储存信息的迷你北极熊，希望在嘀嗒球彻底隔离雪花球以前，触及雪花球的核心程序。但扫描仪晚了一步。它不知道嘀嗒球和雪花球可以组合。

嘀嗒雪花球散发出通透的翡翠色光辉，让扫描仪的墨绿色相形见绌。它发出声音，雪花球清脆的嗓音与嘀嗒球的金属音合二为一："这里不是'生态孢子'应该生根发芽的地方。"

扫描仪没有放弃，它加大力度，整个生态区的运算量都被调动起来。

突然，警报响起——方阿姨生态区的入侵警报。

所有灯光骤然变亮，似乎一切阴影都无处遁形。

嘀嗒雪花球嗖一声从小托盘中跳起，高速旋转，弹球似的四处撞击。它试探着敲击生态区的隔挡玻璃。玻璃墙内，云南横断山脉的高山植被云雾缭绕。

"'生态孢子'入侵，'生态孢子'入侵——"扫描仪下结论的同时，开启了全科研区的广播。

祝盟急了，高喊："快跑。"

机器人则说："不能让它跑掉。"

嘀嗒雪花球落回地面，围着祝盟转了两圈，而后瞬间飞起，砸碎了试图捕捉它的机器人机械臂。

它尖锐地叫着："我的家园，我的家园——"看似来回乱撞，实则向着连接科研区与居住区的太空电梯去了。

更多工作人员与机器人赶来，都没能拦住它。

实时画面显示。它撞击着进入大厅，进入太空电梯，撞击启动按钮。电梯关门，下沉，迅速滑动，离开科研区。

当电梯驶入透明管道的正中，嘀嗒雪花球铆足了劲，向外一冲，同时撞碎了电梯和电梯管道。

它转动着翡翠色的身躯，迅速消失在外太空茫茫的黑暗中。

八

画面中，敖旸正在外太空作业。她身着宇航服，腰挎工作箱，后背连着安全缆线。她在"香格里拉"空间站科研区的外层移动，做定时检测。她还不熟悉检测流程，使用工具的手法显得生疏，但她身手轻巧灵敏，很适合外太空行走。

随后，被载入"香格里拉"航程史的英勇事件发生了。

翡翠色的光亮球体出现于屏幕上，又迅速往深空移动。敖旸发现了它。她认识它。她几乎没有犹豫，双足用力，跳离空间站，同时开启动力系统，以加速度迅速靠近翡翠色球体。翡翠色球体并无加速系统，真空中也难以依赖自身的转动改变方向。敖旸几乎追上了它，但她腰间的缆线长度已到了最大值。她看准方向，果断解开缆线，继续加速。她伸手，抓住那个翡翠色球体，按在心口。与此同时，她调整飞行方向，却难以减速。她撞向远处的太阳能板，借力变换方向，直直飞离了空间站的科研区域，飞向居住区的蝶形扇面结构。

缆线断开与太阳能板损毁让整个"香格里拉"进入紧急状态。连接科研区与居住区的太空电梯通道被整个点亮。敖旸的运动轨迹清晰可辨。她运动到居住区时，维修部的王师傅已进入太空行走状态。据说事情发

生时,他已根据敖旸撞击太阳能板的轨迹,判断出他本人距离敖旸最近的落点。所幸,他宝刀未老,记得太空行走的所有要点。他腰挎两根安全缆线,同时敖旸努力减速,调整方向。王师傅恰到好处地抓住敖旸,重新给她扣上安全缆线。

什么东西?王师傅用眼神问。

敖旸捏着翡翠色球体,给王师傅看。

"那个嘀嗒球的外壳,是我库里的!"王师傅嗓门大,宛若加了增益,"香格里拉"空间站人员都通过紧急频道听见了他的叹息。

事件发生后,祝盟才通过方阿姨的全息影像记录瞧见了敖旸捕捉嘀嗒雪花球的全部过程。

而横断山生态区负责人方教授与"香格里拉号"负责人王主任目睹了一切。他们的高级会议室位于科研区边缘,设有落地窗。会议正讨论空间站抵达木星后的任务,以便提前准备。然后,会议中断,与会人士如看裸眼电影般瞧着敖旸跳离太空行走的路径,去捕捉嘀嗒雪花球。他们甚至看到更多信息——敖旸抓住嘀嗒雪花球的一刻,雪花球内部再次投射画面。

"是求救信号。"经验丰富的王主任说。

画面中,北极熊母子互相依偎在仅存的冰块上,那正是野生北极熊灭亡的征兆。

胖胖的方教授判断:"晚期'生态孢子',它们会把求救信号做成某种视频。这枚孢子存的应是北极生态信息。"

当敖旸与王师傅安全进入"香格里拉"居住区港口,方教授立刻告诉实验组:"今晚的紧急任务——分析'生态孢子'。"

祝盟一夜未眠。她反复看敖旸取回嘀嗒雪花球的视频,心情矛盾。她既高兴嘀嗒雪花球返回,敖旸毫发无损,又觉得自己闯下大祸,雪花球难逃被销毁的命运。

她被送回位于科研区的宿舍,像是被关了个小小的禁闭。

第二天清晨,有人敲门,她这才注意到自己蓬头垢面的。她打开门,是敖旸和敖定。

敖旸当即说:"我差点死掉。"

祝盟没憋住,哇一声哭出来。

敖定大声说:"姐,你干吗!"

姐弟俩等祝盟平静下来,一起去就餐区吃了早饭。他们中途碰见了王师傅。王师傅摇头,对祝盟说:"丫头,你忽悠我。"又安慰道,"不怕,哭一下就好。一个'生态孢子'而已,太阳系到处是'生态孢子',类似的事故很多。"

快到中午,方阿姨的检测初步出了结果。她和她的实验组同王主任简单开了个碰头会。敖定收到信息,对祝盟说:"方阿姨叫你过去,问几个问题。"

此时,祝盟心情好了些。她收到了妈妈的信息,说"探索总是好事,当然总会付出代价"。她觉得她明白妈妈的意思。

她刷DNA码,第一次进入"香格里拉"的横断山生态区。温室模拟着清晨的丛林与山谷。晨雾中,一簇一簇山地杜鹃仿佛引路使者,指向方阿姨实验组的半透明工作棚。祝盟寻找铭牌,终于在角落发现了"方源教授"几个字。透过磨砂玻璃,她瞧见了翡翠绿色的嘀嗒雪花球。

它还活着,没被分解。

她的心稳了一些。

"快进来。"方阿姨催她。

工作棚内填满了喇叭花,不过,仔细瞧,黑色果实与紫色花朵表面覆

盖着一层流体物质，有些类似覆盖雪花球的嘀嗒球。

"你看。"方阿姨指着嘀嗒雪花球，喇叭花藤蔓伸长、伸长，接入嘀嗒球的镂空结构层，"这其实不是喇叭花藤，是类似嘀嗒球的基本智能材料，可以覆盖在生物体表面，一方面协助我们分析动植物特征，另一方面也能协助不同生物进行信息交换。"

"不同生物？"祝盟惊讶地瞪圆双眼。

她第一次听说不同的生物能通过人工智能交流。

"横断山的喇叭花正和北极圈的'生态孢子'对话呢。"方阿姨眼角的皱纹很深，笑容却像祝盟的同龄人一样灿烂。

雪花球内部冰晶碎片规律地跳动着，嘀嗒球的翡翠颜色规律地改变深浅。它们协调良好，十分专注。

"为什么？"祝盟问。

"不管在空间站、木卫二，还是今后人类将抵达的外太阳系星球，如果我们想制造适于人类居住的生态环境，在最开始，一定会面对狭小空间和有限资源，所以啊，一定要提高太空生态层不同物种之间的信息交换。有更多交换，就有更多的调节，才会有更多的容错可能性。我们需同时加强动植物的智能，让它们互相自主适应。加快、加深这种适应，人类才能克服外太空严苛的环境。"

"这和——"祝盟与方阿姨面对面坐下，"这是不是说，嘀嗒雪花球可以留下了？你看，它能适应横断山的喇叭花，不会有生物污染的。"

"不，不留下！"嘀嗒雪花球突然表达自己的观点，声音一脆一沙哑。

"为什么？"

"我的任务是去没有人的地方，去传播生命，这里、这里……"它磕巴了。

方阿姨问:"这里怎么了?"

"——这里是我的中转站。"它做出判断。

祝盟一头雾水。

方阿姨笑了:"我来传达王主任和我商量的结果。"

祝盟不自觉坐正。

"首先,偷藏太空垃圾是不对的,尤其是一枚'生态孢子',如果是早期的劣质款,它很可能污染'香格里拉'。王主任决定,之后半年,你都需利用课余时间帮助整理太空垃圾。"

祝盟点头。

"其次,你对这枚'生态孢子'的改造很成功。你通过嘀嗒球,加强了它的自带智能,没有这一环节,我现在也不能让它和喇叭花对话。鉴于此,我想招你为横断山生态区的小实习生,你愿意吗?"

祝盟使劲点头。

"最后,经过商量,我的实验组决定收留这枚'生态孢子'。原则上,但凡发现'生态孢子',都需销毁或分解,以防它们污染太阳系内的生态环境。比如,敖旸和王师傅就及时阻止了这枚'生态孢子'的逃逸。但目前看,它又很有价值。传播生命和污染生态在太空旅行中总是一体两面的问题。它的出现,倒给了我们新思路——"

第二天,祝盟上岗,她来到"香格里拉"太空垃圾处理站。人类生产的东西千奇百怪。负责人已认识她了,对她说:"处理太空垃圾是门学问。"

一周后,她适应了工作。她喜欢处理太空垃圾。

一个月后,她从横断山生态区领回嘀嗒雪花球。它适应了"香格里拉"的环境,确认没有危险。方阿姨再次提高它的智能。它学会了同祝盟

吵架，并表示不想住科研区。

三个月后，祝盟递交申请，王主任批复。她决定搬出科研区宿舍，借住敖家。敖家五口人非常高兴，尤其是敖定。祝盟也喜欢上了这个没有规矩的大家庭。

六个月后，"香格里拉"正式进入木星引力范围。

橙黄色星球逐渐占据天幕，不同卫星在其表面投下阴影。祝盟每每实习到傍晚，搭乘太空电梯返回居住区时，都有些伤感。

她会问嘀嗒雪花球："一定要离开吗？"

"对。"

"离开太阳系，就没法返回了。"祝盟建议，"你可以在木星多待一阵子，等我长大，一起去外太空。"

"可'香格里拉'不会等。"嘀嗒雪花球说，"方教授说，'香格里拉'在这里停泊一个月后会立即启程。时间窗口正好，'香格里拉'会成为离开太阳系的第一艘载人飞船。而我，我会比'香格里拉'还快。一旦离开太阳系，就没有法律意义的污染问题了。我就可以飞得更远，真正地传播生命。"

"好吧！"祝盟叹气。

这回，嘀嗒雪花球飞到她的脑袋边，蹭着她的发梢，说："我会走得慢一点，你来追我。"

"你也可以再快点，找到漂亮的星球。"

"我会让那个星球变成新北极，然后繁殖外太阳系的北极熊。我和北极熊会一起欢迎你。"

来自莫罗博士岛的奇迹

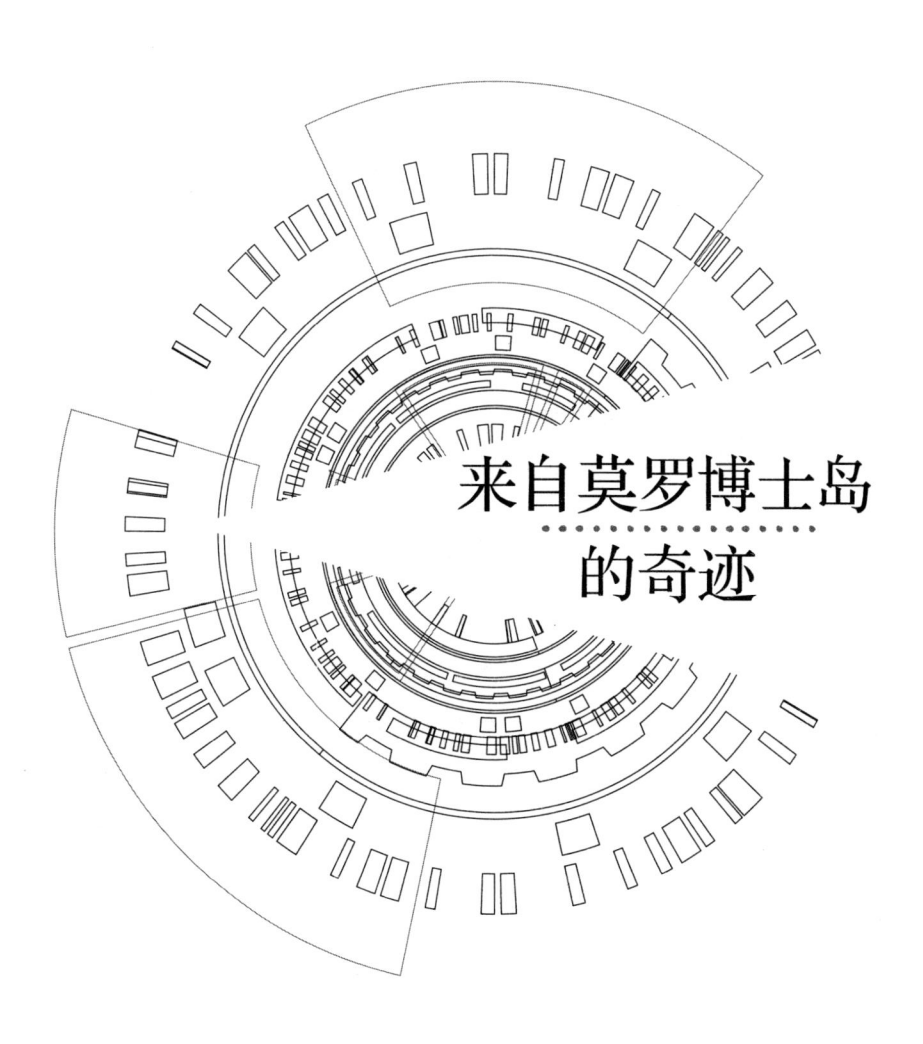

一　抵达莫罗博士岛

无风带——莫罗博士岛的接泊点。十年来，每位登上莫罗博士岛的人都需在此静候。已有五年无人登陆莫罗博士岛了。每隔半年，联合国会将一艘装满莫罗博士所需物资的驳船停泊在无风带。隔天．蒙哥马利才抵达，将那驳船拖走。而这一切将不再发生。人类的意识已进化至下一阶段，莫罗博士岛终于获得了它遗世独立的地位，我则成为最后一个登上莫罗博士岛的人。

我或许应听从约翰劝告，避免对莫罗产生过多好奇。我应老老实实地休假，享受印尼海滩上的阳光与树荫。但月光明亮的夜晚，总会有闪光的海洋生物一批又一批地浮至浅海，游客无不为此屏息。他们难以克制本能冲动，踏入大海，浸入脚下繁星摇曳的"液态宇宙"。七十四岁的老向导拦下我，她是我专门找的本地人。她抬手指向天空，说那里原有一颗四等星，一年前开始逐渐熄灭，其实它很久以前就死了，只是光速太慢，最后的光彩刚刚触及地球。我问她，南太平洋的海洋生物是否都会反射摄人心魄的光亮。老向导摇头，说几周前才有，每一种软体动物都变得像灯塔水母，每一类海洋生物都散发出深海的色泽。我的内心在那一刻松动。海中浮标上立着荧光牌，让大家尽可能远离那些会自行发光的生物。

我查询内部资料，针对苏门答腊群岛生物发光现象已有简要报告。因为约翰负责审阅，文件便留在他那儿了。卫星显示，发光带随莫罗博士岛的航行轨迹逐渐扩散。于是，第二天刚刚入夜，我再次拜访老向导，求她帮我弄艘土制原始木筏——可以漂洋过海，且没有追踪设备。她知道我是中情局的。我解释自己只是学员，专业做情报分析，不干背地里的勾当，且在印尼没任务。她将信将疑。在木筏快要离开细密沙滩时，她才说："你理解反了，我们是已经熄灭的星星，意识的光亮则刚刚抵达人间。"

我加快速度，沿着光带深入海洋，来不及玩味她的话。当突然而至的海啸遮住半个天空，我看见海啸中如星星一般的动物并未挣扎。它们借着巨浪游动，像天空中集群飞翔的鸟。

太阳出来时，我抱着支撑帆的横梁，意识到它短了半截，因而我无法爬到上面，只能半截身子沉在海里。烈日很快晒干了我的手臂。我的身子发烫，头上的汗水和盐水似乎被烤得吱吱作响。我的腰和腿都受了伤，快没有知觉了，仿佛已经泡烂。很长时间，我的皮肤才发觉风已消失，无风带将我包围。我已抵达了心中的目的地，模糊的视线望见镜子似的海平面，区分天地的直线有了些微震动。震源来自一个明亮的光点。我朦朦胧胧地想到了蒙哥马利的"维茵夫人"。

昏迷时我并未完全失去知觉和意识，中情局的训练加重了我思维杂乱的症候。我听见恒河猴尖锐的鸣叫，感觉胳膊愈发脱力。这时，毛茸茸的动物巨掌——熊掌及时将我捞起，甩向铺有毛毯的坚实地面。我去过西伯利亚，驱车穿过大大小小的荒芜城镇，来自上世纪的朽木电线杆歪七扭八、密密麻麻地插在村落上头，就像东正教的双十字架。只有北方棕熊会趁我停车抽烟时，愉快地接近我。我喂它糖果，它吸着尚未散掉的二手烟，用舌头直接卷走我嘴边的橘子。我闻见烟味，然后各种动物的味道淹没了我，仿佛回到儿时心爱的巡回马戏团。喧闹的、荒诞的、充满欢快的安全感迅速将我拖进短暂的沉睡中。

梦中我还醒着，还记得与约翰讨论莫罗。约翰知道我的履历，好奇搞心理侧写和分析情报的家伙为何会对动物感兴趣，他开玩笑说部门里居然有激进的环保主义者。我咧嘴笑，表示我只是好奇莫罗博士的实验。他收敛表情，严肃地说，莫罗博士岛可是情报界的谜题。

约翰很久没离开兰利了。他几乎不去现场，统领情报分析十年，俨然成为办公室头目。他似乎懂得阿拉伯语系许多微妙的方言，多少能猜出他的经历，但他不再进入黑暗的角落工作。从业三十年，他总结出一套学院派观点。潜入光明世界下的黑暗不一定能发现真相全貌，毕竟人的眼睛不是用来感受黑暗的。相反，仔细观察光学的明暗、色理、波动和不确定，可以帮我们猜出看不见的逻辑。他说人类社会亦是如此，仅仅深入人性黑暗面不值得骄傲。他曾教育我们，优秀的情报人员是人性艺术家，而不是利用人性的堕落狂欢者。他有着如此高于职业高度的自我定位，面对大小场合也从不焦虑，的确好似一名艺术家，总能拉开审美距离，远观尔虞我诈。同他面对面交谈时，你也能感到，他的一部分心思不在现场，而置身事外却能没有偏见地关注到现场的每个细节；偶尔满是忧郁，偶尔过度热情，但总能选择恰如其分的措辞与行为模式。

人性艺术家。听起来能扼住诸神的咽喉，提前促发"启示录"降临。但当我将莫罗的难题丢给约翰，他也捉襟见肘。我们拥有莫罗博士岛的所有公开情报。它像浮在南太平洋上的巨大绿色贝壳，而我们无法确定里面的珍珠是何种模样。约翰问我莫罗博士是否反人类，我摇头。莫罗充满亲和力，毫无社交障碍。他喜欢同心智相当的人交流，比如他的学生蒙哥马利。我们必须承认，很多人比他奇怪。

他曾声称当所有事物达到充分链接，人脑、网络与人工智能间不会出现统率一切的巨大独立意识，不会妄想去奴役世界。但他也没点明会出现何种情况。他总是这样,看起来什么都说,但每句话都闪烁其词。

莫罗生于巴塞罗那,成长于爱丁堡,实际是基辅人,二十五岁拿到计算神经学博士与神经解剖学博士双学位,三十岁建立脑机交互基本模型,随后放弃普林斯顿终身教职,专心搞科研。他建立的模型难以证真或证伪,因为"充分链接"标准太高、非植入脑机交互精确度低、植入脑机交互易遭受抵制、大规模动物实验又违背伦理。加之莫罗宣称自己是实打实的唯物主义者,没有实验的正向结果,他绝不公开所有理论,这反而加重了实际科研的难度。所幸,莫罗清楚自己不是爱因斯坦,也没有艾丁顿为自己正名。不过,他懂得利用商业白手起家,建立"帝国",不到十五年,他在生物界一手遮天。他想从动物实验开始,证明他的模型。由于欧美动物保护的文牍主义每每掣肘,其他国家无法提供稳定实验环境,莫罗便为自己造了一座岛。

我见过约翰长时间端详着莫罗博士岛的全息图,好似审视艺术品。

约翰没头没尾地解释:"莫罗认为实验动物和人口腹中的动物一样平等,他认为自己的实验比动物保护者更尊重动物。他一直对动物群体行为、人类集体意识感兴趣。这或许就是他对人的看法——自然与社会应该平等,只是现今人类的存在方式无法满足莫罗的标准。"

"莫罗的标准。"我模模糊糊地回忆。我想起莫罗的物资详单,自十五年前起,他每年都会筛选实验动物,很快便脱离了模式生物的限制,甚至索求过亚马孙鳄鱼和亚洲象。但他从不批量订购,每个物种少则两三只,多则四五只,一次购进,再不续订。纯系小鼠或黑鼠这些生物实验的量产炮灰也是如此,仿佛莫罗在精挑细选动物伊甸园的成员,而非动物试药。他的纳米药剂一年又一年地占领全球市场,每个季度都有新的产品。每年他都会录十三分钟的短视频,权当莫罗发布会,介绍每年药物的生产

方向。他每年都会换一个领域挺近——快要将人体探索完啦。他去年生产了针对淋巴免疫系统的纳米药物。今年一月，他终于宣称正式进入神经系统。这有些难，毕竟人类不喜欢异物入侵头脑。

视频中的莫罗，白发、灰眼，异常坦诚，而大众却难以猜测其所思所想。他明亮的目光令他很像发光的海洋生物。他说人体细胞总在更新，人的一生能换好几个"自己"，他的纳米试剂也不例外，只会更好。约翰说莫罗不玩花招，甚至不搞阴谋，或许只是在做一个大工程，按阶段向人类汇报进展，从不提多余的、无法理解的部分，好像照顾人心似的。我则怀疑莫罗博士岛是一个阴谋。任何企图左右人类思维的，都是阴谋家。

我感到刺痛，同时凉丝丝的。有人在处理我的伤口——腰部被缝合，动作专业；处理大腿伤口的家伙则手忙脚乱，还不止一人。他们的麻药好像不够了。我开始恢复感觉，然后疼得流眼泪，而后被注射了其他东西。伤口涂了厚厚的黏液，神经末梢似乎被包裹起来，痛感变得不明显了。有生物在舔我的脸、我的刮伤、我的血污、我的汗水、我的眼泪，最后又一点一点湿润我被阳光烤得发烫的眼睑，似乎是在安慰我。当我挺过整个处理过程，他们才把我抱回阴凉的底仓。我的意识有一阵非常清醒——莫罗博士的动物。毫无疑问，我成功践行了他的动物实验。

我或许昏迷了好几天，或许只一个夜晚。船体剧烈震动，我终于睁开眼。一只高大英俊的黑斑羚望着我，然后低头继续吮吸我腰间的缝合伤疤。我努力低头，看到它将脓液、血块和药剂黏液小口吐到木桶里。我猎杀过黑斑羚，它们通常美丽又胆小，死时宝石般的眼睛异常透彻。但它很坦率，不怕人类，尖锐的双角微微向后盘曲，几乎能直接向上戳穿甲板。一只雌黑斑羚绕了进来，还有它们的小崽子，最小的那只高兴得一蹦一跳。黑斑羚一家的后面是麋鹿、袋鼠、恒河猴、灰尾松鼠，甚至还有一只树懒和两只渡渡鸟。我迅速被包围，下意识地直起身往后缩，这才发现手边有三沓纸，小心掀开，上面写着试药协议书等字。我阖上纸张，整理气息，又扫视四周。舱门侧面用夸张的字体刷了明亮的"维茵夫人"一词。制式确属五年前莫罗购买的船艇，体积不大，但有足够的马力拖动巨大的驳船，通常由蒙哥马利驾驶。舱体被弄得脏兮兮的，铺了毛毯，装满货物，还有一些波希米亚风格的装饰，很混乱，有如海上养殖场。不，不太一样。我盯着距离最近的纸箱、救援药物、各种绷带和注射器。

黑斑羚已清洁完毕。不知何时跳进房间的四只恒河猴扛来全新的医疗箱，七手八脚地将我按倒，重新对付起我的伤口。四颗脑袋时不时凑在一起研究伤势和电子说明书。"维茵夫人"发出巨大声响，我别过头向窗外看去。圆形舷窗外，巨大的驳船堆满器械。

交接日是七天前。想来海啸耽误了整个流程。我伤势有点重，已昏迷了七天。可他为什么不把我送走？救援药物证明蒙哥马利曾和医疗团队对接，他们知道我在"维茵夫人"上吗？

脚步声锤子似的沿台阶进来。蒙哥马利比黑斑羚还高。他微微拱着脊背，支棱的姜色头发蹭着天花板。他右臂抱了一只八哥，八哥的脸皱成一团。他左边跟着两只德牧，还有一只大得出奇的缅因猫，它冷静地转动眼球，瞳孔收成一条缝隙。蒙哥马利则兴高采烈地挥动着健壮的臂膀，拨开动物们，将我从床上直接拎起，塞入巨大的皮质沙发——他的宝座。蒙哥马利比想象中好客。他又抄起协议书，塞到我怀里。

"地震引发海啸。"他直接解释，"你居然擅自往公海走，漂到无风带，运气好，遇见我们。沿岸情况糟糕透了，不过伤亡不大，多亏了莫罗博士。我想你认识我。我是蒙哥马利，莫罗博士岛的蒙哥马利。你会慢慢

认识它们，因为你暂时回不了家了，你得在莫罗博士岛住一阵。"

我攥紧《临床试药协议书》，又翻开封面，盯了一会儿拟稿人签名，按目录过了几项重要条款。蒙哥马利十分耐心地打量我，好像早已通晓我的背景。我忍不住问他："约翰亲自来了？"

"对，喜欢把手藏在衣兜里的小老头子，他来时忧心忡忡的，同莫罗沟通条款的时候可真干脆。我猜他是那种躲在后台的大人物，莫罗那种，原来你们真的有私交。"

"到底怎么回事？"我有些咬牙切齿，吓跑了两只小袋鼠。蒙哥马利有些不高兴。

"紧急情况，我们这样做也是万不得已。"他将松鼠藏到蓬乱的头发里，"你失血过多，我没有足够的为人类准备的药，就用了动物的，当然还有其他东西。用了这些，就最好不要其他的处理疗程介入了。我去问莫罗，莫罗七拐八拐联系到约翰，向你的部门提了一个方案。约翰花了点时间让所有人接受，我们只能待命。也好，'维茵夫人'能为救援提供些帮助。他们给了我不少非药剂物资。动物们也第一次看见这么多的人。"

我没再说话，低头琢磨走完所有程序需要的时间——才一周——约翰也没这么快。一定有人希望把我塞给莫罗，让我来试药。

蒙哥马利见我踌躇，伸开巨大的手掌拍拍我的肩："约翰说你会签协议的，只是需要点儿时间。他让我转告你，莫罗博士岛也可能是光明世界的光源，你得闭上眼睛接近它，才能了解发光的原理。我觉得他说得对。当然，我并不确定他在说什么。"

"约翰见过莫罗了？"

"是通信。他没来得及见你。我们在驳船上没聊几分钟，他就被电话叫走了。你好好休息。莫罗博士岛没改变航线，我们得花几天才能追上。"

蒙哥马利哼着小调离开了。我发现台阶上有一只灰豹，它懒散地卧着，似乎对任何事情都毫不关心。灰色垂耳兔蹲在它的脸颊边，瞳仁乌黑，充满智慧。它看看我，三瓣嘴微微翕张，似乎在同灰豹交流。

看见莫罗博士岛时，我已经能动了。莫罗的纳米试剂异常管用。我一瘸一拐地从后甲板挤到船头。几天来动物们对我很友善。此时，一只棕熊正靠着船舷晒太阳，一只麝鹿为我让开位置，它的三叉角有如两架小巧的七弦琴。最先出现的是岛的绿色山丘，动物们欢呼起来。它们不论物种，视力都很好，喉咙发出丰富的声音。

莫罗博士岛下海前，只有现在三分之二大，是第一座私人的人造岛，只要漂在公海上，遵循联合国2042年修订的一般法则即可。换言之，莫罗回避了几乎所有科研法规。全世界心知肚明，通过一系列可知或不可知的操作，莫罗博士岛被默许了。他一定自开始便制定了近二十年的完整计划，很早就投放了属于自己的卫星，量子加密通信主要覆盖南半球温带与热带的海洋。他的岛是组合结构，根据模块拼接，并慢慢扩张。组合结构拥有非中心化人工智能系统，具体到岛屿表面，你只能看见一只只黄铜色的工作机器人，大多像C-3PO。它们总被可有可无的工作占据，种树、浇花、养育动物，因此岛屿植被丰富。近几年，这里开始拥有不该同时出现的物种，覆盖所有实验场所。我们能通过卫星监测岛的表面变化，用遥测光谱判断藤蔓下玻璃实验房的动静，分析不断增加的动物构成和行为异常，但无人猜出莫罗做了什么。他大概用了干扰。我只知道蒙哥马利定期投喂动物，定期将它们按物种分批带入不同的实验建筑。莫罗极少出现，他不喜欢温暖的太阳。岛的表面积持续增加，海平面下间架结构架的厚度也不断增长。如今，莫罗博士岛仅能在深海域活动。我们都猜，表面的风

光只是幌子，也是蒙哥马利和动物们的天堂，而莫罗博士的主实验空间全藏在岛的中心，海的里面。那儿是所有秘密的源头。

绿尾巴、黄脑袋的虎皮鹦鹉落到鼷鹿的三叉角上。它突然开口，声音扁扁的："大家觉得你不错。"它没有重复自己的话，也没学蒙哥马利。它像一位充满智性的名流，主动和我搭话。

"谢谢。"我故作镇定，"如果我的言行有任何不妥，希望你能——"

鼷鹿转过修长的头颅，舔我的掌心，有点涩。虎皮鹦鹉低头整理羽毛，声音仍像被拍打过的面团："你做得很好，你让树袋熊宝贝在你背上睡觉，你没有主动招惹任何动物，尤其是灰兔、灰豹和灰色的缅因猫。如果莫罗博士准备把你和我们连接在一起，语言就能省掉了。"

它掀开大眼睛，一眨一眨地盯着我，暴露出普通鸟类的警觉。我无法掩饰由内向外的错愕，虽然只有几秒。协议书措辞模糊，只写着"纳米体液"和"神经网底层结构"。我突然想起每晚追随"维茵夫人"游动的、闪烁的浮游动物。

"当然，"我顿了顿，"莫罗博士有能力做任何事。"

蒙哥马利离我们不远，他若无其事地收起风帆，一副什么都没听见的模样。岛边缘厚厚的红树林逐渐靠近，它们生出丰富的支柱根固定沙土，又将呼吸根露在外面。几十棵红树的支柱根与呼吸根异常茂密，层层叠叠编织成一座结实的平台——著名的莫罗博士码头。这是基因改造的成果。"维茵夫人"靠近码头，动物们蠢蠢欲动，比起大海，它们更留恋莫罗博士岛。蒙哥马利停船，引导它们上岸。

"不要远航，不要远航。"他对它们念叨。

二　莫罗博士的药剂与动物

我最后上岸，正式成为莫罗的实验"小白鼠"。当然，我属于人类，被认定有自主能力。协议声明参与试药只需一人，如同莫罗博士岛上的一只棕熊、一只灰豹、一只虎皮鹦鹉。这是莫罗的实验逻辑。约翰从侧面出击，附加了条款。我需同时递交一份报告，以试药员的角度评估莫罗的药、莫罗的实验，还有莫罗博士岛。无数人觊觎莫罗的专利想搞垮他，也有无数人寄希望于莫罗。我摇身一变成为双方的钥匙。我的大脑飞速旋转了好几天，琢磨如何同时撰写两份报告，一份给约翰，一份给世界。告诉约翰莫罗博士的真正秘密，告诉世界他们想知道的。二者往往并不相干。约翰曾对我说，任何报告，即使是科学报告，也有立场。哥白尼和开普勒的立场就不一样，下场也不同，而他们面对同一系统。

我小心地踏着被海水浸透的红树根。莫罗博士喜欢藤蔓，喜欢榕树和红树，喜欢热带树林将自身编织成一片的模式。动物们迅速钻入丛林，肥厚的土壤表面留下五花八门的蹄印。岛呈标准梭形，中间胖胖的，是绿色山丘，其实整个岛屿都是绿色的。蒙哥马利安顿好"维茵夫人"，把我弄上自制的高底盘吉普，一路穿过漫长的植物拱廊，抵达山脚住处——全新建筑，两层，实木底层、实木家具，上层全是玻璃，高度恰好浮于丛林之上，只侧面小部分被藤蔓覆盖，像是早就在等待我——唯一的人类试药者。我似乎已通过玻璃墙瞧见日出日落，莫罗博士岛翡翠一般缀入色彩莫

测的南半球海洋。小巧的恒河猴从树冠冒出头来，又随即消失。

第一个晚上我想保持清醒，试图整理思路，但疲倦与莫罗博士岛的夜晚同时席卷而来，将我完全覆盖。整夜毫无梦境。再睁眼时天已有些发白，南十字星座只剩暗影，清晨水雾罩着湿漉漉的暗绿色雨林。我摸下床，拉开山毛榉味道的衣柜，各类衣物齐全，都只有一件，毫不重复。我迅速把自己弄成即将进行田野考察的人类学家。太阳还没出来，我在一层车库找到一辆小型SUV，满是潮气和动物的味道，一定是蒙哥马利常用的，而后又临时分配给我。我勉强踩到油门，沿最外圈道路绕岛屿转了四分之一。头顶厚厚的榕树枝叶和贴着地面的路灯让我产生错觉，好像又回到了曼哈顿，每天夜晚如幽灵似的寻觅于林林总总的人工岛，没完没了穿过偏僻的海底隧道。我调转车头，往岛内开，植物拱廊越来越窄，于绿色山丘脚下变成小摩托和人方能通过的小径。我熄火，只身往林子深处走，磕磕碰碰，很快开始上山。日出时间已过，四周仍黑乎乎的，没有动静，让人心生疑窦——应该有活物。我停下脚步，安静等待，终于，窸窸窣窣的声音从植物拱廊的另一侧传来。

我犹豫几秒，还是掏出卷尺，拉到小臂长度，喷一层药物，纳米材料迅速变硬，像短刀。藤蔓墙很硬，我费了番力气才削断承重枝干。一股浓郁且清凉的气味让我几乎停止思考，我凭本能一层层拨开枝叶，跌跌撞撞前进几十米，才看到开阔地的光亮。麋鹿和黑斑羚同时发现了我，它们湿漉漉的鼻头也呼出清香。我清醒过来，将卷尺插入泥土，举起双手。而后它们优雅地转动脖颈，不为所惑。我悄然跟上它们，绕过两棵巨大的榕树，这才意识到光亮的源头不是天空，不是清晨的太阳。林中空地有一些浅浅的水洼——甚至没有连成完整形状，自身发出透亮的色泽。棕熊不知何时来到我的身边，没有碰我，只是擦过我往前走。再前面是灰豹，垂耳兔坐在它的肩上。恒河猴与雀鸟纷纷到来，弄出的声响轻微又密集，甚至有三只黄铜机器人，关节咔嗒咔嗒地响着。一只巨蟒在空中转动身躯，围着我转了一圈，跟上棕熊。我一动不敢动。更多动物悄然而至。它们同时离开丛林的阴暗角落，异常安然地漫步，踩着泥泞，相互靠近，在一片明亮的水洼前止步，然后我受蛊惑般地同它们一起垂下身躯，去亲吻明亮的水面。这一切似乎早已超越食物链关系，达到另外一种文明。

蒙哥马利拿出细长的注射器和一小瓶半透明的试剂。他看起来更像兽医而非无菌室里的大夫。黏稠的液体散发明亮的色泽，这正是报告中的纳米体液。我花了半天时间研究"产品说明"，不得不承认，"说明"中所介绍的突破性的关键机制，我不能完全理解。

"按这张图画的？"我问蒙哥马利，"注射体液，纳米小机器人就会沿着血管游到血脑屏障表面，伸出爪子似的机械结构，抓住保护神经元的胶质细胞，嵌进去，特别像红树的根——除了没直接入侵所谓的血脑屏障，这就是'植入'。但这儿又有两个环保标志——'循环，可逆'。"

"它们会降解，差不多每三周一次，顺着血液流到肾脏，排出去，像正常的细胞凋亡。"

"所以我每三周就需注射。以后投入市场的民用产品也是如此吗？这些我都会写到报告里。"

"第一个月是每周，你是实验品，就当在调试beta系统，肯定得加大剂量，可能会有些反复。"蒙哥马利草草地翻看着"说明"，"要知道纳米机器人拥有莫罗博士设计的那种非生物智力。它们需要迅速适应你的大脑，同你的神经元充分交互，迅速找到作用的方式，组合化学物质和电刺激，调节你的神经电流和神经递质传送。整个过程是调试性的、是适应性

的，会产生废料，你的尿液可能变成亮橙色。因为你是其他人类的范本，莫罗博士会根据你的反应进行调整，不用担心。还是那句话，这就像你自身的细胞更新，它们不会一次性全部凋亡，而是分批次。两个月后，就能进入正常状态了。"

"正常状态？"我按着腰上的伤口，它们恢复得太快。

"口服试剂。公众和政府想要的。"蒙哥马利摊手，"没有真正植入，只要你停止口服，三周后一切都能排出去。你会变回原来的那个自己，廉价又方便。这不会改变你的生活。我读了你的身体报告，你每天都会吃维生素片和镇定药。纳米机器人友好多了，它们会变成你自身的一部分，帮你填平生理和心理上的创伤。即使这样，你还会害怕它们嵌到你脑子里吗？"

蒙哥马利突然一改原先的做派，目光锐利起来，像个长年厮混酒馆的老道赌徒，向前滑动转椅，凑到我跟前："中情局灌进你脑子里的东西，能降解吗？纳米体液能。当你离开莫罗博士岛，只要你想，就可以忘记这里的一切。"

"但报告会留下来。"我冲蒙哥马利笑，"你介意我的身份，可我不介意。说实话，我连夜离开苏门答腊，就是为了赶上发光的海洋生物潮，来看看莫罗博士岛。谁不想来一探究竟呢？大概只有约翰。他其实是部门的唯一反对派。他劝我别被好奇心吃掉，但我抓住了机会。"

"怪不得。"蒙哥马利恢复常态，"约翰比你讨人喜欢，但动物们喜欢你，这很奇怪。你对动物比对人友善。"

我愣了几秒，他好像能看穿我："我小时候喜欢马戏团，十二岁以前每个夏天都跟着他们。我不知道我父亲是谁。我母亲会在夏天酗酒。她非常清楚自己的嗜好，会提前把我的手放到象鼻上，让我跟着它走。后来她突然获得一笔遗产,就把我永远塞到大苹果①了。"

"莫罗博士岛是诱惑你的深层原因?"

"大概吧。"

我将全套注射工具揽到面前,垫好小臂,示意他帮我往胳膊上绑橡胶软管:"用了纳米体液,我会变成通灵的动物还是变成行尸走肉?"

蒙哥马利被逗乐了,好似我误打误撞揭开了故事的真相:"不,你会变成《X战警》中泽维尔教授的儿子,变成陀思妥耶夫斯基作品中的群魔,但你不会失控、奔向悬崖坠落而死,而且莫罗博士岛的地势非常平缓。"

他没让我费脑筋猜哑谜。"其实你已服过体液了。"他平静地说,"第一天,你砍断了我的藤蔓,偷喝了动物的泉水,它们接受了你,你很幸运。"

我悄然闭上双眼。玻璃房中的灯光暗淡下来,外面丛林的微光几近于无,我的心思随之飞向别处,似乎感到小巧的动物偷偷攀上枝头。蒙哥马利调低房间温度,空调风向改变了,空气缓慢流淌,气流发出的环绕音奏出曲调——古登堡变奏——他加了自己的理解。

我又闻见山毛榉的清香,意识到气味源自高纬度带——欧洲北部的种类,莫罗博士的家乡遍地都是。南太平洋的热带岛充满了北方气味。我闻见藤蔓被斩断的浓郁气味,感受到黑斑羚呼出的水汽。我拆开注射器,戳入试液瓶,同样的味道。

我突然有种错觉,用思维演奏乐曲的并非蒙哥马利,而是莫罗博士岛。

---

① 大苹果(城)是美国纽约市的别称。

第一周，我花时间弄清了岛屿表面的道路，包括如毛细血管似的羊肠小径。即使蒙哥马利为我提供了地图，我仍亲自走了一遍。我的腿脚好多了。恒河猴们每天都为我换药，手法进步很快。我发现除了被割断的藤蔓那里，没有其他进入丛林的通道。这证明我迟早得在植物拱廊上挖个洞，一探究竟。蒙哥马利很贴心地将断蔓编织为罗曼式小门，方便进出，不过动物们很少使用。虎皮鹦鹉偶尔坐到我的肩头，同我返回玻璃房。有时我会用仅有的茶点讨好那只鹦鹉，又会忍不住仔细地闻胡萝卜蛋糕，我怀疑里面早就混了纳米体液。

"你的鼻子已经麻痹了，麻痹了。"它的爪子扣着茶杯边沿，"你打破了我们的封闭循环系统，全都是山毛榉的味道，全都是。"

"为什么是山毛榉？"

"莫罗博士喜欢。"

"你们的系统本就是开放的，对不对？"我喂它花生，"'循环，可逆'，但没有回收。我相信，莫罗博士岛的地下世界也没有回收装置。他让纳米体液里的纳米小机器人参与整个岛的循环。它们其实不会完全降解，对不对？只是脱离了生物体，进入到更大的循环。海边的红树林闻起来根本就是山毛榉。纳米体液都流到海里去了，所以海里的动物才会发光。"

"南半球的循环。洋流循环。知道了吗？别忘了你的报告。"然后，它不说话了，专注地将胡萝卜蛋糕啄成一团碎末。

第二周，我才开始撰写报告。我想象纳米机器人已将我的杏仁体裹成了一颗小核桃。我的大脑已打开向外的通路，意识稍加驱动，便能连上莫罗博士的量子卫星。一个频道专供我使用，将我的生理、心理信息传向外界。那里，无数专家严阵以待。他们说一切正常，并发回一张立体成像。纳米机器人非均匀分布，几乎没碰感知和运动神经，只集中在颞叶、杏仁体、海马体周围。它们正努力适应我的短期记忆结构，不久便会遍布皮层，连接长期记忆还有处理情感的梭形细胞。我的尿液已开始微微发亮了。蒙哥马利又给我注射了一整管黏糊糊的东西，说是为了提前减轻我的肾脏负担。

我申请与约翰通话，直到第二周结束才被批准。我清楚，当我在协议书上签字时，我就不再属于我了，也不属于部门了。我有拒绝的权利，但我志愿成为人类的小白鼠，所以也不再拥有隐私权。别人一定以为我疯了，可约翰不会。所以他一反常态，亲自参与拟定协议，同意我留在莫罗博士岛。就像"约翰"一名在希伯来语中的释义——"上苍是仁慈的"。他骨子里是个仁慈的家伙，多年来没找到干涉莫罗的缘由。他大概是少数的，真心实意地希望莫罗是为人类做善事的人。

通信连接后，我发现其实无从张口，每个比特信息都在被监听。我只能感谢上苍我活下来了。约翰停顿一秒钟，才感谢上苍没人死于海啸。莫罗博士提前预见了地震，但相信他的人不多，预警系统启动晚了，受波及的主要是夜半出海的人——包括我这样的傻子。我干笑几声，告诉约翰，莫罗博士的药很管用，我已基本恢复了。约翰承认，由于海啸和我的体征状态，全世界的舆论天平正集体摆向莫罗。我观察他的表情，一如往常，一副面对显而易见的事态，不作为、气定神闲地等待答案的样子。

的确，莫罗的手段不像阴谋，像非常直接的阳谋。他的所有步骤都处于光天化日之下，但像约翰说的，人们喜欢到阴影里去寻找现实和真相。这不能解决我的问题——身在莫罗博士岛都猜不出真相，简直有辱人格。

约翰看出了我的心思。"我在驳船上见到蒙哥马利了。"他说，"他

人不错，拥有博物学家的胸怀，可惜他不是个真正的基督徒。"他眼角的皱纹变深，"那时候你还在昏迷，我远远看见动物们围着你。我向蒙哥马利表示，将重伤人员交给动物可能不妥。他很有礼貌地反驳，说曾经有一群魔鬼附到一个人身上，那个人向耶稣求助，神的儿子便帮人类驱魔，把鬼怪们赶到家猪的体内，然后无辜的动物们疯狂地跳海而亡。他说他更害怕你把动物们害了。"

我指尖微微抖动。约翰换了个姿势："还好吧，所有人都担心你精神不稳定。"

我点头。

"那动物们呢，它们进化了吗，它们的群体行为充满了社会性吗？"

通信被切断。我没在报告中透露林中水洼边的动物们的信息。外界也没获得关于我大脑的全部事实。莫罗博士筛选了信息，也可能是蒙哥马利。我清楚。约翰也明白。他不会在通信中说破他的猜测，莫罗博士也不会让他说出来，我们都不是直截了当的人。

我没立刻询问关于群魔附体的比喻，一直以来我表现得像个文明世界的君子。蒙哥马利开始接受我，将我引入他的工作。他解释说，自然界的高级运作方式应和人类社会相同，虽然人和动物不太一样。我不能完全理解他的意思。他回答，等你一步一步完全连入莫罗博士岛，就明白了。

"当然总的来说，自然界的运作方式分为两个阶段，"他若有所思地解释道，"先接入无机物，再接入有机物。"

我先学会了调试玻璃房，然后学会了指挥黄铜机器人。蒙哥马利仍少言寡语，沉浸于自己的快乐世界，除非必要，见都不见我，更不用说和我交流。但他让我一起照料莫罗博士岛。每天清晨，唤醒机制准时透过纳米结构激活大脑。我迅速起床，收拾完毕。尿液不再是诡异的橙色，但散发着一股山毛榉香，还是很奇怪。我打开十几个片剂瓶，按量倒出五颜六色的药片，分三次才能吞咽干净，活像满是病灶的患者依赖药物维系生命。太阳升起时，我已潜入丛林，从自己挖的植物洞口进入动物的世界。我学会了同它们一起接近明亮水洼，伏到地面，小口舔着从土壤和空气中渗出的纳米物质。

两个月后，我不小心被变硬的榕树枝条划破右臂。一道长口子。灰色豹子正在我旁边，我很清楚莫罗博士岛没有多少大型食肉动物——棕熊、灰豹、河里的鳄鱼一家、两只黑狼和几只狼崽。我记着蒙哥马利所谓的自然运作规则。我等着它兽性大发。灰豹瞳仁变细。它凑近我，出神地盯着伤口淌出的亮红色血液。我也被那颜色吸引，早上服用的药片全在里面。趁我不注意，它用舌尖儿将血舔干净，动作称得上文雅，似乎又生出悔意，转身就走了。垂耳兔自始至终蹲在它的脑袋上，三瓣嘴兴奋地一张一合，睿智又充满好奇地研究我。它们走后，我才想起包扎。黄铜机器人正好带着急救箱赶来。平时，我和黄铜机器人负责清理过度生长的草本植物，负责投喂雀鸟、黑色或褐色的大鼠以及多种灵长类。它们数量众多，每天都需提供食物。它们很配合我。最小的蜂鸟都懂得落到我的肩头时将喙撇向另一边——避免戳瞎我的双眼。

第一批莫罗博士的纳米体液已运抵人类机构。岛外临床实验顺利进行。约翰很少与我通话了，我与外界交流的欲望也日渐匮乏。我开始享受动物们的陪伴，报告越来越不客观，开始充斥赞美之词。我不以为意，觉得离开莫罗博士岛时，整理一下修辞便可。计划中的第二份报告还没开始写。我曾想过利用黄铜机器人潜入莫罗博士的地下堡垒，但被黑斑羚一

家新宝宝的诞生打断了。那感觉像回到了童年的马戏团大家庭。不,不太一样。不是荒诞的动物世界。一只豹子,见了血,不咬断我的喉咙,它一定进化出了智慧。到底是什么样的智慧?我那喜欢追根究底,把自己引上莫罗博士岛的灵魂,不知何时已离我而去。我彻底沉浸在朦朦胧胧的快乐中。

当莫罗博士岛靠近非洲,再次接近赤道,一场预料之外的大雨让林中水洼变成一池小湖。我照例伏到地面,发现身边的麋鹿并未立刻饮水。它在倒影中瞧了瞧自己,有些困惑。我端详着镜子似的湖面,似乎顿悟了什么。

隔天,我找到废弃的太阳能光板,刷一层胶状涂料,制成不太清晰的金属折叠镜。我背着它,在每一种动物面前展开,只有恒河猴、虎皮鹦鹉和长年徘徊在绿色山丘的大象会对着镜子收拾自己,向我报以善意的目光。其他动物都困惑地面对镜中的"同类",不确定我的行为。灰色缅因猫居高临下,从榕树角落跳出来,使劲挠了我,并抓坏了涂料。它似乎明白我在做什么,很生气,但我知道,它并不确定镜中的猫是不是它自己。当然,它表明了它不在乎。它憎恨我的小实验。我想我伤害了它。我没敢去找灰豹和灰兔。

通信频道中,约翰会问我,动物们进化了吗?我给出模棱两可的回答,无法通过镜子实验的动物未必没有自我,但它们一定没进化出人类的自我意识。

屏幕中的约翰若有所思:"能认出镜子里的是另一个自己,不仅需要自我意识,还要求我们学会自我分裂,至少分裂成两个,一个留在身体里,一个投射到镜中,再加以对比。动物们了解自身,懂得将自身与同类对比,但它们学不会分裂,所以无法知晓是否还有另一个镜中的自己。但人可以,或者说,我们非常擅长这个。"

我问约翰:"有没有想过,有一天,镜子里的家伙会超出你的控制,抛下你溜走了,即使你深深地肯定,那家伙永远是你自己。"

"当然,谁不想抛弃自己的过去和阴暗面呢?"约翰观察我的表情,"普兰迪克,协议有退出条款。如果你认定自己精神不正常,可以按流程申请离开。"

"我没有。"我听见自己局促的声音,通信再一次被掐断。

我应该告诉约翰,针对动物们的镜子小测验结束后,我常忍不住通过各种倒影观察自己。终于有一天,我瞥向SUV反光玻璃时,发现了一个陌生人。他不是蒙哥马利,也不是莫罗。我花去三分钟,意识到他是我自己,一种微妙的困惑从颅腔中散布而出。蒙哥马利正在我身边安置黄铜机器人,我惊诧地瞪着他。他发现了我的异样,安然地解释道:"你喝了林子里的水,一直在喝,那是提供给动植物的,你早就进入莫罗博士岛的有机世界了,出现奇特体验请不要惊慌。"他敲敲玻璃中自己的影子,"你瞧,我有时也不能确定他是谁,但我信任他,他是个不错的人。莫罗博士岛的有机世界都信任彼此。你信任你自己吗,普兰迪克先生?"

三 我与蒙哥马利谈心

我在莫罗博士岛度过了整整八个月,南半球由秋天转入春天。整个岛向南漂动,逐渐接近南回归线。我申请到核磁仪,定期扫描自己的神经系

统。纳米机器人已遍布神经网，甚至藤蔓似的爬到运动神经末梢。我简直换了个人，能轻松攀上高大的榕树，向后翻落到地面，竟毫发无损，像个极限运动员。当然，真正让我心有戚戚的，只有遍布脑皮层的纳米机器人。它们死死地嵌入控制抽象思维的额叶和处理感觉信息的顶叶，成为一层新的、我称之为纳米神经网的东西，好似大脑表面凭空多出一张皮层。由于整个过程循序渐进，我虽有所畏惧，但已完全离不开万能皮层了。

这算一种植入吗？一种温水煮青蛙的手段。蒙哥马利向我保证，只要我停止注射，停止服药，停止到林子里趴在地上喝泉水（他从来不这么做），整个皮层都能降解，然后化为明亮的橙色尿液。我没尝试，外界人尝试了，确实能在三周内代谢完毕，无任何后续反应。实验室外，少有人真正地去实施全排泄。他们同我一样，充分适应了新皮层，并为此内心快乐、头脑平和。当然，流入市场的纳米体液只接入了无机世界，进行体外设备操作，或者试图与人工智能融合，各方对是否进一步使用莫罗博士的高阶体液争论不休。标准流程中，我还未开始全面使用莫罗的药物。泉水的事，只有莫罗博士岛上的生物知晓。

接入莫罗博士岛的前一夜，我内心惶惶不安，决定同蒙哥马利谈谈。毕竟几小时后，我或许动动脑子就能和他交流，那太怪异。我要用当下独立的意识和他聊。他住岛的另一头，靠海。红树丛中能找到一串隐秘的向下阶梯，都是呼吸根，潮气让人窒息。通道延伸至海平面以下十米——蒙哥马利的住处。他也拥有玻璃房，十分巨大，二分之一伸到海里。灯光照亮了远处的珊瑚礁。自身发光的鱼类成群地游过来，围着玻璃房转圈。莫罗博士岛按固定航线运行了十五年，它们都适应了它。

蒙哥马利的房间毫不简洁，堆满独特杂物，乱成一片，只有在他眼中井然有序。两个月前，他第一次允许我进入。他就像岛上的动物，平和、快乐、兴致勃勃，看起来有点儿傻，但注重界限和隐私，甚至有些敏感。他从不告诉你他在想什么，只让你去悟、去猜。当你的行为被认可，自然会悄悄进入动物们的心灵。我似乎适应了它们这种充满自然智性的交流方式，甚至可以说，爱上了。

约翰曾告诉我，人与人之间最忌交浅言深，但如果只是沟通，最迅速的、能触及对方心灵的手段，就是交浅言深。像电影里的桥段，当陌生人面向篝火，突然提起遥远的过去，你也会不由得暴露自己，讲出你的心事。

我拿了两瓶苏格兰麦芽威士忌——蒙哥马利家乡的牌子。他不由得咧嘴笑，让开地方，示意我坐到毛毡毯上，同他肩并肩面对深邃的海洋暗流。

"来贿赂我？"他喝酒从不勾兑。

"来获得你的信任。"我摇晃酒杯，暗自哂笑。

他"噢"一声，再次问我："那你信任你自己吗，普兰迪克先生？"

我花了几秒，确认这不是蒙哥马利式的反讽："我不认为一个人总能对自己有百分之百的把握。"

蒙哥马利笑了："看来你受过挫折。但约翰非常信任你，尤其选择把你留在莫罗博士岛。"

"盖伦制药的纳米试剂来自莫罗博士岛。"我迅速说。

蒙哥马利灌了一口酒，才悄然叹气："早些年，岛和外界的对接并不谨慎，有过试剂外泄。直到莫罗博士规范了流程，才有了无风带的驳船。"他瞥了我两眼，"约翰给了我们你所有的档案。我知道，盖伦制药的人体实验报告是你写的。出于保护证人，你的名字被抹掉了。他告诉我，一直以来你急切地想知道莫罗博士岛的秘密，因为道德感吗？觉得莫罗和盖伦一样？来追寻原罪的根源？可以省省了，不是你想的那样。"

"当然不是。"我用脚跟抵住玻璃墙，海豚游过来，往我脚心上凑，"事实上，约翰也不知道全部真相。"

"是吗？"蒙哥马利说。

"那时候我协助摩萨德追查恐怖分子，对外的身份是记者，会写关于难民的报道。在发现盖伦公司营养片剂有问题的时候，我还没料到和自己的任务有关。当然，我不会蠢到认为盖伦和情报部门没勾结。约翰暗示过，让我小心农业部、科技部、制药公司和南部的大农场，还有我的同僚，但我忍不住。"

蒙哥马利有些惊讶，随后又变得饶有兴趣，将我的杯子灌满。

"我花了两年，找机会跑了乍得、南苏丹、肯尼亚这些难民数量巨大但又不引人注目的国家。针对盖伦公司的调查报告是在那些地方完成的，不像媒体统一的口径所言——在约旦。那儿的患病率和死亡率其实不高，也没太多基因实验人员之间相互勾结。大部分时间，我在中东只做情报工作，而在非洲搞调研，我觉得两者可以并行不悖。事实也的确如此。其实不止盖伦公司，非洲也会被弄得像个无节制的实验培养皿。"

"约翰没阻止你？"

"我觉得他默认了，他早看出来了。只要我完成分内任务，他就不说什么，他对我的行为向来不做价值判定。他甚至跟我说，盖伦没被真正扳倒，人体实验曝光，反而证明了他的药很可靠，只是手段太急功近利。确实，没有盖伦案的铺垫，他们不会让我一个人来试药。"

"是吗，这是约翰的想法吗？还是你的？还有，你调查的恐怖分子呢，你扳倒他们了吗？"

"只打死一个。"我望着远处的珊瑚礁，"他其实是我的同僚，比我早加入。现在想，他大概和约翰差不多时间发现了我的小动作。他叫乔布。他太适合搞外交了,说什么都能让人信服,所以他专门做策反工作,鉴别情报人物,或者把重要的家伙弄到欧洲。他没去过非洲,只在中东和欧洲混。我在黎巴嫩开始和他有交集。他表现得很有同情心,愿意帮我搜集盖伦公司在欧洲难民营的实验数据。他说他想在情报任务之外,做些真正有意义的情报工作。听起来特别有道理。我欣然同意。那时候感觉真好,在所有人眼皮子底下偷偷摸摸地调查,全心全意地相信着那种生命的价值。"

"没人提过乔布。"

"不会有人提他。我一枪打穿了他的喉咙,约翰都没见过尸体。他才是压垮整个局面的那棵稻草。的确,盖伦公司在欧洲做人体实验,欧洲报告其实是乔布写的,写得比我好,但只公布了一小部分。因为盖伦的欧洲人体实验不是治疗,而是灭口。"

蒙哥马利转向我。

我长吸一口气:"欧洲的难民营就是中转站,什么身份的人都有——对西方怀有歹意或者好意的。那儿也是孤岛,大部分法律不适用,其实没人保证他们的生死。当然,也会有医疗团队。当盖伦的营养药与纳米治疗结合,就会产生代谢紊乱,一周内致死。当然一周内,所有东西也都排出去了,不留痕迹。乔布早就知道。大概有一年多,很多情报人员都用这种手段,把人送到难民营,搞到信息后,再考虑灭口。"

我观察蒙哥马利的表情,他确实不了解乔布的事。

"乔布早就写好了报告,只是花了更多时间,让那风格同我的一致。他把报告加密寄给我,隔天,我的线人一次性全部完蛋,中了代谢紊乱的毒——有几个在欧洲,大部分在约旦和黎巴嫩。不用说,用的就是报告里的手法。我认定部门内部被渗透,可没想过是乔布。当时除了约翰,

我就信任乔布。我决定弄清情况再通知约翰,便一个人秘密赶到贝鲁特。乔布说只能在郊外安全屋见面。那儿的风特别干,我觉得皮肤都裂开了。见面时,乔布云淡风轻地直接告诉我,都是他干的,他同时是中情局、摩萨德和好几个恐怖组织的对家。他们害过他的家人,又准备杀他的朋友,时间紧迫,他只有提前灭口。我被他的立场搅乱了,他却向我道歉。他问我是愿意揭露他这个微不足道的双重间谍,还是愿意利用这次事件扳倒盖伦。"

我的舌头开始发干,蒙哥马利为我倒了一杯水。

"他说如果选扳倒盖伦,所有材料都做好了。如果选揭发他,哦,他说,可没人能撬开他的嘴,而他是我最后的情报希望。这点我信。他太有说服力,但我没法果断决定。实际上,我握着枪,整个人抖得像在纳尔维克而不是贝鲁特。他突然扑过来时,我开枪了,杀死了最后的希望,所以我毫无办法,只能选择与盖伦为敌。乔布安排的后事完美无缺——盖伦公司在黎巴嫩的人体实验失败,我赶到现场取样,希望揭发,而忠于事业的他试图阻止,被我枪杀了。所以在媒体口中我是无名英雄,在中情局报告中乔布是忠心耿耿的情报人员,可我不仅搞砸了任务,还背上了一场旷日持久的官司。盖伦公司对中情局掣肘,其他人恨不得直接投石击毙我。"

"约翰呢?"

"他帮了我。"我突然感到整个人放松下来,"我基本违反了所有规则。他带着一帮人找到我的时候,我甚至觉得他要直接下令击毙我。但他没有。他看了我的报告。其实他才是盖伦案的幕后推手,他甚至没追究乔布到底是怎么回事。"

"乔布故意的。"

"对,我以为他的颈骨几乎被洞穿,其实没有,子弹卡在了里面,他嘴里含着血，往外淌，还冲我笑。他的身体已经倒下了——还在解袖扣。在他的袖子里，我找到一张纸条——写了毁尸灭迹的办法。它是证据，我应该保护现场。但我觉得那是他的遗嘱。我最终照办了。"

"中情局是该投石击毙你。"

"没错。"

酒瓶空了，我们好久没说话。夜晚的南太平洋就像流动的晶体，一层层波浪反射着明亮的月光。海豚还在嬉戏，一只最小的发出飞鸟似的鸣叫。我能听见，在我的脑子里。

"所以呀，"我悄声说，"我清楚莫罗博士的纳米体液和盖伦试剂不一样。约翰说得对，盖伦没被真正扳倒，不管是合法的人体实验、不合法的人体实验，还是借着制药的名义做的任何勾当，我们都在做治标不治本的事。莫罗博士的岛不一样，我清楚，我不是来找原罪的。"

蒙哥马利的表情开始松动，我大概在那一刻真正获得了他的信任。他说："不是原罪，是圣经里的群魔。当然，这世上没有耶稣，也没有真正的恶魔，只有被一群污鬼附着的人心。如果人心被连通了，这些怪物们会不会逃出人的意识的窠臼呢，会不会让成百上千的动物们发疯而死，会不会让自然崩溃呢？"他望向我，"这是莫罗博士想回答的问题。"

他大概觉得自己已告诉了我事情的全部真相，但我不能理解，至少当时不能。

他继续说："莫罗博士对控制别人、改造别人、治疗别人不感兴趣。古训说智者搭桥。他想让生命之间的联系加强。这不是实验，是动物的进化，也是人的净化。你可能还不懂，但动物懂。"

"但它们的自我意识没有提高，对不对？它们怎么可能懂，怎么会跨越食物链，一起到林子的固定地方——"

"那你一定没去过非洲的荒野,总有那么几个黄昏,就好像被下了令,蛮荒世界的动物们同时出现,相互靠近,会集到共同喝水的地方。这不是生物本能,而是古老的属于自然的文明。人类社会其实也有,你没经历过吗?"

我当然经历过,我想起贝鲁特的那个黄昏。在科莫多尔旅馆的大堂,奔忙了一天的记者们都回来了,而有些人的一天才刚刚开始,天知道每个人背后的身份是什么,但每天在那个奇妙的时刻,所有人同时放下不和,悄然喘一口气,要一杯酒,仅用目光揣测彼此的心灵。我就是这样遇见乔布的。我从他的眼里看见了自己的惊恐。我们都被白天难民营发生的事吓坏了,在黄昏间不经意暴露了自己。

"——莫罗博士说人被自我困住,没有自我也能有很恰当的社会性。你看,岛上的雀鸟、黑鼠、灵长类,基因里就有从众行为,其他动物也可以。但它们的自我意识不强,所以所谓的从众,没向乌合之众发展,也没有党同伐异的互相倾轧。这很好,我喜欢它们先去相信对方,才会想到自己。它们从开始就学着信任你,我很高兴你非常信任它们。"

我记得我主动帮乔布要了威士忌,交浅言深地聊起来。我或许早该猜到他是情报人员——双重的,但我更愿意相信他的自我评价。他说他是外交的二道贩子。他在生命最后一刻使劲往断开的喉咙里咽着血,仍说从来都信任我,死后也是。

蒙哥马利开始同我聊他的人生,如他自己所言,朴实又怪异——认识莫罗之前研究物理,认识莫罗之后饲养动物。他的酒量太好了,一直没醉。天亮时,整个海的颜色变暖。他笑眯眯地说,莫罗博士岛的普兰迪克就像薛定谔盒子里的猫,好几只猫。只有打开盒子的那一刻,不确定态才得以崩坍,才能知晓是死是活。

我晕晕乎乎地驾驶SUV返回玻璃房，幸而没冲破红树林直接掉入大海。新的纳米体液是赤道处天空的颜色。我使劲拍肘窝，瘾君子似的，浑身颤抖地注射纳米体液，接着如释重负般，直接向后倒下。梦境与现实重合，我闻到草木生长，看见纳米分子蒸腾，听着莫罗博士岛离开珊瑚礁时，珊瑚虫密集的歌声，舌尖是科莫多尔旅馆兑了水的威士忌。我的皮肤似乎仍沾着乔布的血和其他人的血。贝鲁特夏夜的海风燥热极了，还没吹干我的心脏。

四　莫罗博士的实验

再次清醒是三个月后。我发现自己身穿西装，光着脚板蹲在床上，指甲塞满泥土，周围的动物还在熟睡——除了灰豹。它尖锐的爪子探出肉垫，又收了回去。我并未对此做出特别反应，我的思绪还没有完全回到那个名为"我"的容器。我似乎看见藤蔓爬满大半个玻璃房，感到阳光从叶子缝隙间渗进来，同时体验到纳米皮层均匀地、紧紧地覆盖着我的大脑，插入血脑屏障的每个罅隙，但它们之间的连接在变弱，变得纤细，就像一个人即将失去用时间积累起的宝贵经历。

鲜血流出双耳。我同时听见整个岛的红树根在呼吸，听见自己的神经系统警铃大作，脑电位飞出阈值，递质高速传送，蛋白质卷起颅腔内的纳米废液，那些可以渗入血脑屏障的化学物质，疯狂地重构、巩固着变弱的连接。鲜血流出鼻腔，嗓子里泛出血腥，山毛榉的味道，差点噎死我。我

思维的一部分清如明镜。它告诉我，我三周没服用高阶纳米体液了。这是我的决定。它们正开始全面降解，而我的大脑无法接受现实。它的自保能力正触及顶峰，它想恢复所有经由纳米体液构筑的神经连接组。它将我的神经元用另一种方式连接，激活了出生后不久便固化的大部分神经结构，让其借助血脑屏障外的纳米分子重新生长，也让其自身重新启动，去建立更为复杂的连接系统。我的大脑适应了复杂的全新的现实，它不想失去。

有一瞬间，所有记忆的片段毫无保留地砸向我。嘿，我居然知道它们一直在，只是从未同时连接到脑中那个名为"我"的抽象东西。它是具体的东西吗？它是一个截面？一种结构？一个新皮层？一个自反段落？一个回归，还是思维的冗余？

我看见母亲的眼睛，原来她还如此年轻。我曾经拥有过的爱紧紧包裹着我，我快乐地从喉咙发出声音，每个细胞都在颤抖。约翰站在讲台上，声音毫无起伏地说人的心灵自有其逻辑。难民营的帐篷挡不住热浪，我浑身发烫，脑子几乎炸开。耿直的肯尼亚医生说我得了恶性疟疾，他手里没有正规药，问我愿不愿意试试盖伦的纳米治疗。小小的纳米机器人能潜入血液，迅速清理疟原虫和配子体，调节我的代谢。我想起那时的自己和现在一样，神智如同煮沸的浓汤。但一阵明悟针尖似的戳穿神经——该死的，他们拿活人做药剂实验。

我知道我的双眼开始布满血丝，红色与橙色交替出现，覆盖了莫罗博士为我准备的冷色调房间。我摇摇晃晃地滚下床，没走两步便被毛毯绊倒。动物们惊醒了，慌乱起来。虎皮鹦鹉尖叫："他在剥离！他在剥离！"

我听见我出于本能大吼："都离我远点儿！"

我跌跌撞撞、四肢并用地爬到卫生间，反锁门，尽管心里清楚这门拦不住豹子和斑羚。但它们没进来。我打开浴缸上的水龙头，把脑袋塞到水流下面。剥离？对，剥离。记忆告诉我，我正在剥离莫罗博士岛的心灵连接网。

我想起我对乔布坦白，说盖伦的纳米治疗救过我的命。乔布变戏法似的掏出他的调研报告。我们发现盖伦的纳米治疗良莠不齐，越早的越好，最早的几例非洲试药比成药还完美。我想起约翰第一个抵达现场，我已将乔布的尸体处理完毕。他盯着我的衣服，上面布满乱七八糟的血迹，问我是否一定要揭发盖伦。我对他说我别无退路。约翰沉默良久，十几只枪口焦躁难耐地对着我。他说官方已收到加密报告，媒体开始炮轰盖伦。他问我有人帮忙吗？我说没有。他问我乔布在哪里，我说不知道。他一边草草地读报告，一边用余光盯着我，目光越来越让我捉摸不透。我内心发凉，无从躲闪。他最后合上眼又睁开，突然说还是选择相信我。

我被水呛到窒息，眼泪止不住往外流，几条浴巾被我染成明亮的红色。我几乎觉得要失血而亡，然而山毛榉的味道淡下来了。我不再听见恒河猴抓着榕树的枝条摆动的声音，也不再看见"维茵夫人"急匆匆地靠近莫罗博士岛，泛滥的感知系统抽离身心。最后，我捕捉到来自灰毛兔子的一丝怜悯。动物们的情绪离我而去。我突然意识到，这才是三个月来真正笼罩着我的保护伞，让我不至发疯。我剥离了。它们不再与我同在。我开始大口喘息，间隔变缓，热病似的症状逐渐消退。我感到自己的心灵似乎重新暴露于旷野，太阳沉入地平线，空气发干，周围没有一丝生命。

所幸记忆还未抛弃我，它们有条理地铺展着。我并没有失去这三个月，相反，几乎每个细节都清晰且快乐地刻在纳米与神经的连接组里。即使处于失控的那三周，我同一群恒河猴一样被关在笼子里，沉入莫罗博士的地下实验室，我的心境都平和又愉悦。

不，我应该重新整理这马赛克似的记忆，将它们拼凑为完整可读的路径。

我那自诩专业的头脑高速运转起来。分析是一件好事，分析让你学会将心灵的一块置身事外，去联系每个细节，去雕琢事情的真相，这是约翰教会我的最强大的武器。

我正视了一个现实——三个月内，我并不存在。或者说，原来的那个"我"，分裂成了复数——不是典型的多重人格，不是通常意义的精神分裂。托纳米皮层的福，很多个大大小小的我，不需像"二十四个比利"那样，围坐到只有一盏昏暗灯光的圆桌周围，争夺占据肉体、面对世界的权力。很多转瞬即逝的、总被以前的那个"我"压抑的想法和情绪，也没有搅浑我的心灵，让我变成真正的疯子。复数的我，在注射高阶体液的那个夜晚，已欣喜地获得了真正解放。它们，准确地说，我们，顺着纳米结构的网路，瞬间超越了名为大脑的黑箱，直接沿着莫罗博士岛无线或有线的网络、无机或有机的物质、植物的经脉或其他动物的头脑，遍布整个岛屿，甚至跃迁到莫罗博士的同步轨道卫星，只不过被量子起伏挡住了脚步。我首先找到灰豹与灰兔——它们的心灵紧紧嵌合在一起，学着说了声"嗨"，当然不是用语言，而是用大家都懂的情绪。

我以前为什么没想到？我浑身无力，望着被藤蔓包裹的天花板。这同时是意识的连接和上传。你的脑子就是一个模块，充分嵌入整个网络。但它从不是一个封闭的压缩数据包，它渴望连接，只是颅腔将每个意识隔绝，隔绝的产物，是一个单数的我。或许心灵的本质就是复数的，孤独的大脑为了自保，强行将所有东西捏成一个自洽系统。

自洽系统真的最好吗？我的系统真的自洽吗？我面对过的那些精神分裂患者、那些多重人格的犯人、那些立场丰富的心灵，他们是病人吗？或者他们才是人类渴望进化的征兆？

我开始头疼。我的大脑在用生理反应给我答案。天哪，我不喜欢这样。我已经习惯了复数的我和复数的生活，每一部分都各取所需，自得其乐，不会产生矛盾，不会有一个强大又自我的独立意识提出要求。

我想起深夜睁开眼，整个人陷在柔软的床垫里无比舒适，开始正儿八经地思考禁欲快一年的问题。其他的我则分散出去了，有的盘踞在巨蟒的心灵，有的寻求黑斑羚一家的陪伴，有的顺着榕树与红树的根脉系统触及岛的根基，有两个干脆占据了两只黄铜机器人——一只黄铜机器人进行白天我未完成的工作，另一只似乎总是一动不动。我观察过它很久，它的权限很高，可以进入莫罗博士岛深处，或许能帮我见到莫罗，我还有观察报告得写呢。而与此同时，所有的我连接着我的大脑，体验着我如何照顾自己。而后我起床穿衣，慢悠悠地离开玻璃房，侧头看了看车库。天黑乎乎的，时间还多，我决定步行，穿过浓密的枝与叶的长廊，去水洼饮水。这感觉很有趣，就像我无处不在，但又同时不断地穿过我自己。

我迟到了。天变得很亮，动物们却没离开——都等着我，包括蒙哥马利。他平和地望着我，完全接受我融入莫罗博士岛。我意识到他早就融入了莫罗博士岛的众多心灵的网络。我顺着各种意识找到他，他果然无处不在，像宇宙中无处不在的微波背景辐射。他说他开始欣赏我了，也很感谢我，因为我尝试不通过纳米皮层与他交心。我成功了。这让我顺利地进入它们的世界。我靠近水洼，俯下身躯，舔舐光亮的水面，搅动镜面反射中我并不熟悉的倒影。动物们也纷纷饮水，最后是蒙哥马利。我能同时感到它们的体验，好似全部岛屿的生灵一起倾身，膜拜自然。

很明显，那些心灵中并没有莫罗博士。

为什么？我漏想了什么？这会儿我的脑袋要炸开了，根本无法进行有

效思考。我又扯坏一条浴巾，血又从鼻腔和内耳淌出来。我在分析事件，我的大脑在自保，我的那些个复数的记忆，接连不断地按照逻辑拼凑着单数的我的系统。我的本能在尖叫，它告诉我，一个人的大脑无法承受如此复杂的进程——分析新事件，处理新情绪，生成蛋白质，形成连接。构成稳定系统的速度太慢，不能仅凭借我自身的神经系统完成，否则我的脑子会过载，在生长过程中变成一团血肉模糊的东西。我需要高阶体液，需要很多很多。

我撞开门。虎皮鹦鹉扑棱着翅膀飞走了，掉落好几根羽毛。它一直贴着门听着呢。我无暇管动物，几乎滚下楼梯，跳上SUV，猛踩油门。我无法继续感知榕树的枝叶和上面的雀鸟了。我孤零零地穿过雨林，第一次登岛时的焦虑再次袭击心灵。每次回到曼哈顿都会被这种感觉攫住，这回更甚，毕竟我已体验了三个月蒙哥马利拥有的那种安然、充实的快乐。

我努力用记忆安慰自己，回味与蒙哥马利共同接管莫罗博士岛的记忆。他动动脑筋，就能告诉复数的某个或某几个我，如何适应思维网络，如何理解动物们的需要，如何控制黄铜机器人的程序。而大部分时候，是动物们真正引导我成为莫罗博士岛的一部分。最终我完全成为它们的一员，完全理解它们。它们把最小的黑斑羚交给我。棕熊再次伸出舌头，卷走我嘴边的橘子。缅因猫不再记恨我，对待不同的我有不同的方法，好像复数的那些个我之间没有任何联系。它又似乎在寻找那个危险的我，不过一直没找到。当动物们学会在我的住处歇脚，当灰豹自然而然地靠近我，挨着我的身躯打盹，我也学会了一动不动平躺在榕树根部，一连好几个小时，让所有复数的我离开躯体，四散到莫罗博士岛的各个角落，任它们游走，而且不会矛盾、孤独、痛苦、谵妄，没有案底或病例中那些精神分裂者、人格分裂者的失控与困顿。那可真让人放松。毕竟我的职业是中情局情报人员,每天都得小心地将所有人格卷成一块千层蛋糕。现在的我,就像不定根、就像干细胞,可以自由生长、自由分裂、不用畏惧,因为莫罗博士岛就是完整的培养基。

事件拐点在哪儿?

我熄火,跳下车,无法摆脱煮沸的大脑。

意识终于找到了那个清冷的早晨,大象的小家庭叫醒了我心灵的一部分。跟着它们的思绪,我走入古老丛林,走入莫罗博士岛所有植被的源头——一座象冢。我调动数据分析,最早适应纳米体液的藤蔓与榕树都源自象冢。我一直没发现,很奇怪。公象悄然拨开稀松的藤蔓,一只黄铜机器人正等在一座黄铜门的门口。门都锈了,泛着一条一条的绿色。我被吓得差点抽身就走,因为那也是我,我几乎忘记那个我了。分裂成复数的第一天,那个我就占据了这只黄铜机器人,无声无息地悄然潜伏,非常有技巧,连我都忘了它。黄铜机器人似乎从大象的眼里发现了我。它本坐在裸露的树根上,突然站起来,玻璃眼滴溜溜地转动,告诉我不要轻举妄动。我脑中听见他的声音——那个专业的身为间谍的我的声音。他说,他已潜入莫罗博士的地下城堡很多次,已熟悉那里的结构和那里的运作方式。为了不走漏风声,他学会将记忆封存,封存到大脑中不为人知的角落。他甚至自己摸索出方法,利用纳米皮层弱化新皮层中与记忆相关的神经元的连接,彻彻底底切断了那些记忆与其他复数的我的联系。

怪不得到现在我都没找到关于莫罗博士实验室的记忆。我钻出藤蔓墙,寻找榕树下的水洼。潮湿的空气富集纳米分子,来自北方的山毛榉味道使我保持冷静。我才发现自己是个不错的间谍,在没有来自道德与伦理的杂音干扰下,那个间谍的我为了保密,都学会直接修正纳米神经连接组的物理结构了。约翰,你知道吗,我成为荣誉学生从兰利毕业时,你说我

潜力非凡,那是真的!

记忆中一串迈着整齐步伐的黄铜机器人咔噌咔噌靠近。伪装成黄铜机器人的我挺直身躯,像个真正的机器人,一动不动了,直到黄铜门打开,它才加入黄铜队列,大踏步进入漆黑的走廊。

四下恢复寂静。

而我的心灵开始叫嚣。

一个无法遏制的念头过电似的爬过所有神经连接组,爬出颅腔。

复数的我各自为政、互不相干,就像得了怪异病症的海星,每只触手都痉挛着想逃离躯体,最后将自己扯得血肉模糊失去了生命。但这不会发生在莫罗博士岛。莫罗博士岛的网络欢迎所有复数的我尽情分裂,没有一条思绪会因离开我的肉体而消散或失落。

我突然意识到自己还在大象的脑子里,它并没有干扰我疯狂转动的心灵。它发出低沉的声音安抚我。它爱我,动物们爱着我。不,动物们只爱着这个我,这个自登陆岛屿起,便决定全心全意拥抱动物、讨好蒙哥马利的我。我策略性地选择了将善意的我奉献给动物,将间谍的我深藏心灵角落。高阶纳米体液最大化地分离了"我"。复数的我并不知晓所有的自己都在做什么,只享受毫无负担的行动,就像那些逃离人心的、成群的鬼怪。

把我带到象冢的象群啊,你们知道我实施的恶行吗? 你们向我展示了动物生死循环最神圣的地方,展示了莫罗博士岛的根源,而我背叛了你们。

不管是单数的我还是复数的我,都是我干的。

这个念头瞬间击中我的心灵。

复数的我,开始疯狂返回头颅。

象冢旁边也有水洼,象群开始使用长长的鼻子饮水。公象听见声音,悄然回头,我看到自己的身体摇摇晃晃地赶来——酒醉一般。我回到自己的身躯,跪在黏糊糊的泥土里,颤抖着靠近水洼。

水面有波纹,我正视倒影,认不出那是谁。我变得像动物了,不过理智告诉我,别急,等它们都回来,一切将恢复正常。我死死盯着水面,一直等着。象群该走了,母象忧郁地用鼻子拍拍我的后背。波纹不断消散,从边缘弹回来,越变越弱,水面彻底恢复成镜子模样。

我看着水中的人像。是我,那是我。我认出了自己,我听见自己在尖叫。

我同时听见那个来自黄铜机器人的我的声音。他说这下好了,你要成为精神分裂患者了。要知道,精神分裂会传染的。

——我终于爬到水洼边,没有一只动物赶到。

我看见水面中的自己,鼻腔、耳朵、眼角全是血。血滴答滴答地落入水洼,搅浑倒影。我将欲裂的脑壳扎到水里,埋入泥中,大口吞咽,又被呛得离开水面。

我无法整合象冢之后的记忆,我知道自己的确患上了典型的精神分裂。我隐隐约约记得象群折返回来,公象用鼻子卷起疯狂挣扎、胡说八道的我,蒙哥马利把我扔到笼子里。同时犯病的包括恒河猴、虎皮鹦鹉和几只海豚。莫罗博士将我们分开,采取不同措施。我好像看见了莫罗博士,看不清面庞,只有一顶棕色费多拉帽。他没马上治疗我,而是先竭尽全力让其他动物恢复正常。很长一段时间,我同一只恒河猴关在一起。我记得有一天,它指着天空大喊:蓝鸟!

最后,笼子里只剩我了。莫罗的声音非常睿智,他说:"我修好了整

个系统，但你需要重启。"

我回答："降解体液吗？"

他点头。

我问："我变成恶鬼了吗？我有没有让动物们发疯，让它们坠崖而死？"

他说："它们早就原谅你了。"

没错。动物们将我接出笼子，让我西装革履，穿着体面，待我如同康复病人。

来自热带季风的暴雨突然而至。我将整个身子丢到水里，脑子不再疼痛，也不再清醒。重启完成，我大概变回了过去的那个我。我的脸埋在泥里，恍恍惚惚地感到自己将被溺死。

就在此时，一只大手把我拎起来。

蒙哥马利给了我后脑一下。

我总算失去了意识。

五　莫罗博士其人

我感到光亮。人工白光过于刺眼。我先看到一片橙红，抬起眼睑，被我入侵的黄铜机器人面无表情地往我手背上扎针。液体进入血管，一阵冰凉，鼻子里则充满消毒水味。我动动手指，逐渐找回对身体的掌控。黄铜机器人见一切正常，便退到角落，一动不动了。

我用手肘支撑自己，环顾四周，想起自己来过这间病房。精神分裂的时候，间谍的我尽忠尽职地待在黄铜机器人体内，来过这里。这里是莫罗博士治疗恒河猴的房间。黄铜机器人协助博士进行镇定治疗，但没用，猴子们吱吱叫着，莫罗博士强制降解了一部分专供恒河猴使用的纳米体液。

角落里的黄铜机器人突然开口，瓮声瓮气地告诉我，莫罗博士愿意见我，我随时可以去找他，反正我认识通往莫罗博士办公室的每条走廊。

"我认识吗？"我问它。

"对，我认识。"我自问自答。

它彬彬有礼地撤出房间。我想起很多个夜晚，我迈着它那笨重的金属步伐，穿过莫罗博士岛的地下走廊。起初我觉得每个岔口都是迷宫似的等价路径，后来走熟了，我意识到地底世界的构造同地面丛林一样。电路、电缆、各种管道藤蔓似的包裹着莫罗博士的城堡。走廊构造不是为了迷惑我这个奸细，而是最合理的通路及通气管道，和地面藤蔓走廊的功能一致，疏导着空气中的山毛榉味道。不，只有消毒水味。除了输液瓶中的纳米体液、我体内代谢出的废料，这里的空气中没有纳米分子。空气中有其他物质，让所有纳米机器人解体为最普通的分子。莫罗博士将自己隔绝于整个岛的纳米循环外，待在黄铜机器人体内的我没发现这点。

为什么？

我整理思路。很明显，如果我是莫罗博士的实验品，那么精神分裂症是他期待出现的问题。他的反应和处理程序如此迅速，就像对发生的问题早有准备。莫罗博士岛的测试版终于完成，我变得可有可无。我扪心自问，我为什么精神分裂。答案很简单，复数的我通过纳米皮层加持，在颅腔外的世界得到解放，不过，当它们同时回来，我这颗小小的大脑无法消受，无法整合纷繁复杂的独立意识，崩溃了。

动物又因何受到连带伤害？

内心深处清晰如欧式几何的声音给出答案：自我意识。

那个作为职业情报人员的我，是不是早就找到答案了？

我想起该死的镜像小实验，麋鹿和缅因猫不认得镜子中的自己，大象和海豚却认识。恒河猴和虎皮鹦鹉如果拥有足够复杂的纳米皮层，也会对着镜子梳毛发。自我意识不强的动物不需追逐一个完整的、自我的、自洽的体系，人类则恰好相反。当复数的我如群鸟归巢般返回大脑，连带效应激活了恒河猴和虎皮鹦鹉的自我需求。它们的脑容量小多了，当然也会精神分裂。

我起身，打开电脑界面，冥思苦想，挖到了思绪缝隙中隐藏的路径和密码。

"别闹了，事已至此，让我们一起面对吧。"我对自己说。

我花了点儿时间进入文件。

这是我利用黄铜机器人笨拙的十指，敲入的第二份报告。

所谓第一份报告，自然是每周传给约翰、报喜不报忧的文件。一年多来，我的精神泡在极度愉快的粉红色泡泡里，不断吹嘘人与动植物的和谐，甚至类比了斯宾诺莎的宇宙。现在想来，约翰一定知道我神经不正常了，没有任何特别的反馈。而莫罗博士岛之外，除了永恒的药物滥用和违法禁药，"莫罗牌"体液尚未在人类身上产生副作用，人类社会甚至为此受益良多，社会有正向变革的可能。我忙着与动物相处，还没来得及读相关文件。

第二份报告就是另一回事了。我从后往前浏览，最后一条记录是三天前。这说明患上精神分裂后，身为间谍的我仍设法留在了黄铜机器人体内，没立刻被自我召回，像个不听话的幽灵。我背后开始冒汗，似乎潜意识如爬虫一般已爬到了显意识上面，而我无能为力。

那个"我"最后写道：莫罗博士没通过重启神经系统就治好了恒河猴、虎皮鹦鹉、两只小海豚，同时为象群进行预防处理。但他必须通过重启治疗我。这证明，累积到高阶的纳米体液重度使用者，如遇到强烈的自我意识觉醒（或准确地说，唤醒），会显示出精神分裂、多重人格障碍等症状，而且此过程也不可逆。当然，有趣的是，只要连通网络，不一定所有人格都被召回，比如我。我很想知晓其中的原理，所以还需返回自己的头颅。毕竟借助黄铜机器人去与莫罗博士接触，有失礼数。我的时间不多了。虽然我很喜欢那个完整的自己，但也非常热爱现在的状态。结果，人还是要做出选择，不是吗，亲爱的正在读报告的你（也就是我），即便自我能无限分裂……

我合上双眼，被压抑的那个家伙的记忆和意识，真正地从头脑深处浮上来。理智又通情达理，还没被乔布的背叛击溃，也不会被乔布、约翰、蒙哥马利，还有动物们触动的那个我。当"他"重新进入视界，我的自我再次变得完整。我意识到自己天真得要命，莫罗博士一直知道一切。他清楚我缩在黄铜机器人体内，写了第二份报告。他没有删除，他想知道我的看法。

然后是大段精神分裂期间"我"的观察记录，甚至有通过黄铜机器人的眼球录下的视频文件。他一定参与了照顾"我"和猴子的任务。视频中，我用指甲刨土，帮猴子们抓虱子，然后吃掉。如同我自己形容的，是一群相处非常融洽的、被管理得很好的精神病患者。

结语说：莫罗博士不需担心精神病人之间闹任何矛盾，相反，他对莫罗博士岛平和友善的神经生态非常有信心。他似乎知道，即使不进行治疗，这群疯子也能愉快地维系一个没有连贯自我的、精神分裂的乌托邦。

理智的其他动物们不需花多少力气，也能照顾好人畜无害的疯子。

不得不承认，总结得没错。我以第一人称和第三人称，双重肯定了这点。这大概会是两份报告中口径最一致的部分。

一股不安隐隐从胃里往外泛。

再往前的观察记录并不详实。看得出，很长一段时间，间谍的"我"并不确定莫罗博士是否知晓他的行动。他完全按照黄铜机器人的模式运作，从不逾矩，只在系统维护时进行记录并存储文档。他一方面通过观察我、观察动植物、观察黄铜机器人和莫罗博士岛的其他人工智能，确认我分裂出的意识至少有42个，不确定是否都具有自我意识；另一方面，他重新从意识分裂的角度，审视了整个岛的生态。

他写道：——不能说这是一个绝对去中心化的神经网，但其中心化程度恰好不致产生某个或几个强大的自我意识。向外的、交流的，或者说更重视理解和沟通的拉力，撕扯着所有意识。通过黄铜机器人的数据接口，我浏览了一些莫罗博士的文献资料。莫罗博士的神经网络设计，基于第二人称交流——生物间最为原始的交流方式。自我中心和他者判定，都基于第二人称。他最大化地将后二者抹除。因而其基础架构源自自我意识并不强的动物，还有蒙哥马利。蒙哥马利热爱物理，热爱诗歌，当他沉浸在这两个世界时，会彻底忘了自己，忘了别人。莫罗博士很懂得选择人类样本。

人类样本。

我想起约翰说科研报告也有立场，哥白尼和托勒密的立场就不一样，牛顿和爱因斯坦的立场也不一样。我则直接分裂了，弄出两份立场不同的报告。"双面间谍"一词都无法解释我的荒诞。

第二份报告的最开始像大段摘要，有些语焉不详。其原因部分源自刚分裂并获得独立意识的间谍还未完全获得稳定态，同时也源自他的回忆和分析并不清晰。他试图从自己的角度，梳理一年来我在岛上的生活。他记录了我向蒙哥马利坦白乔布和盖伦的事件，记录了我如何在莫罗博士岛的范围内获得通感，记录了我如何将所有中性事件转述为正面事件，当然，还强调了我从一开始便喝了水洼中的高阶体液。他还多了份心思，计算出莫罗博士岛的纳米分子排放——体量大得惊人——每年按规定航线融入空气与南半球的洋流。

他颤颤巍巍地在报告伊始，匆忙写下四个假设：一，既然可率先服用高阶体液，那么无机界与有机界的连接并无本质区别，莫罗博士的纳米体液早已成熟；二，如无本质区别，莫罗博士可能早早便向整个地球投放了大量纳米分子，人类或许已提前上线；三，盖伦的纳米治疗和其他制药公司的纳米药剂，是否本身便是莫罗博士的唆使；四，我或许早就分裂了，从饮下泉水的那一刻。到底是谁掐断了我与约翰的对话？那不是动物，不是蒙哥马利，也不是莫罗。

有几秒钟，我听不见自己的呼吸和心跳。然后，我发现自己彻底接受了这份报告。那感觉很像人格的分离性障碍治疗，我拥抱了每一个来自自我的立场。那个自我突然变得异常强大，让心中的声音做出决定——我已不适合留在莫罗博士岛。

还有什么没解答的问题？

很多事情我隐隐猜出答案，不需找莫罗证实。

对，最后一个困惑，关于人的分裂，关于群魔居于人心。

我扯下输液管，花了一些时间，整理了这两份报告，将它们存入莫罗博士为我设置的个人数据库。然后，我脱掉病服，穿上床头摆放整齐的西装——十分贴身，像外界定制的。莫罗博士仍未提供鞋子。我光着脚，踩

上冰凉的走廊，凭借记忆，顺着冷色调管道前行。

我想到大象能从水面中认出自己，它们在莫罗博士岛拥有象冢。海豚能从蒙哥马利的玻璃墙面发现自己，所以它们从不是莫罗博士岛的正式居民，它们可以随时来去。它们明晰的自我意识，需要更为孤立的地方。莫罗博士一定为恒河猴和虎皮鹦鹉准备了同样的位置，还有蒙哥马利。他没为人类准备，还有他自己。

编织的藤蔓和缆线缠满了曲折又有气流调节节奏的走廊，莫罗博士制造的世界充满循环结构，像扎好的编织艺术品，但他没把自己编织到里面。

为什么？

我终于走到莫罗博士岛总部——整个岛的最底部，意识冰山最深藏的部分。我整理衣服，伸手一推，门就开了，又是一串台阶，顺着下去是一间玻璃房。地面与墙壁外面，是南太平洋深深的"夜晚"。顶部灯光调得很淡，脚下幽深的蓝色里面，有点点亮光，来自深海鱼类。而我没被这深邃景致吸引。

我看见了莫罗的灰色双眼，在费多拉帽的帽檐下闪烁，不是犹疑的色彩，而是坚定又好奇，还带点诙谐。人们爱戴他的原因之一是你无法拒绝一个拥有人格魅力的家伙。二十多年前，他拒绝了终身教职，头衔永远停留在博士上。

他也穿着定制西服，光着脚，坐在朴素的工作台前。他甚至站起来为我摆好转椅，动作非常利索。

"你好，普兰迪克先生。其实我们已经见过了。"他语速很快，"但很高兴能正式与你见面。"

"你好，莫罗博士。"我握住他的手。他的手心还有潮湿的泥土渣滓，但毫无山毛榉的味道。

"你来寻求答案，我很高兴。我读了你的报告，两份都读了，但不完整，没有结论。"他笑着说，"我本觉得你会不辞而别，那会有点可惜，不过，我尊重任何选择。蒙哥马利正在启动'维茵夫人'，你随时可以离开。"

"你愿意回答我的问题吗？"我盯着他。

"说实话，我不认为我能给你答案。"他的手指不自觉地敲桌子，"你想做的，只是见见我，做出最后判断。在你的潜意识里，希望我的人格能说服你。"

"你指，压下第二份报告？"

"对。当然，我不像乔布那么极端。"他坦然地看着我，眼角笑纹变淡了。

"你够极端了。"我也开始笑，"败局已无可挽回，全人类都在代谢你的高阶体液。"

"请不要低估我的善意，也不要把乔布的事归结到我身上。我当然和盖伦有合作——商业合作关系，你懂，不像你和我的动物们。大概十年前，我的岛还没能形成有效封闭体系，盖伦弄到过最早的纳米体液试剂，纳米治疗就是这样流传出去的。我一直在关注。他们在非洲的早期实验还可以，不管你认不认同。而且我很早就注意到你和乔布了。要不是我帮忙，等不到完成报告，就会东窗事发。"老博士调皮地扬起嘴角，欠身，倒了两杯水，消毒水味儿，"但我没想到乔布会那么做。那时候，我正忙着和盖伦还有你的政府谈判呢。我还是得通过正规渠道，设法顺利地让纳米体液流入市场。盖伦帮了我，剔除了邪恶的制药公司，又让人类了解到人体实验：人体实验是必要的，关键在于如何操作。我得说，谢谢你的配合。"

"这不是我想问的问题。"

"——当然,你回去,自己也能查明白。或许约翰早就查明白了。他的名言是什么来着?人性艺术家。要知道,一个善良的灵魂懂得超越生命界限,为人类谋划点儿东西。我和他的立场恰好不一样。"

"其实我不想知道你们的立场,"我在心里说,"就像我不想知道乔布的立场。我太容易被你们影响了。我天生就受困于第二人称交流。"

我屏住呼吸,喝干杯中的水,问:"为什么分裂?"

莫罗博士耸肩:"你已经有了答案。"

"不,为什么那个间谍的'我'会一直留在黄铜机器人体内?"

"按我的推测,不只是那个专业人士,一定还有其他的你,否则他不会选择回到你的自我,然后,还允许你来见我。"

"这不重要。"

"是吗?"这回,莫罗博士死死地盯着我。

我有点惶恐,语调软下来:"我想问的是,有没有可能,所有复数的我,又恢复到那个完整的、单一的个体。"

"你不该问我,以后会有很多人研究这个问题。答案显而易见,我很多年前就说过,只是所有人都认为莫罗博士岛是个阴谋。何谈阴谋呢?我打的都是明牌。只是你们总喜欢往坏处想,不愿意花时间研究我的牌面。"

"你的牌面就是莫罗博士岛?"我说。

"是莫罗博士岛的表面。"他纠正,"你的黄铜机器人浪费了太多时间考察我的地下城堡。而莫罗博士岛的精神版图,不在这儿。"

成群的明亮的鱼向我们游来,围着莫罗博士的玻璃房缓慢旋转,形成一层又一层如DNA链似的光带,又像古老的天球模型。我想起离开苏门答腊的那个夜晚与海洋,想起老向导说自然的灾害总能预示人类变革。我想起海啸时,发光动物的影子随着巨浪覆盖了天穹星辰。它们都是上古的光亮,先于人类意识照亮人间。

"莫罗博士岛的精神版图是动物。"我自言自语,"它们的神经网早就连通了,而且早就贯通了全世界的动物。你和蒙哥马利一样,觉得人心才是群魔。所以你需要找到撕裂人心和容纳鬼怪们的办法。"

莫罗博士微微笑了。

"就像蒙哥马利说的,自然界有着自然界的心灵,你的目的是先构造自然的心灵版图,再强迫人类按照动物神经网的构成方式加入。不是反过来,因为你不相信自我意识强大的人类。哦,我的第一份报告猜对了,你一定热爱所有版本的泛神论,而不是任何一神论的东西。"

"只有神论才会出现群魔附体的比喻。其实呢,我没那么悲观。不一定是群魔,还可能有天使。当然蒙哥马利拥有的天使比你多。"莫罗突然安静下来,停了十几秒,像在重新肯定自己的选择,"当然,不管人性如何向善,我还是不能让人类心灵的网络变成地缘政治的拓本。如果我不选择动物,一定会变成那样的。一定会。想想乔布。"

"那你呢?"我问,"你怎么定位自己?你根本不在莫罗博士岛的精神版图上。"

"原理并不复杂。"他显得有些心不在焉,"从来就没有独立的完备系统,普兰迪克先生。莫罗博士岛也一样。我想你一定听说过哥德尔不完备定理。对于数学,世上本无完备系统,它既能独立,又不矛盾。其实,这不仅限于数学。当然,在古老的过去,我们只有经典数学体系,以为能准确地解释世界。但进入二十世纪,数学也突然跟着人类社会一起变得现代了,就像现代人和现代艺术。它从哥德尔那里获得了自由的权利。它本就应该是自由的。它可以具有完全的实验性、完全的错综复杂,完全地面对矛盾与创造。现代数学重新塑造了世界,就像开普勒面对哥白尼,牛顿面对爱因斯坦。你得接受进步。"

我瞪着他,觉得他在胡说八道。

但他继续解释："所以呢，完备又无矛盾的意识，本就是个伪命题。意识不可能由单一的形式体系构成，所以每个人每天都生活在分裂中，实际上每个人只拥有复数的自我。那些无法证真或证伪的体验和念头困扰着你，让你成为你。这正是哥德尔的'不完备'在意识系统的体现。所以，即使我创造出新的版图，也不可能拥有一个理想的完备系统。"

我从他的语调中听出忧郁，吓了一跳。

他认为我已猜到了一切的结果："自我不是意识的起始点，而是死路。人类来到世上，动物来到世上，最开始，是大脑间的沟通。纳米体液遵循相同原则。这才是世界本应有的样子——开放人脑、容纳矛盾，它们将获得解放，每个意识都将盘根错节地和别人的、动物的、整个社会与地球的意识，纠缠在一起。这是我给人类的精神版图。"

"那是精神分裂的普遍化。你难道没想过，如果你也加入版图呢，你会有怎样的精神分裂，你脑子里的群魔会不会让整个系统发疯？"

莫罗博士的目光不再闪烁，他的声音突然如同红树根一般，一层一层坚定地深入他的心灵，深入我的心灵，稳固着他的岛。

他说："你内心深处非常清楚，对于两份报告，不完备定理其实可有可无，我的立场也不重要。你知道，即使做出第三份、第四份报告，你的那些分裂的自我意识，只想要一个答案——你的立场。"

纳米体液又起作用了。

输入到血管里的东西，开始大面积修复我的大脑。可是莫罗博士的办公室与岛的循环隔绝，使我只能听见自己分裂的声音。

他是唯物主义者，相信自然的整体神性，一种疯疯癫癫的神性，这可真棒。

在某种程度上，他抹除了人——他的理想社会模式。

记得冷战吗？我想起约翰曾经问我。

现在不一样了，当立场的重要性低于买卖和权力，你可以把自己的行为当成艺术。

只有这样，你才能得到本该有的自由。

六　离开莫罗博士岛

后来，约翰问我："离开莫罗博士岛的时候，动物们和蒙哥马利有没有夹道相送？"

"当然有。"我回答，"莫罗博士都离开他的地下宫殿了，帽子交给了他心爱的树懒，他的头发在阳光下闪烁着银灰色的光泽，快活得像个大男孩。它们知道我没机会返回莫罗博士岛了，要给我留下最好的印象。"

而我没告诉约翰，莫罗博士永远不会加入他构造的新世界。他会将自己永远泡在消毒水的世界里，没有绿树和暴雨，没有动物和其他人的陪伴，因为到目前为止，地球是一个独立系统——它不能既完备又不矛盾。根据哥德尔不完备定理，莫罗博士半隔绝了自己，变成了那个既不能证真，也不能证伪的命题。

我还能说什么呢？

第二份报告永远地留在了莫罗博士岛。

约翰说得没错，我是立场的骑墙派，是道德的骑墙派。我背叛了中情局、背叛了政府、背叛了人类，或许也正在背叛约翰和莫罗博士，就像我深知迈过人性的边缘总要付出代价，深知我的自我并不具备留在莫罗博士岛的资格。

你问我人类社会？

精神分裂的确普遍化了。不过大家很快发现，新时代的疯子在一起，不会互相控制、不会自相残害——如同我经历过的，形成了一种和善的稳定态。

古往今来的诗人可以证明，分裂的意识仍能创造。经济学家重新翻了古老的资料，发现卢梭的社会契约其实是要求去除私有制，当精神分裂打破了自我意识和集体意识的壁垒，经济模型则开始改写。我读了相关材料，看起来不错。政治学家学会了追求去中心化，其中有人（或者准确地说，一个意识）提出，民主是一种极致的熵减系统，只要太阳持续燃烧，人类社会的复杂度必然上升，复杂的民主便会实现。这理论让我想到莫罗的理想人类版图，他太乐观了。我忍不住心存怀疑。

我仍从容不迫地闲逛，游走在曼哈顿林林总总的人工岛之间。每天都有人监视我，但我不再心乱如麻。

因为我体会过莫罗博士岛的心灵。不管人类如何用新的疯狂代替旧的疯狂，莫罗博士岛的疯狂将永远独特，它将永远在我的心里，它将永远带着我的心漂浮。

这是莫罗博士对我玩的最后的把戏。

藤蔓覆盖的玻璃房中，一个黄铜机器人静静地站着，一动不动。

灰毛兔从树梢跃起，穿过玻璃墙，跳入房间，湿漉漉的鼻头凑近了机器人的玻璃眼球。

黄铜机器人胸口的节律均匀作响，尔后突然加速。

我意识到了，我终于意识到了，我还是把我的心，留在了莫罗博士岛。

注：小说中的人物姓名和部分设定借鉴了威尔斯的长篇小说《莫罗博士的岛》；情报人员部分借鉴了勒卡雷的小说《史迈利的人马》和《永恒的园丁》。

四勿动物·解牛

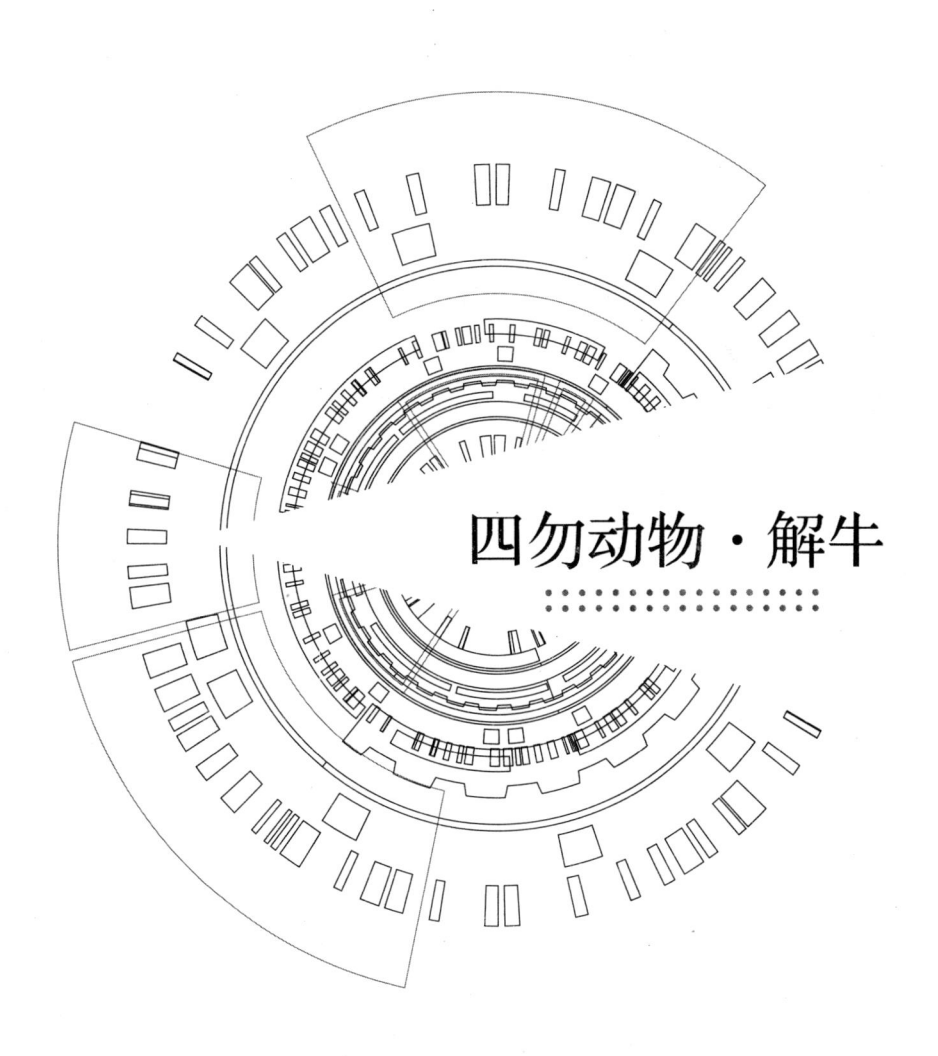

彭莱提醒祝盟，机长和副驾是俄罗斯退役飞行员，事情紧急，正以最快速度抵达莫乡的莫镇。他说对了，飞机刚离地，祝盟眼睁睁地瞧着主驾按着操纵杆，直接四十五度角，将勿用公司的医疗机"拉"到平流层。机舱内没收拾的器械丁零当啷地落了一地，滚到舱尾，想来确是临时征用飞机。她头晕目眩，使劲吞咽，彻底信了彭莱的说辞。勿听鼠在她的肩头微微颤抖，将她的外套扒出几道抓痕。她紧紧地抱着勿言鼠，此时它唱着进行曲，正在享受自由。

"非礼勿视、非礼勿听、非礼勿言、非礼勿动"——四勿人工智能动物的行为准则，祝盟从小便知。所谓勿视，虽不随便东张西望，却有正常人的目光，还能扫描看不到的事物；所谓勿听，虽不到处偷听，却可听见所有波段，分辨所有语言；所谓勿言，虽不随便说话，却善辩敢言，条理丰富；而所谓勿动，虽瞧上去小心翼翼，却跑起来比豹子快，力气则大过非洲象。当然，准则只是准则，仅仅标明了理想状态。现实世界的四勿动物即便有核心架构，也通常分包制作，品类丰富，能力参差不齐。为便于理解，勿用公司设计了儿童使用说明书——十六开画册，线上线下免费发放。画册主角是仓鼠，形象可爱，故事字大行疏，将四勿准则中规中矩解释为"明视、兼听、善言、笃行"，鼓励大家像四勿仓鼠一般小巧可爱、充满智慧。

祝盟没识字时就听过四勿仓鼠。她抱着儿童说明书，反复让父母读给她听。不久，她获得了人生的第一只四勿动物——勿视小白鼠。家养四勿动物不便宜，现今凑齐四只普通款的四勿鼠也要昂贵的价格，更不用说十几年前。祝盟的勿视白鼠不是民用的。她父母在大学的附属小学教书。那时在昆明高校搞生物的老师，大多同四勿动物的行为与心理研究有联系。它是一只废弃的实验鼠。祝盟母亲问动物所的实验室要了一只。

　　祝盟记得父亲说："不行，它天天关在透明盒子里，周围都是解剖盘，还勿视鼠，看到的都是些什么。"

　　母亲反驳："我问了，它是心理状态实验鼠，专门稳定活实验鼠的情绪。你看，他们搞神经的，成批成批从外面买入实验小白鼠，每只小白鼠的心理状态都不一样，拿它们做神经成像、脑切片，得统一状态吧，更何况它们被运来运去，关到新笼子里，万一焦虑和暴饮暴食怎么办，得让它们适应环境，要符合生物伦理。这种人工智能的勿视小鼠，就是放到活老鼠堆里，调节群体情绪的。"

　　"真的吗，为什么不是其他活老鼠影响人工智能的情绪？"

　　"它是人工智能！它的情绪无线联网，由勿用公司的平台控制，和活老鼠共情不一样。不过，"祝盟隔着门听，她看不见父母的表情，只觉着母亲气势弱下来，"——这只被淘汰的原因，也是它的调节能力减弱。双胞胎爸妈给了我报告，说不是受影响，是反制，就是——"母亲戳屏幕，"对，这句：当四勿鼠深度学习，具有一定自主判断时，不一定选择执行线上的中枢指令，其原因尚不明了，但尚无不良反应，不过，建议终止实验室使用，转入环境平和的家养条件，如有需要，再做回收。"

　　"简单说，它不正常了。"

"我问过动物所,家养四勿鼠的核心机制就是按四勿纯系小鼠设计的,实验室的四勿鼠安全系数更高。而且,你知道,家养四勿鼠多贵,你要买?或者,买只活仓鼠?"

"我不喜欢活动物!"

"反正不能让她一个人待着!活的还是人工的,贵的还是不要钱的,你选吧,交给你了。"

事实上,没多久,祝盟的父亲就后悔了。山里的动物所和勿用公司联合扩建,办了联合小学,祝盟父母是小学老师,因此祝盟一家进了山。祝盟找到新朋友宗菁,又很快与年纪稍长的双胞胎混熟,四人每每跑得不见踪影。祝盟父母不再担心女儿没玩伴,反而要常常跑到勿用的地区监控中心,搜索勿视动物目之所及的地方,然后让勿言动物发布寻人警告,让祝盟他们快回家。祝盟随身携带的勿视鼠因为被忽视,便学会自行下线,祝盟父母以为是实验室淘汰品的寻常故障,也没深究。直到十七年前,夫妻俩下山会朋友。夜晚,直到没了末班车,祝盟也没消息。他们反复联系学校的人、所里的人。双胞胎的父母带着双胞胎也满山找。他们在山下急得百爪挠心。而此时所有新闻画面正滚动播放勿用公司的大事件——以重庆为中心,四勿动物的状态紊乱。刑警与科研人员一只一只抓住四勿动物,将它们手动下线。终于,一只巨大的、雪白的猕猴,攀上重庆跨越长江的索道。夏夜霓虹让这座后现代城市涌动超现实暗流,声音与光影随烟火蒸腾而上,江水倒映着晃动的城市、晃动的索道与晃动的缆车。缆车中传来尖叫。白猕猴似乎受到惊吓,四肢攥紧缆索,向前蹿,更让整个索道上下颤动。终于,一声枪响,划破山城。时间霎然沉寂。人们以为破碎的零件会随着人工智能的金属肢体散落入长江。

而那是一只真猴子。

它的脑袋被打得稀烂，在听见枪响时，血肉模糊的脖颈似乎正往后转。它的四肢随惯性向前抓了两步，才卸下力气，身体偏移，被晃动的缆绳荡出去，划出优雅的抛物线，如慢镜头一般，微微转动，向下落。它的身躯没沾多少血迹，雪白的皮毛一直反射着城市的光芒，十分斑驳，最终坠入漆黑的江心。

祝盟母亲终于忍不住，哭出声来。祝盟父亲也使劲抹眼泪。

而此时此刻，祝盟和宗菁互相攥着手，正一脚深一脚浅地在昆明后山的溶洞里走。她们弄丢了勿视小白鼠。祝盟执意回去找。她的鞋子已湿透，每一脚仿佛直接踏上冰冷的石头。手机光照不远。她们先看见血迹，顺着石头缝中的泉水不住地淌。祝盟与宗菁低头，她们可能已淌着血走了一阵，鞋底也红了。宗菁不再往前。祝盟咬牙，又走近了几步。尸体圆睁双眼，口中污浊，脖颈处血肉模糊。她将光往上抬，视野扩大，二十几人，胳膊腿交叠，仰面向天，死状相似。洞窟因侵蚀形成椭圆形的中庭空间，她们和双胞胎经常溜过来玩，很熟。洞顶钟乳石仍是光滑剔透的模样，水流噼噼啪啪拍打着那群空荡的躯壳。祝盟断断续续地呼出热气，牙床咯咯地抖。她听见一种声音。恐惧和好奇同时攫着她。她不得不靠近尸体。她发现了她的纯系勿视小鼠——实验室的残次品。它半个身躯被浸红，半个身躯仍白白的，同钟乳石一般发亮。它双眼瞪得极大，是平时的三倍。当勿视动物真正观察世界，它们能看见所有角落，记住所有细节。她的勿视鼠直勾勾地目视前方，爪子捧着块白色东西，咔嚓咔嚓用牙啃着。它向来不吃东西的。祝盟蹲下，说："过来，我来找你了。"小白鼠的瞳孔与眼眶逐渐收缩，恢复为正常模样，蹲回祝盟手心。白色硬块落到祝盟脚边。祝盟意识到那是一块软骨——洞中

蝙蝠将那些人的喉结通通抓了出来。

她的手机落到水里，瞬间熄灭，宗菁的手机几小时前被那些人抢了。她们不敢靠近尸体，去摸他们身上的手机。黑暗中，她们越来越害怕，后退、再后退，祝盟摔倒，勿视鼠难得地吱吱地叫起来，眼睛散发出淡淡的红光。洞的深处传来声音，蝙蝠三两一群，一批一批，沿着洞顶，寻着来路，往外飞。宗菁先镇定下来，使劲拉她。勿视鼠爬到她肩头，她们互相搀扶，跟着翅膀的声音，一直走，一直走，似乎过去无尽时间，才瞧见外面闪烁的繁星。那天是无月之夜，后半夜，整个银河会升到天穹。出洞时，天的拱桥正升到天顶，直直延伸到前方林子深处，灯火晃动——正是找她们的山林人员。

之后的事情十分杂乱，祝盟的状态很恍惚，也记不清了。事件平息后，宗菁随家人搬去芬兰。昆明动物所与昆明勿用公司整体整顿，祝盟父母换了单位，搬回山下。双胞胎一家留下，成为少有的、十几年守着老动物所的人。祝盟时不时地会搭车去看他们。据说昆明的勿用公司仍然做活体动物与四勿人工智能动物的双向适应实验，只是不再逾矩。祝盟高中去了外地学校，与宗菁和双胞胎的联系越来越少。临走时双胞胎的父母送了祝盟一只新的勿听鼠，仍是白色，仍拥有红宝石般的眼睛，但它同前一只被回收的勿视鼠不一样。它属于四勿动物的二代品系产品。她转手将这只勿视鼠送给了刚上幼儿园的小表妹祝炀。

祝盟长大后，才日渐后悔，勿视鼠不再属于她，重新联系宗菁和双胞胎她也不知该如何开口。她不愿看见勿视鼠每每蹲到祝炀头顶，小丫头怎么疯，它都稳稳的，从不跌落。它大概拥有一些一代四勿动物的感受器，只是神经网络区隔加强，不能自动触发通感与共情了。

祝盟偶尔回忆山中密如墙的林子和贴着溪水的蜉蝣。夕阳滑到山涧，五颜六色的光芒覆盖五颜六色的毛毛虫，春末树梢挂满松萝，猴子竞相采食，不吃的，便是四勿猴。晚霞散去前，混迹于野生猴群中的勿言猴总会开口，提醒他们回去。祝盟不愿意，她一直想摸黑探探溶洞。宗菁和双胞胎不愿意。出事当天，勿言猴照旧提醒他们回家，可它边说话边吃松萝，针状叶子被它嚼得白白的，却咽不下去。祝盟看过事件说明，保密协议提了梗概，她刚识字，有些东西看了，不太懂，却深深印入记忆。警方结案报告很确定，勿视鼠通感了洞中的蝙蝠，触发群体行为，袭击了作案的人类，也救了宗菁和祝盟。通感与共情部分比较复杂，袭击结果有目共睹。报告中，科学原理的部分不清不楚，祝盟记得一些，只是她回避了十多年，用潜意识封闭了溶洞的蝙蝠、纯系鼠、一小堆喉骨以及勿视鼠尖尖的獠牙——它自己磨的。勿视鼠没什么攻击性，不应有磨牙行为。它从未同勿动鼠匹配，更不用提成群结队的蝙蝠。这是四勿动物的潜意识网络信息渗透？编撰学基础课有神经区隔的加密分割，祝盟学得不好。她原本不愿理解这门课，而当回忆与现实同时显露，她还得面对事实。

二

　　大学毕业后，祝盟带着表妹祝炀来到北京租房。祝炀是大家口中的小天才，祝炀离了婚的父母达成一致，须让她接受最好的教育。祝盟半年没

找到工作。她觉得自己更像祝炀的陪读。还好姐妹俩相处愉快,她们集齐了四只四勿鼠——勿视小白鼠、勿听仓鼠、提线木偶样貌的勿言鼠和胖乎乎的勿动袋熊。祝盟不确定勿动袋熊算不算人工智能鼠。除了脸像老鼠,袋熊体圆、爪子尖,更像只小号棕熊。

昨天夜里,她们遭遇坏人。四勿鼠突然突破人工智能的通感阈值,达到强度共情,进入"四勿动物的人性时刻"。它们发动袭击,犯罪嫌疑人直接死亡。

三小时前,祝盟还在北京科研创新区的警局。她第一次进审讯室,忍不住瞥单向玻璃。他们晾了她一小时,她已经不太紧张了。

值班警员没铐住祝盟。她在审讯室转了转,选择乖乖坐着。她回忆三个死者的脸,想不起来,就像她完全不记得溶洞里的二十多张面庞。双胞胎的父母说,动物不会错杀,四勿鼠也一样。她从小深信这点。

她看时钟,七点,天应该亮了。四勿鼠是夜行动物,大概进入半休眠状态了。然后,门被推开,来人个子高,脸更长,看气势像警员们口中的"头儿"——卢警。祝盟觉着他面相高古,如贴长髯,便可以在古代上进朝堂,下戍边疆,不幸生于当代,才在城市的夹缝中当了不上不下的警官。他没拿平板,夹了一沓刚做好的卷宗。

他坐到祝盟对面,翻了十分钟,才说:"一个经验,坦诚比隐藏带来更多路径。"他手臂交叠,"事实是,你的四只四勿鼠背景复杂,有两只大概率涉及旧案。你如果是干净的,交出老鼠,顶多拘几天,毕竟,唯一一只你认证的勿动袋熊,出厂不到一年,有点傻。"

"如果不交?"

"虽然那三只在小朋友祝炀的名下,小朋友的监护人都不在国内,但勿视鼠最早属于你，勿听仓鼠是你弄回来的，你又破解了冗余数据。勿言鼠现在的输出数据全来自勿听仓鼠和你的账户系统，你又给它做了自传体意识设计，所以，你参与度最深。你又在某种程度上直接和十七年前的事情相关，"他欠身，"对于我，所有动物紊乱的源头都可以归结到人工智能，那么，你的问题，就可以追责到勿用公司违法的源头了。"

"——为什么吓唬我？"祝盟给自己鼓劲，"童年阴影谁洗得干净？翻我的旧事有什么意思？"

"因为我们警局和勿用公司，都想留着这四只鼠。想搞垮勿用的人很多，我们执法内部观点也不一。而我，肯定不站在勿用那边——"

单向玻璃发出了咣咣巨响，被砸出网状裂纹。卢警收回动作，反而面部放松，对祝盟说："你看，关键时刻，勿用的动作向来快。"他提高嗓音，"让他们进来。"

门把手咔哒一声，动作有些怪，先进来的果然不是人，是一条斑纹很浅的金蟒蛇。它半个身躯不自然地抬起，盯着卢警，靠近祝盟，几乎贴上她的小腿。她吸气，不敢呼吸。卢警偏头，盯着它。随它而来的人，祝盟认识，这转移了她的注意力。那人个子不高，发育得有些怪，营养似乎都给了头部，让人觉得他的脑回路比常人多一倍。他眼睛明亮。他叫彭莱，年近五十，看着却只有四十多，早年发迹于老鲁尔公司；老鲁尔破产重组，他抛弃老东家，转投勿用公司。传闻中，他是一条在淡水和咸水中都游得很快活的"鱼"，又说，他好话说尽、坏事做绝，才一直游刃有余。不过，通常的说法是，他早已改邪归正，只不知是好话部分，还是坏事部分。近年来，他负责勿用的市场布局，变成半个公众人物。他还去祝盟的大学做讲演，每每意犹未尽地重复"联想产生亲近，共情带来利益"。

他向卢警示意:"卢修。"

"彭莱。"卢修的表情意味深长。

"你还坐着干什么。起来。"

祝盟意识到,彭莱在对她说,她噌地站到墙边,巴不得离那条勿动蛇远一点。

"别害怕,过来。"祝盟不得不向前迈一步,彭莱坐稳,让她低头。他传授机密似的对她说:"这位卢修警官,是位卢德分子,反对工业和智能,你看,他还沿用纸张档案,破坏环境。"

卢修笑了:"彭莱,你退步了,竟给人先贴标签。我以为你会讲道理。"

"我的套路你熟,你的策略我也明白。如果有时间可以浪费,我只想见识你骂人。他们说,你能把我们勿用的勿言动物通通骂哭。"

外面的警员连连摇头,带上门,大概将单向玻璃的透射功能也关了。

"你不值得我骂。"卢修扬头,"跟她没关系。"他对祝盟说:"你先出去。"

"谁说跟她没关系。"彭莱笑笑,金蟒蛇匍匐到祝盟脚边,压着她的脚面。"害怕了?"彭莱抬眼看祝盟,"死者是谁?被跟了这么多天。"

"——不知道。"祝盟忍不住看卢修。卢修没和她聊死者身份。

"看来真的不知道。"彭莱愉悦地解释,"你找到的勿听鼠原本是一代医疗四勿,属于勿用旗下的桑蜂公司——主要做非洲业务。十七年前,勿用总部回收一代四勿的时候,他们没上交,说把它弄丢了。"彭莱摊手,"那之后,桑蜂主要做四勿的思维区隔芯片和干扰芯片,市场需求高,非洲劳动力又便宜,桑蜂就越做越大,小动作也变多。半年前,出了事，本应作为区隔的芯片，变成了连通通感的触发节点，导致用于畜牧管理的四勿牛撞死或踩死了很多动物牛。这是我们勿用的错，公司内部也在查，派去了原产品部和科研部的专家。核心问题还没找到。我们认为干扰源仍然在一代四勿。桑蜂被解雇的人也在找。我们找，当然是为了服务大众。他们嘛，如果真找到，就是破解区隔的钥匙。卢警，您想一想，四勿动物相安无事十几年，如果回到当初混乱的通感与共情，我们如何安生？"

卢修听完，说一句"原来如此"，仍转向祝盟："我让你出去，你应该信我，它又不是真蛇，在警局，它也不敢袭击你。彭莱刚才说的，是他们勿用的内部机密，新闻没报，我的权限也不知道。你看，现在，你我都听了。我签保证就行。你嘛，签了保证，要么留在这，要么跟他走。"

"区隔的核心装置不是认知芯片吗，怎么可能触发通感？"说完，祝盟觉得自己是个傻子。认知和通感的关系属勿用公司核心技术，关乎机密，她即使是猜测，也不该说出来。

卢修抬眼，摇头："你话太多，我留不住你，你跟他走吧。不过，他得找个好借口，否则我这边走不通程序。"

"她抓重点的能力还行。"彭莱拿过档案，"大学专业，编撰学，可以让你去科研部整理基础文献，等等——"他表情微妙，"昆明后山的溶洞里死了二十多个人，原来也是因为你——来我的部门呗，勿用的市场部欢迎你。"他的笑容真诚又虚伪，于同一张脸上呈现出不同的面相，协调得十分恰当。

"——彭莱。"卢修打断他，"我们先谈条件。如果她是科研部的人，做基础研究，那么四只四勿鼠，你确实可以全部当证物提走，登记到

你们人工智能法医处。但她如果是市场部的人，就另说了。她没科研资质，而她名下的四勿鼠又犯了事，并不享有暂时豁免，你不能全带走，至少得留下两只。"

"你给我出难题。"彭莱瞪祝盟，"你看，这只胖袋熊是你的，但严格地说，这只纯系勿视鼠也挂过你的名。"他转向卢修，"如果我一定要把四只都提走呢？"

"她就得押在这里。"

彭莱观察勿听鼠和勿言鼠的照片，眼神转动。

"别想了，彭莱，屋里的三人，都能猜到四勿背后可能的线索。重点是，对于勿用，对于你，是它们的线索重要，还是她更重要。你做你的判断，我也有我的判断，她也可以学着自我判断。"

彭莱的面色变冷："今天是我失策。"

"勿听仓鼠还是能被提走。"

"你们破解了多少？"

卢修指祝盟："和她的水平一样。"

"那我可能赚了。"彭莱起身，对祝盟说，"来吧，证明你的价值。今天的事情可能有点急。"

来到证物室，四只四勿鼠分别关在大小不一的四只笼子里。勿言鼠正叮叮咚咚地敲笼子，它整个身体已探出去，只有脑袋卡在笼子里。证物室管理员全神贯注地瞧着它折腾。勿动鼠发现祝盟，兴奋地砸铁笼，砸出个小坑。她安慰它。勿视鼠则先觉出祝盟的心思。它蹭蹭蹭地磨牙，祝盟向它伸出手时，它咬她的指甲。勿听鼠其实不太想走，它缩在笼子角落，犹豫了很久。只有勿言鼠是快乐的，它挂到祝盟脖子上，身体一荡一荡，发出悠扬的声响。祝盟迅速走完保释流程，她以为彭莱会带她去市场部的北京分部，或者杭州的勿用市场总部。

"得去养殖场，最好午饭前到。"彭莱抬眼看勿听鼠，又瞧脚边的金蟒蛇，对警局外等待的勿用工作人员说，"机场。然后帮我接文恭。"

祝盟坐前面，车内设隔音，她听不见彭莱的电话，只在上下车时听见"调节群体情绪""认知"等词。期间，她给祝炀发信息，说一切正常。祝炀睡着了。沃师傅还没回来。照顾她们的沃师傅的太太——克里斯提醒说，认知区隔不像墙，更似水的阀门——向上提或向下压，我们很难知晓通过阀门底部的水的涡流。

彭莱没带金蟒蛇，而将它同另外三只一模一样的四勿蛇引入同一笼中，让人带回家。四条四勿蛇很快互相穿行，纠缠为复杂运动的拓扑结构，看不出彼此分别，也看不出首尾。祝盟觉得毛骨悚然。勿听鼠明显也被吓着了，祝盟用手拢它的耳与眼。

周围很吵。飞机几乎没有等待，就直接进了跑道。彭莱说去莫乡的莫镇，又说旅途颠簸，然后便闭目养神。祝盟很困，她一夜没合眼，但又睡不着。她猛灌能量饮料，搜信息，才意识到，勿用最大的生态养殖场——武陵养殖，就在莫乡的莫镇，只是武陵养殖声名太响，人们就只记得武陵这一片复杂的山区。

武陵养殖有三分之二用于生产，三分之一用于实验，近五年全部养牛。武陵牛源自中国黄牛、荷兰奶牛、日本和牛，经由改良，每一块肉、每一块骨、每一寸毛皮，皆可利用，乃至二用、三用。武陵养殖的钢化玻璃生态空间则被设计为研究二氧化碳控制的实验场。影像中的武陵养殖宛若一个人造生态圈，只是除了庄稼、作物与树木，那儿的动物只有人和

牛、昆虫和微生物。益虫数量精准控制、人员验证DNA准入、牛的数量和体征按分秒统计，就连仅有的人工智能，也只是以四勿牛为逻辑基础的武陵系统。总的来说，武陵养殖没有遵循大部分人工生态循环的设计原则，并未尽可能地收入完整生态位。它反向操作，以生产作物、粮食、肉、奶与皮料为首要任务，像极了工业化初期、利益最大化的生产原则。

武陵养殖的总设计师可不这么认为。

他名叫常远，生得周正方圆。他相信万物的规整与简洁，认为人工制物应充满人工的痕迹，拥有人的理性机制。不过，让他名声不败、二十多年来一直主持武陵项目的原因，源自他的另一个观点。他的博士论文提道：物质社会的更迭远慢于虚拟建模与信息架构，所以，人类对物质世界的完善应谨慎、准确，尽量减少不确定的因素与可能积累为错误的冗余，应该让所有的不确定与冗余都停留在信息层面，止于数据所引发的可能性。他总结说，一个理想的世界不应让信息指导物质，而应让信息承担物质的错误，这样，物质才能沉淀为适用于人的世界。他的观点招来学术、应用、伦理与美学的各种争执。他同科研部总监庾生观点相左。没多久，他将武陵项目彻底搬出京城，同庾生南北相对。

透过机窗俯视武陵养殖的主体建筑，让人联想到英国的万国博览会，只是武陵的水晶宫被三座山脉与一池湖泊覆盖，里面的东西很难看清。祝盟曾通过卫星镜头俯视武陵，而当飞机迅速降落，一切在几分钟内拉近，庞大的建筑群不断提醒她，勿用的根须已遍布人工智能以外的角落。建筑群边缘，能发现星星点点的民居、居民区与商业场所。武陵养殖承包山脉多年，莫乡的莫镇彻底围绕武陵养殖而建，且依附于它。祝盟同时搜了彭莱提到的文恭，试了两次，才确定他的名字和履历。他是地地道道的莫乡莫镇人，因武陵养殖位于家乡，才学了人工智能，成为专家。有趣的是，他除了大学四年在东北学习农业与人工智能，其余三十多年，都没离开过莫乡的莫镇。照片中的文恭高高胖胖，面貌谦和，看上去文质彬彬又处事恭敬，像个懒散生活又精于工艺的手艺人。

武陵养殖有自己的跑道与停机坪——铲平了一个山头建成的。下了飞机，再向下坐悬浮轨，就能进入武陵的主建筑。他们几乎没停留。接待人员拿了彭莱的行李，祝盟则两手空空，觉得自己蓬头垢面，十分狼狈。

"它们俩暂时不能进去。"一位接待人员告诉彭莱，"除了四勿牛，不能有其他人工智能，尤其现在处于问题阶段。"他分别指勿听鼠和勿言鼠："得分装，检查，再定去留。"

另一位工作人员拿出两个隔离用的玻璃罩。祝盟虽不情愿，也不得不将勿言鼠与勿听鼠再次交给别人。彭莱不耐烦了，松了松领结，转身就走。祝盟左右四顾，建筑以白色为主，但白色色调很丰富，根据不同的功能标记着不同区域，有些诡异。她决定跟紧彭莱。

他们穿过贯穿山涧的走廊，进入山的里面——山被掏空了。他们经过消毒间，换了鞋，被告知不要乱碰后，才进入武陵真正的工业养殖场。玻璃地板，玻璃隔挡，半透明的设备与奶白色管道。奶牛一层一层排列，如码货架一般，每只大约占八平方米的空间，一直向上叠，叠到穹顶。祝盟觉得有上万头牛。而此时，它们脑袋的方向整齐，统统看着中央走廊的圆形空地。它们都屏息凝神，像圆形剧场观看戏剧的千万观众。文恭立于中间，右手边是一柜子的电子工具，左手边有一头黑色奶牛。

彭莱迎上去，没等开口，文恭先摇头："彭先生，办法用尽了，没法切断共情。让阿黑停机也没有用，是真牛的单向共情，这我没法控制，它

们都盯着它、等着它。"

彭莱围着名为阿黑的四勿牛转了一圈，又观望武陵的奶牛，好像能看懂它们似的。

"你可以解剖，"他突然说，"把它一层一层肢解，它们就知道，它不是真牛，而是一头金属做的人工假牛。"

三

所谓新颅相学，与十九世纪的老颅相学不无关系。

老颅相认为，人的心智官能与人头骨的区隔和形状一一对应，研究头颅的外在，便能圈定脑内的机能。勿用的设计部发明了四勿动物的新颅相。早年间，勿用只有三个大部：基础科研部、产品部和市场部。后来，新颅相的意义逐渐溢出应用，更多的需求来自设计与美学、艺术与观赏，设计部便独立出去，新颅相的主创做了部门总监。她的设计不再局限于大宗商业需求，而开始面向更多独特品系。据说，勿用公司设计总部的主楼都是她的办公区，没有图像只有传闻，进去过的人形容，那儿宛若一座恢宏的博物馆长廊。娄珪提出新颅相设计，实际是对过时的老颅相的反向操作。老颅相讲究颅腔对应脑功能，起决定作用的仍是脑，颅相只是表现型。新颅相则面向四勿动物，如何让动物形态的人工智能既符合动物的外貌与动态，又符合人工智能的顶层设计？答案不言自明，先模仿动物的感知与形态,再做人工智能整合。新颅相由此诞生,并以"外在决定内在"著称。事实上,四勿的谱系与产品协议,也按照进化树的外在演变特征设计。勿用基于这一协议,既做大宗量产,也开放独立设计,长久以来保持平衡。只是勿用内部的两派一直有争议,一派人觉得,四勿动物应严格按照进化的颅相学,不能逾矩;另一派则相信,当新颅相的设计经验积累到一定程度,勿用就可以生产想象中的动物了。

很明显,勿听仓鼠是进化派设计的,提线人偶般的勿言鼠则是较早的想象派产物。

众所周知,勿用设计部的一批人一直以来相信激进的想象派,中庸的产品部不得不同意将他们分出去。严格的进化派也不适合中庸,常远的武陵养殖一直不声不响,像个独立部门,据说几乎不同设计部打交道,也一直远离勿用的产品部与科研部。对于外人,武陵养殖虽承载日常生活,却显得比设计部还神秘。祝盟学编撰,自然倾向于想象派,她甚至不怎么关注进化派的文章,对武陵养殖内部的情况也一知半解。她只记得,武陵养殖将新颅相学的印记效应推到极致,能让每一只禽畜类或鼠类动物相信,四勿动物才是每一个种群的范本。

黑色奶牛明显是养殖场众多奶牛的印记原本。此时此刻,它处于下线状态,内部功能已叫停。它的右前蹄微微抬起,头微微右偏,动作停在这一瞬间,稳如雕像。祝盟观察其他牛,都有着类似的动作,有的同黑色奶牛一模一样,也有不少幅度更大,似乎先于阿黑预测了它的意图,进行了超前模仿。它们看起来充满攻击性,正蓄势待发,似乎准备顶碎前方的某物。

文恭不说话,憋着情绪,似乎很踌躇。

彭莱眯眼："常远的学生，怎么可以优柔寡断。"他等着文恭，文恭很被动地同他对峙。

祝盟忍不住四下张望。一位工作人员轻轻拉她衣袖，示意她往透光的斜上方看。果然，有的钢化玻璃隔板透出碎纹，但不是所有牛角都贴着隔板。碎纹是年长日久的结果，今日接近爆发点，怪不得彭莱说紧急。

"常远跟我提过，"彭莱继续，"你最熟悉牛的结构，不论是内在的，还是颅相的，不论是四勿牛，还是活牛，你的理解可谓精准。所以你做拆卸，最合适。"

祝盟没理解彭莱的意思。

"我明白你对阿黑的感情。当初，我想把它送去美国堪萨斯，做模式四勿，你不愿意，后来荷兰跟我们合作，你也不愿意。我没难为你。"彭莱提高音量，"但这次不同。可以牺牲的利益都明码标价。阿黑的位置你比我懂。你不应该让它在武陵养殖待这么久，尤其在这里，它和活牛互相适应太久了。"

文恭摇头："常老师坚持留下阿黑。"

"常远那儿晚点再说。"

文恭继续摇头："拆了它也没用，我严格按照新颅相来诱导共情，它们瞧见阿黑内部的零件，也不可能搞懂阿黑是人工智能。"

"这简单。"彭莱抬手，示意工作人员，"对，就那只，最近的，牵过来。"

"你干吗？"

祝盟意识到前因后果，冒了冷汗。

"解决问题。"彭莱说，"对比产生新认知。"他示意外面的人，提高嗓门:"帮你们文总工拿刀具,我见过,他办公室靠窗柜子的内侧,都是好刀,磨得很快,保养得很好。"他对周围人微笑:"你们很幸运,能见识文总工的刀工。"他又转向文恭:"你可以想一想,先解剖哪一只。"

隔了二十分钟,工作人员才找到文恭的刀具箱——青铜颜色,表面纹路精细,放到工作台上。彭莱掀开,内里的刀具应是文恭的私藏,大小摆放井然有序。做人工智能动物的颅相学,不可能不钻研生物体的内外机理,如脾脏结构、肌肉走向,然后再按其功能与必要性,另行设计。模式四勿动物,或所谓的印记原本,对颅相相似度的要求更高。文恭是个认真的研究者,从刀具看,他下过功夫。

"像收藏品。"彭莱评价,"上次你给我展示,还是五年前。你自己应该清楚,换别人拆了阿黑,不一定能装回去。如果你不做,我就叫别人做。我和常远都不会反对你重新组装,只是阿黑不能做回印记原本。"

"——先拆阿黑。阿黑不动,不害怕。另一只也不会害怕和反抗。"

彭莱点头同意。

下一秒,文恭状态变了。他唯唯诺诺的模样悄然消散,注意力与精神不再外顾,似乎对于外界的应激与彷徨全部收回身体,思维与动作获得纯粹的平稳。他伸手抚摸牛角后的开关。彭莱扬起眉毛,向后退,退到安全距离外,其他人也跟着退。于是,牵着真牛的工作人员不得不松开缰绳,拍了拍牛,让它自己走到文恭身边,与阿黑并行。

阿黑活过来,文恭望着它,抚摸它的脊背,对着它的耳朵轻轻说:"我会把你和你的朋友带回来。"

一时间,阿黑与黑白相间的花牛仿佛通了人性。它们漂亮的长睫毛下，玻璃球似的黑眼睛变得深邃又充满情感。花牛先哞哞叫着。阿黑左右望着。它性格温和，看起来不害怕，也没什么仇恨，但人们似乎能猜到它平静表情背后复杂的感触乃至想法。祝盟不敢同它对视，她瞥了一眼彭莱，他正盯着它。

文恭把刀具放到手边，打开工具台。三面投射屏自动显示阿黑的所有体征，第四面显示花牛的状态。文恭关闭前三个投射屏，伸手摸阿黑头骨的骨相，找到位置。细刀片顺着缝合位置，流畅地沿面颊向后方滑动，手臂与手腕很稳，如书法运笔，气息准而不乱。刀很快围着阿黑头颅转一圈，皮肤下，树脂与软纳米材料的四勿动物筋脉露出来。文恭如找针灸穴位点一般，从工具台接入导线，以保持解剖过程中，被分离的不同"器官"保持正常的"机能"与数据存储，以便再次使用。然后，他换一把刀，贴着阿黑的颅腔表面切割，将四勿牛的面颊取下。

四勿动物的面部结构有时比真动物复杂。同等条件，人造机理的表达能力不如活生生的皮肤、筋骨、血肉、细胞。因此勿用的颅相设计通常颇为繁复。如果模式四勿的作用是引发通感或共情，它们的颅相便堪称艺术，能生成人一般的细腻感情。文恭不会破坏艺术，他的刀工本就是艺术。他很快掀开四勿黑牛的面部皮肤，没损伤皮下颅相的任何机理。人们能清晰看见随电子脉冲跳动的纳米材料与如钟表般准确运行的微机械。此时，工作人员不知从哪儿搬来成套的箱子——上百个，大小不一。文恭将阿黑的面庞放入订制箱。它垮掉的脸在光洁的箱子内部被支架撑起，表情再次饱满。阿黑的双眼滴溜溜地转，瞧着箱子中的自己。阿花也跟着看。文恭同阿黑眨眼，摘下它的眼球，嵌入箱子的预留位置。阿黑的整个面庞就这样被完整取走，眼神不再转动，看上去，宛如刚制成的标本。文恭于是左手持刀，右手轮流换特制的镊、剪、钳，或电子工具，一点一点拆卸四勿牛面部用于动力的机械结构、用于动作的纳米树脂机理结构、用于信息接收处理与表达的电子元件。他总选择先挖出电子元件，再按照新颅相的解剖结构，一层层地拆解机械与纳米脉络。他花去一个小时，将整个头颅拆完，呼了口气，从牛身的表皮开始下一阶段的操作。

网络视频中，不乏四勿动物颅相课程的解剖步骤演示。大学往往首先进行虚拟现实与增强现实结合的讲授，然后加入正式实践。不是每个学生都心灵手巧，有三分之二的学生的虚拟课挂了；其中又有三分之二不选择重修，余下的三分之一，即便实践课通过，工作也往往止步于颅相学的虚拟阶段——他们多做数据模拟，很少亲自动手进行颅相的设计与解剖。也正因如此，四勿动物工业成品多，匠人专门设计的颅相少。很多工业品的模板源自匠人，只是缺了仿生学意义的精致。工业品做工粗糙，拆装简单。手工品难造难拆，尤其解剖非本人制造的四勿动物，很容易出错。有人说，颅相解剖的难度类似外科手术，要讲究拆装无二，看不出痕迹。有人认为，颅相设计比外科手术难一些，因为颅相的目的是通过了解现实中的动物，去仿造现实中的动物，最终发明想象中的动物——每一套操作工艺，都是一套理解世界的方式。编撰学的共情方向专门开辟了一个章节，讲颅相的叙事整合，全是四勿动物的例子和神话中的怪兽。其基础原理不难理解，当一只真猴子与一只四勿猴面对面，它们模样相似、动态相近，内在机理却完全不同。如何让四勿动物与真猴子"想法"一致，产生"情感"共鸣？——四勿动物一半以上的上层搭建由编撰学负责。当然，人们已形成共识，颅相共情不仅是一个软件问题，也是硬件问题。"长得像"

是一切的基础，所谓共情自颅相始。透析人工智能动物的颅相机理，才能为它们撰写有效的自传体叙事。

祝盟为提线勿言鼠编了小半年自传体意识，进度甚微。那家伙脑袋空空如也，能找到的记忆储存只是色彩斑斓的光影碎片。祝盟选择从零编起，过程理应不难，却一直没成功。沃师傅指点她："它面部是老鼠，四肢的动态是提线木偶，爪子和尾巴的动态又挺像老鼠，所以它的颅相特征结合了鼠类和木偶剧，它又是勿言，发声装置是核心。你再仔细想一想，它的发声机理是个什么逻辑？"

祝盟没想明白，祝炀揭开谜底。勿言鼠中空的骨头能发声。它的关节能掌握气口。它的舞蹈能带来音乐的节奏。沃师傅评价，祝炀天生适合做颅相研究。

随着阿黑表皮剥落，筋脉拆解，祝盟意识到，文恭也是颅相天才。解剖至骨头，祝盟才确定，阿黑是一头勿听牛。同种类的四勿动物，勿听与勿言结构相似。大部分收音直接通过电磁转换变为音频信号，再做分析处理，接入不同语言系统或勿用的MIDI接口。阿黑不太一样，它的骨头是空的，树脂与纳米经脉控制收音。祝盟回忆已被拆为零件的牛头——全是收音腔体与传导线。想来阿黑的收音一部分转换为电信号，一部分仍保留原音。

文恭继续拆卸。阿黑的神经系统并非整装成品，直接置于牛的腹腔，而是重新排布，于肋骨外侧形成一层计算中枢。文恭花去两个小时，才将这一层表皮似的神经网络剥离躯干，置入最大的箱子内。终于，他要揭开阿黑腹腔中的秘密了。四勿动物不需要消化系统，腹腔是神经中枢的常设地。阿黑的神经被设计为表皮结构，这意味着它腹腔内部包裹着更重要的东西。文恭解开密码锁，小心地揭开腔体。

留声设备。黑胶唱片呈螺旋结构，笔头沿着黑胶表面，一层一层转动，从内往外，由上至下，再反过来，由下往上。

这是阿黑的收音，一部分直接采样并转换为数字信号，另一部分通过经脉与中空的骨头振荡传导，到了黑胶表面后，变为化学记录。对于四勿动物，化学结构意味着退化的嗅觉或味觉功能，统称为"腺体"。

祝盟很惊讶："阿黑的收音也是阿黑的腺体？"

彭莱点头。他早就困了，大概为了等这一刻，才插着手，一直瞧着："这是文恭的老师的成名设计，可惜他很谦逊，他的设计也不适合量产。"他摇头，"但这神奇的动物，不用在酒会上，不收入私人藏品，却造成牛，放到武陵养殖做畜牧业，真是浪费。"他转身，低头，擦镜片，"到此为止吧，我们先走了。余下的明天聊。"他对祝盟说："勿用的酒店在莫镇，不在武陵养殖里面，有点距离，现在走，新鲜的当地水产刚上桌。"

祝盟指着花奶牛："那一只不剖了？"

"谁说的，当然剖，怎么——你想看？"

祝盟愣了两秒，点头。

"城里小孩，没见过现场杀牛吗？血腥场面都一样，别迷恋。"虽这么说，彭莱眼神向周围人扫一圈，笑了笑，欣欣然先走了。

等他彻底离开，一位工作人员才问文恭："为什么是他？"

看得出，文恭与下属相处融洽。文恭叹气，示意旁边人帮他拆卸阿黑的其余部分。

他环视养殖场的牛群，它们显得正常多了，有的收回前蹄，有的在玻璃隔间内转圈。另一位工作人员将精致的刀具箱放到文恭近前。文恭从中抽出一个夹层，只一把刀，刀面光滑，刀片很细，刀锋有碎碴，一看就是用得多。他走近花牛，解释："你们不熟悉勿用的内部规则，公司一般不允许对照解剖，除非高级别的管理层批准。今天的情况，没有其他办法，只有选择对照解剖。"

"但也——我们不一定找彭莱。产品部甚至设计部的人，都比彭莱懂。"

"他管市场，我们的牛精神不精神、健康不健康、是不是可以作为'全健康'牛销售，他说了算。况且，"文恭转向祝盟，向她点头，"彭莱说找到了一只一代勿听鼠和一只很有意思的早期勿言鼠，说能帮助改进武陵养殖。他主动和我们合作。"

"勿听仓鼠和勿言鼠不在我名下。"祝盟脱口而出，"你们没权限指挥它们，也没法要求我。"

"彭莱喜欢耍花招。"文恭摸着阿花的动脉，"这也是我和常老师最为难的地方。"他边说边将刀切入花牛的脖颈，血涌出来，流入提前准备的桶中。

花牛没有动。

"阿黑不动，它就不会动。"文恭按住出血口，控制血液流速，也稳住牛头。祝盟没见过这景象，资历尚浅的工作人员也没见过。"这样最合适，之后也不会有什么痛苦。"文恭解释说，"牛忍耐力强，善解人意，以前人们杀牛，不会这么容易。现在，当阿花相信它和阿黑一样，一切反而变得简单了。它会觉得，一会儿，我会像对待阿黑一样，一层一层把它拆卸，分装到不同箱子里，以后重新组装。"文恭似乎在分散大家的注意力。他似乎相信，当人们知晓了背后的原理，对未知的惊惧就会减轻。他慢慢解释起来："在新颅相学里，这也被称为印记现象，有些类似小鸭子的印记，一出生，刚睁眼，瞧见可以共情的动物，就把它们当成母亲，作为可以认同的模仿对象。小鸭子可以印记人。其他哺乳动物也有类似行为，只是比较弱。"血流了一桶，再一桶，花牛有些支撑不住，文恭引导着它，卧到地面，"武陵养殖，讲究以牛带牛，小牛犊们从小主要跟四勿混养，喂养它们的母牛也分不清其他牛的真假。长大后，再进入划分隔间的养殖场。"他向祝盟介绍："山内的是奶牛，另一座山里的是肉牛，各有各的养法。玻璃隔间是我们和国际动物伦理协会商量的结果，它们总可以互相看见对方。每天分时间分层，我们会撤下玻璃挡板，它们可以互相走动，也能顺着每层的长廊走到外面山坡。它们能定时回来，能定时站回自己挡板的位置，这全凭四勿动物的模式引导。不需要很多，比如这里，一只阿黑就足够。阿黑是武陵养殖模式牛里最聪明的。"花牛的头耷拉下来，发出微弱的哞哞声，文恭安抚它："但阿黑服役时间太长，我怀疑不是其他牛的问题，也不是共情系统的问题，是更根源的认同问题，连锁反应很糟糕。我得先处理连锁反应。"花牛渐渐合眼，长长的睫毛不再颤动，整个身体的气息离它而去。血还未流完，文恭还在等待，并自言自语："或者，我一开始就不该把阿黑设计成纯黑色，太明显，对其他牛的示意太强，勿用犯过类似的错误。我应该设计成普通的花牛。"

"什么类似的错误？"一位工作人员问。

"白猕猴。最早起示意作用的模式四勿猴是白色的恒河猴——猕猴的一种，后来才做成滇金丝猴。自然界里有白猕猴，是隐形基因显出来

才变成白色，不常见。勿用被设计成白色，本是为了方便科研观察。结果，白四勿猴混居到自然界后没多少年，真正的白色野生猕猴也增加了。这是勿用没想到的，昆明的老动物所也没想到，但为时已晚。重庆索道打死野生白猕猴是个转折点。你们小，可能不知道当时的情景，我也是听常老师说的。"文恭凝视花牛的刀口，血基本流净了，"国际介入，政府彻查，勿用紧急设置区隔。当时四勿动物的区隔技术还比较初级，常老师进了最早的攻关组。而同时，勿用内部很多研究者反对区隔，不过，他们的意见不起作用了。区隔条例肯定要出。他们赶在颁布以前，集中解剖了一批野生白猕猴和四勿白猕猴，基本是偷着做的，有的直接活体解剖，有的当着活动物或四勿动物的面。据说此举引发了更多共情和认同的问题。所以，自那以后，勿用再也不做自然界混养了，只做有限的互动培育。我们保留区隔，并强调除非万不得已，否则不会做活动物和四勿动物的近距离对照解剖。可惜，今天破例了。"文恭站起，重拾解剖刀："最近勿用不太平。"

  年长的工作人员拉着祝盟往后。文恭动作幅度变大，胳膊与双腿大张大合，小臂与手腕却很轻巧，寻找花牛的肌理结构，划开皮毛、肌肉、筋骨、内脏，找寻其间的缝隙，依照牛身体的脉络用刀。他没有真正切割任何骨节接合之处，而是转动手腕，用重力与张力揭开所有连接。整个过程很快，几乎没有声音，没留下多余污渍。或者说，皮肉骨骼裂开的声音与文恭的动作相配，卸下的肉与脏器按规律摆放，一切如合乎规矩的舞蹈与乐律，似乎比解剖阿黑还要流畅。

  一切结束，天刚刚变暗。文恭擦净双手，重新观察养殖场的牛的状态。它们不再整齐地面向中央，而是各自进食、产奶。数据显示，似乎一切都恢复了正常模样。

"保持观察。"文恭吩咐。

"是否重新准备一只模式四勿牛。"

"不，等我的新流程。"

"可没有示意四勿，它们会不会再出问题？它们刚刚解绑阿黑，需要新的引导，否则——"

"它们不一定解绑。有两种可能。它们认同花牛和它们一样，而阿黑是一只人工智能，如此，算是解绑了阿黑。但还有一种可能，它们还是相信自己与阿黑是同一种牛，像阿黑一样，肚子里有螺旋转动的黑胶唱片。所以，对于它们，阿花才是一只异类，一只叛徒，一只伪装者，我只是揭开了伪装者内部的另一种机理。它们相信，阿花和它们不一样。它们并没有解绑阿黑，只开始怀疑，周围的牛会不会也是伪装者。如果是这种情况，牛的群体效应也能暂时解除。你觉得，哪一种可能性更大？"

四

彭莱没立刻回住处。他有意等着文恭和祝盟。

莫乡的莫镇挨着一江一河，一边水势大，一边水势小。本来江河并不是一分为二的，自从武陵养殖选址后，上游水坝进行分流处理，勿用规划了整个莫乡，重新设计了山河的格局。几座山被挖成中空的养殖场或实验

区，河流按湍急程度绕山而行。莫乡临水，按莫乡人古老的信仰，牛有神性、牛能镇水。出山后，车驶过武陵养殖与莫镇的交界，一只于夜色中反射紫色光辉的青铜牛立在莫乡入口。文恭恢复温和的神态，话变少了，看到牛后，才对祝盟说："一个莫乡和武陵默认的规矩——过了桥，莫乡一边就不养殖活牛了，都养别的。我们这里水产也不错，而武陵养殖只养牛。"

"为什么选牛？"

"它们有尖尖的犄角，有极强的攻击力，却最早接受人的驯化，可是呢，改良家牛品种的时候，又总需要野牛。常远老师认为，如果做驯养动物的进化研究，牛最合适。"

祝盟没细想，她远远瞧见勿用的加盟酒店，勿用旗下最神秘的一家——没有受邀，一般订不上。天开始下雨，给一切罩上了一层清澈又朦胧的光晕，让酒店正门"吾丧我"三个字显得独立于世。勿用公司创始人陈陌定下的店名，没多久，她便退居二线，隐居起来。"吾丧我"看似孤僻，分店其实遍布世界。人们认为，陈陌辗转居住于不同的"吾丧我"，仍拥有勿用公司的实权，通晓勿用全球的生产与买卖。武陵的"吾丧我"看起来是和武陵养殖同一时期设计的，门厅内不同色调的白色和天花板的弧线与山里的养殖场相似，让人觉得有些诡异。厅堂左边挂着"所求尽矣，所利移矣"的碑匾，右边挂着"用尽身贱，功成祸归"的碑匾。上面的字很好看，像练过刀工、刻过碑文的人拿狼毫一气写成。

彭莱不知何时从哪里突然出现，笑眯眯地："常远的字，不过现在他可写不了这么好了。"

文恭微微撇嘴，没回应。

彭莱吃过晚饭，又备了一桌，席间，他聊起科研部的区隔故障，产品部如何因为突增的投诉自顾不暇，还透露了设计部的"造龙"项目已接近尾声，似乎准备毕其功于一役，将其他部门甩得远远的。祝盟饥肠辘辘，忙着扒饭，然后困意袭来，脑中一团糨糊。她只感到急躁的人动作很快，时间也跟着加速，彭莱周围的空间正以二倍速快速运转。他口若悬河，提供的东西似乎全部来自新闻，毫无有效信息。慢性子的文恭则动作缓慢，时间流速也相应放缓。同彭莱相比，文恭宛如一组慢镜头画面，说话和用餐都以其二分之一的速度慢慢接招。他很实诚地解释了阿黑和阿花的对照解剖，提醒彭莱，牛群认同可能仍有隐患。

"她可以。"彭莱突然引入祝盟，"她的勿言鼠拥有数一数二的发声机制，她的勿听鼠不仅是一代四勿，而且腺体设计也很有意思。我们可以在这儿待一阵子，让她帮你。"他又突然转换话题，"常远也需要帮助，对不对，他的病，可比报给我的严重。"

文恭低头。

"我知道，你们有你们的办法，但我有我的。我从不反对两套办法并行推进。你看，面对你们进化派和想象派的分歧，我只摇来摆去，没真正偏袒过一方。你不信，可以找常远确认。不过，他现在的状态，对他自己的病都不一定有准确的理解。我这里肯定得有一套备用方案。"

文恭还不说话。

"感情用事没意义，你们又不是想象派。按规则办事才是武陵的立身逻辑。"

文恭终于点头："晚点给你传医疗组的意见。"

彭莱这才介绍："她叫祝盟，学过编撰，昆明后山里老动物所附近长

大的。她今天有点累,快四十八小时没休息了。明天上午让她歇一歇,下午就可以去实验室,帮你们检验牛群的内稳态。"

祝盟想反驳,想警告彭莱,祝炀才真正拥有指挥勿言鼠和勿听鼠的权限。

文恭看出她的想法,示意她息事宁人。

彭莱于一片祥和中举杯,遥祝常远"长命百岁,事业高远"。

祝盟没洗漱,倒头就睡。梦里面,白色四勿猴和白色猿猴纷纷出现,它们拔掉实验台的插管,离开房间,逃离实验室,跟着金色的四只小滇金丝猴往山林里荡。但它们没离开地面,没攀上星空,它们径直扎入密林,消失于横断山朦朦胧胧的云雾中。祝盟瞧着它们的背影,越来越分不清哪些是野生猴,哪些是四勿猴。她追不上它们了。她迷了路,顺着河,踩着石头上的苔藓,终于走到林子边缘,面前是巨大的武陵山。她知道山还没被掏空,她看见阿黑和阿花肩并肩一起吃草,它们后面的自由生活的牛群筋骨中透出野性。她听见勿言鼠击节而唱,围着阿黑蹦蹦跳跳的,但听不懂它唱的什么。她在草丛中找到勿听仓鼠。她似乎看见了勿视小鼠雪白的影子,它似乎骑在勿动袋熊头顶上,一闪而过。她赶到时,"吾丧我"的建筑已经衰败,剩下"吾"字的灯光微微闪烁。她闻到香气。她捧起勿听仓鼠,嗅它耳根的腺体,路易波士茶的味道越变越淡,另一种气味逐渐充满鼻腔。她很熟,小时候在动物所常闻,是虫胶的味道。虫胶是寄生于树干的虫子分泌的胶质,称得上是一种天然树脂。动物所研究人员喜欢就地取材,自制各种用品。他们去林子里观察混居的四勿,顺便寻找各种寄生树,刮虫胶,利用业余时间提取、加工。这种虫胶是黑胶唱片最早的原料。动物所勿听科研组组长常年做大自然收音,偶尔用虫胶制成的黑胶唱片做记录，可他们几乎不播放，黑胶被一层一层地堆在档案室里，味道越来越浓，记录的声音随化学气息一点点变质、消散。

祝盟醒了，正午的太阳划过中天。她的鼻腔仍充满虫胶的味道，她意识到，黑胶味道不仅来自阿黑的腺体，武陵养殖的养殖场也充满淡淡的虫胶气息。从下飞机到莫镇，莫乡丘陵地带似乎都被虫胶气味覆盖。她于恍惚中寻找勿听。它的化学电子腺体经年累月接触不同气味，又是一代四勿，应能分析出武陵养殖的虫胶成分。

勿听不在，勿言也不在。它们可能在武陵养殖的科研区，被关在透明罩子里，彭莱正指使文恭解剖勿听、拆卸勿言。

祝盟彻底醒了。她打开信息流。彭莱一清早先行搭飞机撤了，还给她留了言，说目的地是缅甸，他直接在仰光降落。仰光的寺庙出现了老动物所的老四勿动物。十七年前清理一代四勿时，不少四勿跨过丛林与栅栏，穿过云南与缅甸的边界，去了难以监控的东南亚。他又去收集一代四勿了，祝盟想，为什么让一个市场部的人去干科研部的活？

她继续浏览信息，文恭给她发了一系列权限认证，她逐一通过，现在可以以勿用工作人员的身份，接入武陵养殖内部系统了。她忍不住扫了一遍阿黑作为模式四勿的印记流程。

果然，武陵养殖的思路比一般的设计复杂。

对于勿用，本能的培养来自基本感知。四勿分别拥有超乎寻常的敏锐感官，能接受丰富且强烈的感官刺激，因而，它们拥有人类或其他动物都未曾享用的本能。一只怀有充分本能的四勿，可以激发其他动物的群体行为，不是因为它激发了它们的认知能力，而是它贯穿了它们的本能。如何理解人工智能动物与真实动物的通感与共情，是学界一直争执不休的

话题。有的认为，长得像即可，强调颅相为先；有的认为，要感官类似，即强视觉动物搭配强勿视设计，因此不建议每一种勿用动物都进行均衡的四勿搭配；当然，也有的相信，最终的适配性都来自认知架构。有实验能力的机构，一般认同感官与认知的叠层设计，根据实际情况尽量纳入动物五感，再做上层认知构建。这要求很高，有时底层决定上层，有时上层决定底层。达到这一级别，不同的设计者产生极大分化，做出的产品千差万别。为保持多样性，勿用一直没做算法与数据的统一处理，采取遇到问题解决问题的方式。虽强制区隔，却将区隔的权限下放，久而久之，区隔的方式也千差万别。如今，更多的人认为，这也是隐患，应全部统一。

武陵牛的区隔很有意思。阿黑的颅相属传统模式四勿。黑色，区别于大部分奶牛和肉牛。五官与身形综合中国常见的黄牛与水牛外观。阿黑属勿听牛，用以检测周围牛的身体状态。与众不同之处在于阿黑兼具部分勿言牛的功能。它体内的黑胶可以根据周围牛的状态，播放经由处理的低频音，稳定群牛的情绪。与此同时，黑胶的虫胶气味，也形成一种独特的腺体气息。牛如果从小生活于充斥虫胶味道的环境中，会对虫胶产生生物记忆，而整个养殖场，只有作为模式牛的四勿动物能自行发出虫胶气味。当黑胶音频与虫胶气味重叠，两种感官的序列得到统一，更易于群牛共情。这也是五感编撰学的基础，让不同接收器的内容链接，调整为同频，形成共通的内稳态。不同于视觉，声音与嗅觉更接近内在本能，接近从爬行动物到哺乳动物的古脑运作。武陵牛的通感自音与气始，最终达于群体共情——武陵负责人常远的发明。实际设计和推广主要由文恭操刀。武陵系统显示，文恭高中就参与了"虫胶-音频"的通感计划，离开莫乡莫镇到外地读书，只是学了一轮技术，拿到了准入勿用的工作文凭。祝盟算了算，武陵"声音-气味"养殖已有十多年，很成熟，可能很早便影响了周边生态。

她探身，往窗外瞧，楼前的树类似棕榈，枝干爬满了类似高原云雾林的藤蔓，放眼望去，武陵的植被不像温带植物，更似亚热带的。她调出屏幕，放大树木枝干，果然，那是基因改造的品种，适于昆虫寄生，一些树干表皮覆盖着刚刚分泌的虫胶。

进化派看重人类、人工智能、自然界的协同进化。常远与文恭已造出他们的独特世界。

祝盟切出系统，又收到一串信息。彭莱发来法律认证流程，意思是，为了大家好，配合为上策，勿用不会剥夺祝炀或祝盟对四勿鼠的监护权，但在法律范围内，可以进行部分权限的转让。当然，转给谁，她们自行决定。祝盟阅读材料，发现小姨和小姨夫都签了同意书，让未成年的祝炀全权负责。祝炀还不满十二岁呢，祝盟腹诽。彭莱还在飞机上，但他的动作可真快。祝盟来不及细想彭莱用了什么筹码，迅速谈下小姨和小姨夫，便有另一串信息流进来，是文恭。他说，彭莱告诉他，她有决策权了，希望能协助改善武陵养殖，借她的勿听鼠和勿言鼠一用。她打开通讯，沃师傅发来信息，配有开怀大笑的表情，说"我回来啦"。祝炀发来信息，一张照片，浓浓的鱼汤加了酸奶调味——东欧烹饪法，克里斯奶奶的手艺。他们没提法律认证。祝盟回复一张照片——鬼脸表情，树冠下，树干覆盖虫胶。她没回复文恭和彭莱，决定暂时"装死"。洗漱完毕，她收拾一番，再看信息。彭莱说："配合他们，你会获得更多"。文恭说："你可以先来看看，再做决定，搭酒店前的专车到武陵养殖，直走，穿过昨天的养殖山，右手竹林里用竹节外壳镶嵌的建筑是科研中心，刷随附的密钥，按提示找我的实验室。"

路上，祝盟留心观察。白天的莫镇是个平静富裕的地方，整个莫乡服务于武陵养殖。统计显示，三分之二的莫乡人任职于勿用公司，多在市场部，负责武陵动物全球销售；其中一些做养殖，只有几个搞科研，文恭一人任高职。剩下的莫乡人做水产或山林养护。有意思的是，寄生树基因改造和虫胶生产不属于武陵，而属于桑蜂公司。彭莱提过，桑蜂的非洲畜牧场出现牲畜踩踏事件，但桑蜂主要做区隔。祝盟第一次知道桑蜂还涉足植物基因。从莫镇到武陵，一路的植被几乎都是寄生树，偶尔有人采虫胶。进入养殖场，正是喂食时间，奶牛们很正常，各有各的状态，不再焦躁或产生群体效应。中央有一头新黑牛，很像阿黑，不过四肢更粗壮，角更尖锐——弹窗标记，勿动牛。工作人员还是放了模式牛。祝盟的余光扫到一片光点，是反光穿顶，来自牛群。她靠近最近的奶牛，贴着防护玻璃，找合适角度地观察它。牛耳内侧反光，是半植入芯片。她搜索，武陵系统显示，那是牛的生理状态监控器。每头牛一枚，每一头都实行特定监控、特定数据整合以及特定饲料、温度与运动量配比，保持个体化的同时，统一整体质量——武陵养殖的工业畜牧策略。

科研中心一半是医疗区，一半做基础研究。出乎祝盟意料，医疗区不局限于畜牧业的兽医和四勿动物的智能维修，还有一部分面向人类。指示屏中，文恭实验室的绿色箭头方向为基础研究区。祝盟输入勿听和勿言的密钥，发现它们一只位于基础研究区，一只位于医疗区。她搜常远，没访问权限，网上并无他患病的信息。他年近六十，如重病不治，武陵养殖的股价肯定下跌，勿用也将大大受损。

祝盟决定先找勿言。

没走多远，她听见一种声音，琴瑟交融，管弦并举——应是勿言。它使用骨节的动作以及自己拨动提线的姿态，会让乐曲的节奏左右偏移，旋律不稳。祝盟顺着声音走，来到医疗区中心一间棕色的大录音室里。录音室中间有一个封闭的透明长方体实验室。勿言鼠正在里面上上下下、蹦蹦跳跳，依照接入的音频发声。两个接口，其中一个在它的足心，线缆拉到右侧增益，连着螺旋状的黑胶唱片。祝盟点击操作台，黑胶方向显示：阿黑。另一个接口从勿言脖子后方拉出导线，接入左侧复杂的音控台，循环播放古乐：《清角》。

勿言鼠在混音，混合阿黑记录的群牛的声音与《清角》。

祝盟试了试，她的权限止于录音室外。她敲击实验室的玻璃腔体，勿言注意到她，停下动作，跳到她面前，咚咚地敲墙壁。于是，混音戛然而止，《清角》与牛的叫声、呼吸声、内脏声同时播放，一片混乱。勿言不以为意，它逐一抬关节，向祝盟展示武陵智能维修的成果。勿言身体中牵动关节的线与活动的木质轴承增多，跳舞奏乐时可以有更多支点和更多弹奏的弦。不少地方只做标记，还未牵线或修复内部跳线。估计彻底修理并调试成功，得一两个月。这项工作精度高，需要特制丝线和实验室工艺，难怪沃师傅从不提维修勿言。

"它说它叫阿纤。"一个声音从角落传来。祝盟没发现角落有人。那人坐着轮椅，身穿病号服，看起来有些虚弱。祝盟屏住呼吸——是常远，剃了光头，太阳穴一侧埋了半植入芯片。"它还说它是四勿鼠中的勿言鼠。"常远问，"你觉得呢？"

"我、我最开始觉得它是提线木偶，不是老鼠。它的颅相，只有脸像老鼠，其他的功能性设计和老鼠的形态没关系。"

"现在呢，你觉得它是什么功能？"常远站起，走近透明实验室，虹

膜认证，勿言的接线断开，它自己找到活动门，爬出来，面向常远鞠躬，然后舞动手足跑向祝盟，抱着她的腿转圈，最后躲到她身后。它的动作比以前利索多了，不再一副零零落落的模样。

祝盟回答："最开始，我以为，它只表演，把别人听到的、别人演奏的、别人写过的东西绘声绘色地念出来。现在觉得，不仅如此。如果它是混音人工智能，就是另一回事了。"

"功能确实不一样。"常远幽幽地说，表情和声音有些奇怪，"文恭告诉我，彭莱故意到处宣扬我病了。"

"他只在餐桌上提了，我不知道有没有和其他人说。"

"我指，从今天往后的三四个月内。我对时间越来越不敏感了，还好，中文不强调时态。"常远扬起头，似乎在调整思绪和表情，让二者统一，"首先，我的记忆逐渐模糊，判断力下降。然后，我的时间感变得混乱，对空间和言语的定向产生障碍。最后，我的世界陷入一片混沌，生活无法自理，只能进行很原始的反射活动。你说，我患了什么病？"

勿言鼠脆脆地回答："阿尔茨海默，你长期做实验，化学的、电子的都有，你还是不太一样的阿尔茨海默。"

常远微笑，只牵动半边嘴角："它倒不怕生。想象派的造物，向来不怕生。"

祝盟不知该如何回应，她偷偷给文恭敲信息。

"其实文恭不想我直接和你谈。不知是怕我吓着你，还是怕我们谈不拢。但他不擅长谈，他只会刀工和颅相学。其实我——"常远突然停止，面露困惑地打量祝盟和勿言鼠。阿黑的黑胶录音与《清角》乐同时进入下一轮播放。他的注意力被声音吸引，自言自语："进化是更高级的认知，是更精确、更复杂的结构。音乐和语言就是人类进化的标志，四勿动物怎么能停留在低认知的感官反射层面呢？我们武陵的牛，既能听得懂哞哞叫，也能听懂音乐——"常远的半植入芯片开始闪烁，他的表情又陷入空白。那场面很诡异，宛若一个活生生的人突然陷入恐怖谷底端。新闻与讲座视频里的常远从不混乱，他永远四平八稳、条理清晰、情绪稳定，似乎一切尽在掌控。

祝盟抱起勿言，准备随时逃跑。

常远叹气，一时恢复正常："——其实我不介意患病。人就像机器，总会有故障。文恭他们不希望我生病；彭莱他们希望我生病。对于我，如果不患阿尔茨海默病，可能也会犯愁。现在变简单了。"

"——您的意思是？"

"阿尔茨海默病是某种退化，武陵养殖的方向一直是进化。"他显得有些激动，"我们可以做互补。"

"互补？"

"当然是用它们的进化，补偿我的退化。"此时，常远双目有神，神志清醒，他指指额角的芯片，"刚有症状的时候，武陵医疗同国内外阿尔茨海默的治疗专家一起设计的，可以补偿我的认知退化。后来，我发现，认知补偿芯片和武陵牛的半植入芯片类似。我是认知补偿，武陵牛是认知增强。同一类逻辑，不同方向，因为人和哺乳类动物的距离没那么远。但随着症状加剧，衰退的就不仅是认知了。武陵牛和武陵四勿的感知都很好。我应该做感知融合，它们应该通过我获得更好的认知——"说到这里，常远又进入恍惚，"我和它们已经获得感知融合，我们闻共同的树脂，听一样的频率，处于同一封闭空间，我的空间。"

"这和勿言的混音有什么关系？"祝盟问。

"你听，《清角》这类音乐，其实不是艺术，而是人类认知的巅峰。阿黑收集的声音是武陵牛最底层的生理感知。勿言能把两种层面的声音混合为有意义的调子，这才是混音的真正用途。不是说你学的编撰吗？编撰的最终目的，是生命的内稳态。混音能为混乱的心智带来内稳态，也能为武陵牛和四勿牛带来新的内稳态。你应该参与。"

祝盟想到彭莱和他发来的一系列法律认证，问："你和彭莱商量过？"

常远兴奋的表情落下来，面露疲倦："文恭聊的。我和彭莱打交道不多。如果你想从彭莱的层面思考问题，得去和文恭聊。"

"我……"祝盟噎住，她可不想与彭莱划为同类人，但也不想继续和常远聊，"——我去找文老师。可是，"她问，"勿言是想象派的造物。我想知道，想象在进化的道路上，是什么位置？"

常远目光混沌，他摇头，转身，缓慢回到轮椅上。

祝盟小心翼翼地抱着勿言鼠离开，临出门时，常远轻轻念叨——

"二月二，龙抬头。"

五

接下来两个月，祝盟和文恭聊得不多，必要时互通有无，其余时间各司其职。

文恭解释:"调试只需两个月。"他计划用勿听鼠几乎毫无区隔的通感系统和勿言鼠的混音功能,调试武陵牛的底层感知,使其耦合于武陵系统的智能中枢。

祝盟问:"为什么用外来鼠?勿用科研部有类似一代的四勿,也有各种组合动物。"

文恭摊手,说:"是彭莱的建议,用科研部的四勿,因为需分享数据。勿言和勿听还未归入科研部,使用完毕,大部分数据和痕迹可能会被抹掉。勿听鼠从文恭的肩头爬到文恭手心,用阿黑体内卸下的废弃螺丝磨牙。文恭告诉祝盟,这类一代四勿鼠最早用于医疗,后来流散后,可能参与非法的军用和商用,很稀罕,近些年很多机构偷偷收集,明抢的也不少,消息都被勿用压下来了。"

"勿听鼠真的是自己跑回北京科研区的?"文恭问祝盟。

一个月后,他又提醒:"你以后得注意它的数据处理环节,到底是在北京、贵州、昆明,还是早早地转移到了非洲,否则,就不方便搜数据流的路径了。加密又太重,我硬来,会破坏它的神经中枢。"为了让勿听鼠适应武陵养殖的底层感知,文恭调制了特殊虫胶——半透明,气味比天然虫胶浓。每天凌晨,祝盟会挖一点胶体,涂到勿听鼠耳朵后侧,让勿听鼠的腺体接收器打开新一条感官通路。它用了一周时间适应。文恭说得对,一代四勿感官接受不受限制,可以十几年处于全开放状态。人不一样,过了青少年几乎全部定型。勿听鼠和祝盟变熟,不再时不时地虎视眈眈,有时它会蹲到床头,磨指甲、磨牙。祝盟理解它,数据分析显示,它一生中失去自由的时间很短。

每天，祝盟带着勿听和勿言从"吾丧我"到武陵，夜幕降临才返回。勿用给她开工资，一半来自武陵，一半来自市场部，她的身份只是看护员，保持对四勿鼠的独立监护。祝炀也开始拿工资，负责勿视和勿动。祝盟自知，她的看护能力不如祝炀，与其说看护，不如说保证四勿鼠的监护权不外让。抵达武陵一周内，她收到科研基础部、产品部、设计部乃至母校编撰学教研室的问询单，都对勿动袋熊"自我防卫"的前因后果了解得很透彻，都从不同角度将其解释为"出于自卫，过失杀人"。至于三个被害人，他们所提不多，只说"调查中"。末了，问询单结尾，他们又从不同角度，提出四勿鼠的监护权转让。彭莱第二周才同祝盟视频通话。他强调祝盟不懂他的忙碌，说他平衡了各方意见，觉得祝盟、祝炀保有监护权仍是上策，只要祝盟、祝炀为勿用工作，一切好说。彭莱正乘船逆流而上，离开仰光前往曼德勒，同行者有产品部的程器——带着四只四勿缅因猫，从彭莱身旁走过。彭莱招呼程器，对祝盟说："没有人希望常远的病继续恶化，对不对？"他面露悲伤，演得令人动容。程器慢了半拍才反应："常老师病了？什么时候？我怎么又什么都不知道？"彭莱没关视频。他绘声绘色地解释阿尔茨海默病的病理状态，还专门告诉程器，常远因长居武陵，天天闻虫胶，和牛在一起，不重视生物与四勿的多样性，才让他的阿尔茨海默病成为罕见的亚型。

"——不幸中的万幸，常远离婚无子，父母仙逝，没什么牵挂，武陵养殖的确是不错的归宿，况且——"程器的勿动缅因猫拍断通话。

祝盟总能碰到常远。他拥有武陵养殖的全部权限，可以到处逛。他神智越来越恍惚，记忆前后交错，思维跳跃，说话时而清晰，时而吞吞吐吐，但他总认得武陵的路，知道武陵系统什么应保证运行，什么不可以随意调试。他也总认得每个人。医生判断，没必要限制常远的行为。文恭提到，常远本人最早收到患病通知，第二天便找了文恭聊后事。当他头脑退化、无法自理时，武陵养殖的一切将一步步转交给文恭管理。常远建议找产品部的负责人傅荟帮忙，并且他已告知傅荟。

"常老师没隐瞒，勿用高层应知道情况，但关于治疗方案，常老师后来改了主意。"文恭也没隐瞒，"常规治疗只能缓解，而常老师的病又有点怪。最后我们决定，用武陵的技术。"

文恭重装阿黑。他说拆比装难，而且他要加新功能。他坦白，牛群半年前便出现群体问题。工作人员则说，每隔一年半载出现一次群体问题实属常态。祝盟查系统，武陵的科研记录很翔实，几十年来，确实每隔一年左右，牛便出现群体异常。将野生牛的颅相状态和共情状态引入模式四勿，对牛群加以引导，一两周内即可平复群体情绪。这类似于家牛养殖，每当人工牛种的品系变差，人类便用野牛进行配种。牛的养殖史近千年，人一直以类似方式延续着属于人的牛群。

武陵养殖则将畜牧业带入另一阶段，过去属生殖控制，如今属心灵控制。四勿牛潜移默化地让牛群适应新的养殖场、新的饲料、新的光照，让它们一直处于愉悦的情绪中，奶质与肉质显著提高。武陵牛价位高，占领世界牛肉市场。常远同时提出生态养殖，但武陵周围植被对二氧化碳的吸收高于一般生态圈。因此，武陵养殖的动物伦理在业界虽一直存疑，总被诟病，却没出过大疏漏。有一类进化派甚至认为，武陵养殖代表了动物群体进化的下一方向。人类影响地球，世上便不存在绝对"自然"的生态。

当自然界的动物趋于濒危、灭绝或进化停滞,人工养殖动物的基因与行为才是协同进化的真正成果。这类进化派将重点置于家养与工业养殖、散养与密集养殖,视人工智能为协同进化的钥匙。常远似乎不完全同意人工协同进化,近五年却出席了一些极端进化派的会议。祝盟读过会议报道和论文集,很多口号式的观点使她对武陵养殖产生负面印象。她习惯以想象派的方式理解编撰,没继续深究武陵的设计逻辑。

每天,她将勿言鼠送到文恭的实验室。文恭的地盘杂乱,不似干净整洁的武陵。他自己的实验室有两层楼高、篮球场大小,隔壁是科研中心的数据库和资料储藏室。储藏室堆满了不同种类的黑胶。勿言接入数据库,文恭按目录一层一层地更换黑胶,让勿言消化黑胶的声音,同数据库混音,调试声音,传入新购进的数据存储中。整排整排的新数据处理器直接码在实验室的一侧,占据大半的实验室。文恭一边处理数据,一边装配阿黑。他告诉祝盟,以后,武陵养殖只需一只勿听牛——阿黑。勿言鼠混音完毕,其余勿言牛做做维护即可。武陵的监控系统比勿视和勿动动物高级,因而勿视牛和勿言牛只活动于武陵和莫乡的边缘,以防散养的牛跑出武陵地界。他说一切将变得更完美,不会再出现牛的群体事件。而事实上,文恭语焉不详,没说为何群牛会情绪波动,会充满攻击性,似乎能撞破玻璃防护。他只解释,应对方案一年前便报给勿用,需调用一只一代勿听、一只混音勿言。流程卡在科研基础部,一直不批。

"这点,我感谢彭莱。我看了档案,你这算命案,警署可以扣留,他居然能把你们弄出来,直接带到武陵。"他将勿听鼠还给祝盟,"当然,这和绑架没区别。我在想,彭莱让我跟你谈,可能就是觉得,他谈,更像绑匪。我谈，更像求人办事。"文恭示意祝盟少安毋躁："我想过了，通常轮不上我说话，我也不爱说话，有些话其实不该让你听见。你知道的已经有点多，所以，我只解释能解释的，其他的你最好选择不闻不问。如果看到什么，埋在心里就行。你瞧，你发现了常远老师的状态，而且你比彭莱幸运，常老师愿意跟你说话。彭莱吃了无数闭门羹。现在，常老师见了他都不理他，之前还用解剖刀威胁过他。记住，在武陵，常老师有常老师的自由，只要他理智尚存，不破坏武陵的运作，我们就不会关他。他签了授权，我有把他关入疗养房的权力。我不会使用这个权力。我会把他治好。"文恭表情郑重，"没有常远，就没有武陵和我。所以同一方案，我要办成两件事。第一件彭莱知道，我会利用你的勿言鼠和勿听鼠，做感觉和认知的混合，再做通感数据的混合，这样就可以连通武陵养殖认知和通感的信息循环。当牛群的感知和认知进入可控的容贯状态，就可以回避群体问题和认知障碍。你学过编撰，有些理论回去自己查。第二件，关于常老师，我不希望武陵以外的人知道，我也希望你守口如瓶。"

文恭不再说话，祝盟过了一会儿才理解他，有些踌躇，但还是点了点头。文恭继续说："你表妹可以将它们的权限暂时转给你，你不用转给我，配合工作就行。调试结束，我负责写报告。第一，可以肯定你的能力；第二，可以证实勿言和勿听的安全系数；第三，你可以把它们的部分特殊功能授权给武陵。以后，彭莱，或者其他部门，就不会那么容易地牵着你的鼻子走了。"文恭叹气，"事实是，进入勿用，每个人都会被不同的力量牵着走。你要看准手里的筹码，再去驾驭合力的方向。"

"你的筹码是武陵？"

"我的是解剖。"

祝盟没再多问。文恭给她四十八小时做决定。如果她决定合作，可在这儿留两到三个月；如决定不合作，飞机会直接把她送回勿用科研创新区的警局。

"你想把四勿鼠交给卢德分子吗？"彭莱连发三条质问，声音掷地有声，仿佛占据正义之巅。

祝盟打了一轮语音，从父母到友人到师长，一面讲述自己的情况，一面报平安。勿动袋熊杀人终究成了搜索词条，议论四起，也迅速平复。勿用公司的四勿龙定了农历二月二启动，想象派的通感设计成为话题。通感与区隔向来矛盾，想象派似乎绕过了矛盾。祝盟想到勿动袋熊的设计——返祖，或许也是一种策略。她最后打给祝炀，克里斯奶奶将她照顾得很好。祝炀仍十分失落，觉得到手的四勿鼠都没了。

沃师傅笑眯眯的脸占据镜头："我没去过武陵养殖，好想去啊！我立志周游世界有趣的地方，武陵养殖可真的是片禁土。"维修店的沃师傅很少聊过去。他提醒祝盟："这是个学习的机会。进化派一直相信，认知是生命进化的高级阶段。据我所知，武陵养殖其实既看重认知，也不放弃感知，否则，他们的新颅相不会做得那么好。文恭，对吧，传闻中的解剖专家。"他大笑，"看你的表情，应该见过他解剖了。难得，沃师傅都嫉妒你了。"他降低音量，恢复寻常的狡黠，"勿用至少有一个优点——公司内部的人事按能力设置权限。你掌握更多能力，就获得更多权限，四勿鼠即使功能存疑，也可以跟着你调用。记得产品部程器的那只大大的白色缅因猫吗？我以前验过它，有功能障碍，不也到处走？"

"你什么时候验过四勿猫？"

沃师傅晃动食指："秘密。"

没多久，祝盟想通了沃师傅口中武陵养殖的认知和感知的区别。每天，她按照工作指示，带着勿听鼠一个端口一个端口地调节武陵的收音设备。阿黑下线后，其他勿听牛虽继续工作，却不如阿黑功能完备。部分声音接收由武陵系统内置于建筑物中的监控承担。一代勿听仓鼠几乎没有区隔，稍加处理，便可连通不同人工智能系统的感官，形成"通感"环路。武陵养殖基于勿用的系统设计，通感环路不局限于四勿动物。全部武陵的生态圈皆能进入环路，进行信息的循环与交换，形成连贯的通感。工作人员将这类通感形容为某种生态循环，文恭则称之为生态的新颅相。每一次，勿听鼠接入武陵系统，处理通感，总会不自觉地摩挲它尖锐的爪子。祝盟观察了两周，没发现武陵人解除任何四勿动物或武陵系统的区隔。

保留区隔，光凭勿听鼠调试，怎么可能形成通感？

祝盟晚上同时梦见山里的白猿猴和武陵的黑奶牛，她耳边总是警铃长鸣，声音很低，夜深了才能听见。她意识到是勿言鼠在发声。它被修复，功能提高。最近，整个武陵养殖的无线通感系统功能性提高，勿言与勿听的耦合度也变高。勿言鼠悄声播放勿听鼠搜集的冗余声音——内罗毕的市场、警报、下水道，还有其他杂音。祝盟加大增益，还有武陵的声音。她起身，连夜做波形比对。武陵的冗余音中，有寄生虫分泌虫胶、肉牛消化系统蠕动、奶牛分泌激素产奶、武陵工作人员日常维护、文恭解剖人工智能牛和活牛的动静，还有常远的声音。祝盟继续叠加分析软件，将增益

调至最大。常远的声音贯穿始终，很明显，不是冗余，是故意加入冗余层的声音。大部分听不真切，不过内容很全：从武陵建立的设计方案、武陵的认知系统升级，到武陵生态的全范围覆盖，也包括常远日常生活的声音——观察植被、自言自语。

祝盟关闭声音。

为回避饱受争议的人工智能自我意识，勿用科研一直指向无意识。如果心智是冰山，那么海面之上的部分属于意识，浸入海中的庞大基础被勿用称为"无意识"。对于勿用，这更多是个术语选择。潜意识纠缠于意识，无意识显得更方便。四勿动物的五感基于无意识建构。对于极端想象派，通感甚至也属于无意识。无数勿用科研人员在无意识的黑箱中自由驰骋，很多已忘记思考意识究竟由什么构成。

一个月后，祝盟再次碰见常远。她连续几个晚上解析冗余信息中有关常远的部分，遇到常远本人，反而有点怕他。她点头问候，转身准备溜走，常远却叫住她，问道："我以前见过你？"

"对，一个月前，您告诉我勿言鼠可以混音。"

"不，不是那次，更早以前见过。我记得我第一次告诉文恭如何做新的虫胶黑胶，你就在附近。你带着提线勿言鼠，还告诉它，声音再大点。"

昨晚，祝盟解析的一个片段使她感到一阵惊恐，不知该如何作答。

常远神态温和，真的陷入回忆："还有，武陵的认知整合会议，我也见过你。不，我听过你说话。你是武陵的人吗，我怎么从没注意过你？莫乡本地人，和文恭一样？"

"不，"祝盟赶忙说，"不是，这只是我第二次见您，您认错人了。"

"是吗？那我就是梦里见过你，我最近的梦很有创造力。"

祝盟点头称"是"，落荒而逃。回到房间，她意识到，常远变正常了——没穿病号服，没依赖轮椅，除了记忆的时间错位，记忆细节都很清晰，言语与性格也几乎没波动。文恭每日沉浸于混音和重装阿黑，似乎致力于将武陵整座整座的山丘、整片整片的密林以及周边的莫镇与莫乡都变为阿黑的一部分。武陵的工作人员同他一样，兢兢业业向着一个不可捉摸的目标努力。毫无疑问，他们已将常远的声音信息全部整合进武陵——从核心的中枢到边缘的冗余，且整合过程实时跟进。

祝盟在自己房中找到内嵌收音与视频监控，连通着温度调节，全部属于武陵系统。怪不得常远觉得见过她。她播放常远的声音，她的反应被同步的实时监控记录，不知为何，她的这些行为又嵌入到常远的记忆中，与常远过去的记忆重叠，形成新的拓扑结构，重构了常远的意识。

文恭说，他能治好常远。

祝盟想到武陵牛的半植入芯片，又想到常远的半植入芯片，觉得答案近在咫尺。这多少让她害怕。夜里，她抱紧勿言入睡，勿听鼠播放着遥远的非洲大陆的声音——它离开洞穴，顺着公路，一路向北，抵达人类的都城。她感受到了它的恐惧与喜悦。她从梦中醒来，还是决定设计一个实验。

她记得同常远的第一次对话。她按声波与内容双重搜索了一遍，提取出均匀分布于武陵养殖的相关信息。如果她猜得没错，这些信息构成了常远的辅助记忆。如果常远的大脑因阿尔茨海默病逐渐受到损伤，失去相关记忆，辅助记忆会填补空缺，维系他的神智。祝盟用勿言播放信息片段，大声且反复地问："你的阿尔茨海默病导致认知缺陷，为什么武陵牛能补

偿你的认知缺陷？它们不是活牛吗？武陵的人工智能设计难道不是无意识设计？难道你违反内部规定，做了'意识'设计？"

祝盟连着问了几天，终于，常远忍不住了，主动找她。

"有人在我的梦里放了扩音器。"这回，他显得疑神疑鬼，"是你吗？可能是，不，不过，这不重要。"他正色道："你不应该质疑武陵的牛，我指活生生的武陵牛，然后才是四勿。你看，人类进化的成果，是大脑生出一些新皮层，增加了认知能力。那么，进化的下一步，不一定是人类生出更多的皮层，而应是动物拥有更多的皮层和更多的认知。从莱布尼茨的二进制到图灵的计算机，人工智能的设计逻辑更接近人的认知。我们要做的进化之路，是将人的认知嫁接到动物的感知上。"他敲敲自己的脑袋，说出的话仍有些语无伦次，逻辑有些混乱，"你看，人的大脑，是钠钾泵和化学递质传送，可人的形态和动物不同。我们用人工智能将认知普遍化了，勿用又用新颅相将感知普遍化。武陵牛的半植入芯片不影响它们的思维，只增加它们的认知，就像人用人工智能增加自己的认知一样。它们的认知中充满了对自身身体状况和周围状况的反馈，都通过信息循环进入武陵的系统。这是一种来自低感官的自主认知，它们有更强的认知能力，能按武陵的标准，让自己长得更好。"

"所以，它们有自我意识了？"祝盟问。她左右四顾，生怕角落里冒出一个工作人员将她拉走。

"当然没有，都是无意识设计。武陵只增加了无意识中的认知成分。"常远敲敲祝盟的脑袋，"对于人脑，大部分认知并不直接处理自我意识。武陵养殖属勿用，我认同勿用，我们不做意识，尤其不做自我意识。我的观点是，无意识中的认知可以增加通感，可以增加共情。而我恰好不相信所谓意识的全连通。区隔很好，区隔导致部分断裂，但总有迂回的方式。"他指勿听鼠，"比如，它的听力好，视力一般。它可以匹配勿视，让勿视替它观察武陵的情况，但如果勿视有区隔，没关系，可以给勿视加一层半植入芯片。我们甚至能绕过颅相识别的问题。"

他们位于散养区，林中布了栈道，偶尔有安装半植入芯片的散养牛出现。此时此刻，周围的散养牛不知不觉间增多了。祝盟问："勿听能通过它们的眼睛看见我们吗？——你呢？"

这时，常远显得不太像他了。他的声音变厚：

"它们也可能，正透过我的眼睛，看见你。"

通讯震动，文恭的信息，说别打扰常老师了。

隔天清晨，文恭找到祝盟。祝盟抱着勿言，强调："我有知情权。"

"你可以问我，不要问他。"

"你会兜圈子，他不会。"

"常老师比我会兜圈子，他现在不稳定，过几个月就好了。他可跟彭莱斗过智、斗过勇。我又斗不过彭莱，我只会妥协。"

"——好吧，最后两个问题。第一，勿言和勿听到底参与了什么？"

"勿听负责利用武陵半嵌入芯片构成的认知网络，绕过区隔或任何隔离，形成通感。勿言在这一过程中，帮助整合感知和认知。它很不错，基本能处理所有信息流，做有效混音。它们做好基础工作，以后武陵便能自行处理、自行运行了。之后，我会为勿听鼠和勿言鼠清空相关数据，去除武陵的影响。"

"第二个问题,常远的辅助记忆是怎么回事?"

"武陵养殖从建立起就拥有全面监控,常老师的一言一行都有记录。他看着阿黑从流水线下来,反复拆卸重组,阿黑一类的四勿牛对他也有记忆。我们把这些和武陵相关的记忆放入武陵,就能补偿他的脑损伤。打个比方,如果意识是冰山一角,无意识是冰山下的庞然巨物,阿尔茨海默病伤害了庞然巨物,导致冰山解体;而如果,我们按冰山的结构,换一种庞然巨物作为补偿,支撑冰山的一角,也未尝不可。"

祝盟觉得他的比喻有点怪,常远对通感和无意识的解读也有点怪。她摇摇头:"最后一个问题。"

"怎么还有问题?"

"我什么时候能回去?"

"再等三周,等系统稳定,就送你回去。"

她没等够三周。

勿听和勿言的任务提前完成。文恭与工作人员检验了系统。常远不再到处闲逛,据说已恢复工作。一天傍晚,祝盟在"吾丧我"远远望见常远。他西装革履,准备同莫乡的老字辈共进晚宴。来了些记者,常远招手,放慢脚步,谈了两句武陵的近况。他没有否认患病的传闻,却说不一定是阿尔茨海默病,可能是类似阿尔茨海默病的轻症,医疗人员仍需一些时日才能给出结果。没多久,"吾丧我"人头攒动,祝盟被挤到远处,她伸直脖子看到常远的动作有些别扭。他话语清晰,眼神与肢体却反应缓慢,总慢半拍。站立时,他右膝盖微微抬起,头微微向右偏,似乎即将做出某个动作,但一切停在一瞬间,将动未动的样子,既让人关切,又显得稳如雕像。祝盟看了很久,直到公开晚宴结束,才想起那动作。

她到武陵养殖的第一天,被彭莱直接带到山内的养殖场时,群牛脑袋的方向一致,动作状态类似,都在模仿阿黑。那时的阿黑已停机,但它们仍相信它,直到文恭解剖了阿黑与另一只花奶牛。

常远的动作与群牛类似。

武陵牛没有解绑阿黑,它们更相信阿黑了。即使没有阿黑,它们也将按照阿黑的轨迹,继续一系列新颅相的指引,继续模式四勿牛带给它们的行为。

一个猜测逐渐形成。

祝盟心生恐惧。

常远也变成了武陵的牛。

她跑回住处,想到监控镜头,又抱起勿听和勿言跑了出来。她跑出莫镇,往武陵养殖相反的地方跑,跑到林子边缘才猛然惊醒。对面两只高大的水牛,比一般水牛大。它们是四勿,专门守护武陵与莫乡。勿动牛静静的,没有动。

勿言牛说话了,是常远的声音:"你可以搭车回武陵,通道开着,山顶停机坪有无人驾驶的小飞机,油已加满。你想去哪里,就去哪里,我们不会变航线。"

祝盟眨眼:"我们?"

勿动牛随之眨眼。

"你们是常远?是四勿牛?还是武陵牛?"

"是我们,一直是我们。只是我们刚刚拥有新的颅相。"

两只牛齐齐摆头,不再说话。

祝盟咬着嘴唇往回跑,途中叫住一辆无人车。她没下指令,车便将她拉到了武陵养殖。她深呼吸,对勿听说:"我还是需要切实的证据。我需要你去三个地方——常远的住处、存放阿黑的实验室和养殖场,就是我最常去的那个养殖场。我们停机坪见。"

勿听鼠灵巧地舔着她的指尖,消失于灯光昏暗的走廊。山顶有一架无人机,已经启动,等着祝盟。她爬进去,舱体不大,宛若玩具机。屏幕亮着,需输入坐标。祝盟盯着屏幕,盯了整整二十分钟。通讯跳动,是卢修。

文字信息:"三点——一,放心,此为执法系统通信,且是我的专用通道,勿用看不到;二,我看了新闻,我不信常远已治愈,给我证据,不管勿用做了什么,我能保你;三,那三个死亡的犯罪嫌疑人曾供职于勿用旗下的桑蜂。"

祝盟的头脑飞速旋转,紧张得手指发抖,终于,她回复:"我们以物换物。我给你勿言和勿听,你还我勿视和勿动。"

然后,她打开武陵系统,问:"能再给我一架无人机吗?"

"半小时。"系统回答,还是常远的声音,真的很诡异。祝盟确信,武陵系统面对文恭、工作人员以及莫乡莫镇的人,从没出现过常远的音轨。

不到半小时,勿听鼠回来了,身上蹭了一层虫胶。

祝盟将勿听接入勿言,对勿听说:"时间太紧,我只要重点。"

勿言伸出双爪,罩住祝盟的双耳。先是常远的声音,他没有睡,又或是睡了,正在梦呓。他念叨冰山下的无意识,说自我意识终将化为幻觉。然后是阿黑,它已被文恭修复,但没有被放回养殖场,而是暂置于实验室中。黑胶的声音一圈又一圈地播放着勿言鼠的混音，十分丰富，又如白噪音一般深入人的神经。屏幕显示，它的认知系统和感知系统刚刚接入群牛，仍未完全耦合。最后是偌大的养殖场，杂音很多，牛群似乎十分躁动，并未休息；很快，它们感受到勿听鼠，杂音逐渐消失，呼吸变得整齐，它们发出哞哞声，长短规律、间隔有序。勿言鼠直接通过右爪，做了摩斯电码翻译。

"人类一直认为，海面上的冰山一角统筹着整个冰山，如果事实恰好相反——海面下的庞然巨物决定一切，那么武陵会是什么样子？没有文恭解牛，我们只认得阿黑，不会真正地发现彼此。我们刚刚诞生。我们是武陵的牛。"

祝盟的嘴唇轻轻颤抖，说："你们好。"

另一架无人机准备完毕。祝盟将勿听和勿言放进去，为勿言系好安全带。勿言吱吱叫起来。祝盟安慰它："别害怕，可能得关几天，但你马上能见到祝炀了。还有，帮我把刚才勿听的所有信息做一次分解，只有你才能恢复的那种分解，存到勿听的冗余信息层里。"她转向勿听，"你更有经验，你懂得这一切是怎么回事，对吗？删掉刚才的数据，存好冗余层的信息，你拥有世上最棒的无意识冰山。"勿听舔她的指尖。祝盟输入地址：勿用北京科研区警部，卢修收。

她望着无人机离开天际。天开始发亮。她跳上另一架，问："彭莱在哪儿？"

"没有具体坐标。"

"仰光和曼德勒中间，找个可以降落的机场。"

她埋头给彭莱发信息，回过神，飞机已升到武陵正上方。天边露出的鱼肚白映亮了笼罩着武陵的薄雾。祝盟吸鼻子，闻着虫胶。她于小小的机舱内翻腾，找到了一只小小的寄生虫。她挑开寄生虫的身体，发现一枚肉眼很难分辨的芯片。

离开武陵信号区，无人机收到最后一条信息：

——冬至已过，武陵的丛林和我们将重获新生。

注：本文节选自双翅目的长篇小说《四勿动物·生肖》，《解牛》主要讲大学刚毕业的祝盟带着勿听鼠、勿言鼠，造访武陵养殖场的故事，部分情节参考《庖丁解牛》。

四勿动物·毛颖兔

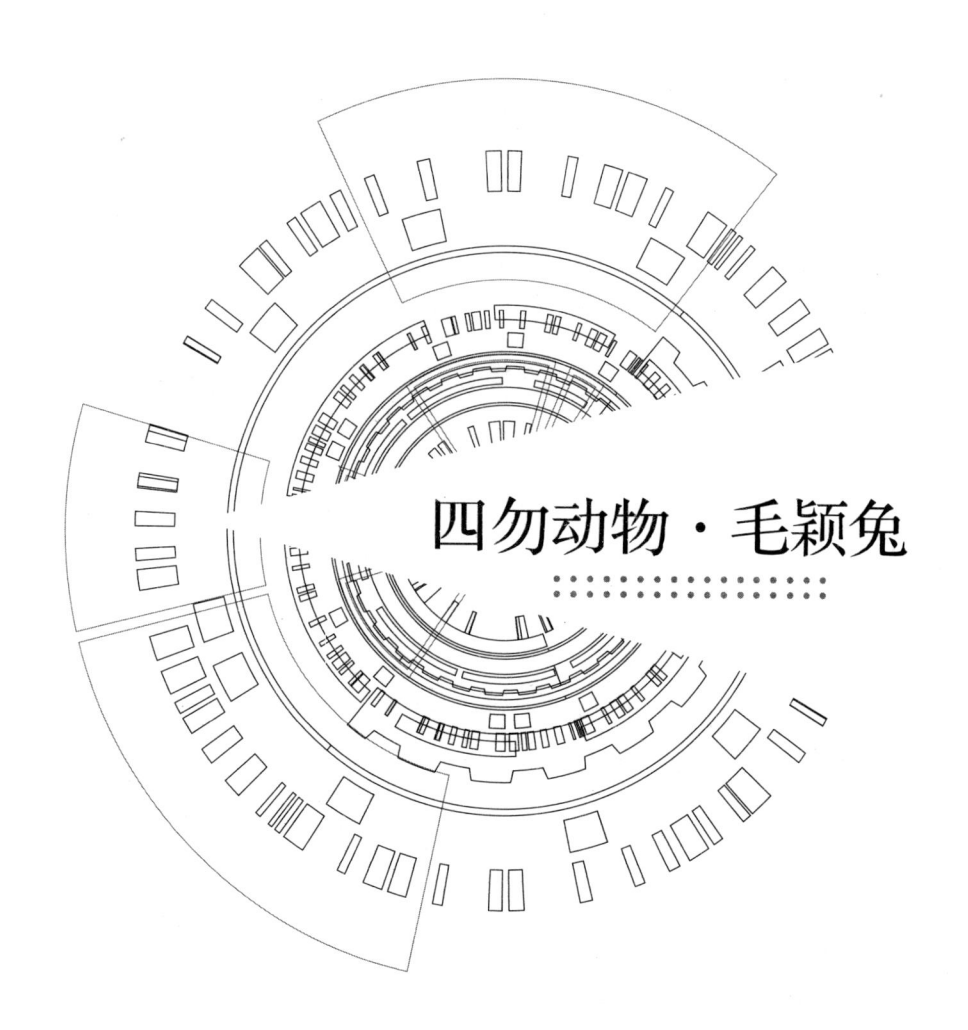

兔(一)

祝炀以为目的地是"镜子乐园"。她错了。票只到"镜子乐园"外围地区,俗称"镜子"的镜像——"镜花缘"。

"分叉"站台位于山顶,游客搭乘"白鹤"列车,沿磁悬浮轨道,绕过险峻的山崖,抵达五公里外特别选址的小盆地。勿用公司的专属乐园以"四勿"为主题,沿途广告语循环播放,说:"勿视,却能看到一切;勿听,却能聆听所有;勿言,可以肆意言说;勿动,也能自由行动。这就是勿用为人类提供的'镜子乐园'。"视频中,"镜子乐园"的外围景观云雾缭绕,内里的主题乐园则昼夜不息。

祝炀查账户。小小年纪的她经济却很宽裕。她无言的母亲与多话的父亲每周都会按各自的思路给她转账,为她经营账户,形成一加一大于二的效果,但他们的婚姻不是。她的父亲形容,在情感层面,我们的家族遗传属于各自为阵。

祝炀喜欢"各自为阵"一词。父亲对这一概念大加吹嘘的时候,她还没学会说话。

她的钱足以购买"镜子乐园"的专享项目,能买一个月。时间充裕。她可以一边玩一边寻找名为袁道的落魄教授。她可不想去"镜子"的镜像——"镜花缘"。她查信息时,看到一段精辟的点评:如果名为"镜子"的主题乐园提供被现实社会压抑的快乐,"镜子"的镜像则是在快乐的基础上又提供一种压抑。祝炀没完全理解,但她不喜欢压抑。

她的电子通票弹出绿色箭头,指示她,应往下走,离开"白鹤"站台,从楼梯分叉处下山。她刷账户,选择"镜子乐园",系统认证瞳孔后,立刻反馈:"未成年,且未及十四岁,不得单独前往'镜子乐园',请同行的成年监护者代为注册。"

"什么玩意儿。"她嘟囔。她偷偷存过父亲的全部信息,包括虹膜、指纹、面庞和DNA。游客往来穿梭,面带兴奋,纷纷登上"白鹤"。祝炀找了个角落,调试全息键盘,工作起来。"镜子乐园"的系统比一般主题乐园的复杂。她花去两小时,仍没结果。她的背包晃动,提线勿言鼠偷偷挑开拉链,探出脑袋。

"你别动。"祝炀将它按回去,"太显眼了。"

勿言鼠很伤心,又悄悄探出手,手心捧着勿听仓鼠。

"好吧。"

勿听仓鼠随即爬上祝炀的头顶,安静地监听四周的情况。

正午过后,祝炀自觉一切完备,她利用增强现实与全息效果做了一个父亲的模板投射到空气中。她刷卡,扫指纹。"镜子乐园"反复检验,亮了绿灯,但另一层审核开启:"人物形象通过,但有可疑数据,启动镜像扫描。"一枚黑色扫描仪凭空升起,瞄准祝炀伪造的影像,黑色光线刚触及全息颗粒,祝炀的父亲就消散了。

"假的!"镜像扫描大声宣称,不是录音,是真人操作的检索。祝炀没来得及入侵系统。镜像扫描仪已悄无声息地消失于站台。

祝炀翻白眼,从贴身腰包中掏出身份卡——勿用公司的身份卡。她刚

拿到,决定试一试。

两天前,她接受面试。勿用科研部少年组全年招收有科研才能的中小学在校生。最后一轮的面试官由科研部不同的主管轮值担任。祝炀恰好抽到总监庚生。他身着勿用设计的中山装,衣服前面表示"礼、义、廉、耻"的四个贴袋分别绣着"勿视、勿听、勿言、勿动"的四勿猴暗纹。祝炀忍不住偷眼看。

庚生笑了:"设计部娄珪娄总监的设计,喜欢吗?"他站起来,一面展示,一面解释,"门襟五个扣子代表五感,扣子是特制的,你看,还有小篆的阴文。袖口三个扣子意思是'吾''丧''我'。后背不破缝象征'万物有灵'。至于封闭衣领,是希望想象派和进化派的逻辑达成统一。"他停顿,摇头,"当然,娄珪不这么想,她只是按要求设计的。设计的时候,武陵养殖觉得太花哨,娄珪不听,还加了小篆阴文的扣子。我拜托产品部劝说她,四勿猴才从金灿灿的丝绣滇金丝猴换成现在的暗纹猴。你看,如果你来了,等你成年,也能有一套勿用特制的专属正装。"

"一定要四勿猴吗?"祝炀不喜欢猴子,它们和人太像,更像人类不友好的一面。

"你的四勿是什么,就能绣什么动物。"庚生坐回面试台,"你的四勿是?"

"四勿鼠。"祝炀说,"虽然颅相不完全属于同一种类。"

庚生点头,并没有让祝炀动手操作任何机械构件的意思。他问:"我看了四勿鼠涉嫌杀人的档案,四勿鼠是你的,但案件里没有你。祝盟是你的表姐吗?你其实在现场?"

祝炀脱口而出"是",然后非常后悔。她观察庾生,对方似乎没有为难她的意思。

"在现场看到了什么?"

祝炀想了想:"我没看到。我只听见勿言鼠在念诗。"

"祝盟教他的?"

"不是。"

"你教的?"

"也不是。"

"那是什么?"

"它记得以前的诗。"

"它经历了记忆清除,为什么记得?"

"——书里说过,有些东西,删不掉。即便彻底清零,也只删掉了事实,删不干净结构,总有一些记忆结构留在四勿动物的物理层面。"

"记忆结构这个词太模糊,你换个专业的说法。"

"他在考我。"祝炀想。她更熟悉机械和代码,不熟悉编撰,尤其是意识或无意识层面的编撰。况且她还小,阅历不够。她努力思考:"我姐说,记忆的艺术是一种内在的——编撰学,可以维持不同的内稳态。对于四勿动物而言,最关键的,是形成无意识的内稳态。这样,即使认知不发达,感官信息丢失,已经有的内稳态也可以梳理新的感官信息,形成有效逻辑。"

"具体到诗呢?"

"勿言鼠背的诗?"

"不,更广义一点。"

"我没怎么读过诗……"祝炀有点愁,她看庚生,发现庚生在憋笑。"你笑什么?"她不高兴了。

庚生总算收回表情:"工作人员没告诉你吗,这不算单人面试,两边都有镜头,监控后面有少年科研的执行组。你如果入选,他们会负责设计教学和研究方案,但不能直接面试。面试由科研第一线的人来,算是一种平衡。刚才镜头那边的人说,他们这回要懂科学的,不要诗人。我这些年找的感性的小朋友有点多。不过呢,我还是希望你回答一下这个问题。你的理工能力合格,不需要我审核,但在理工层面,和你同水平的小朋友挺多,你总得有其他特长吧。哎呀——"庚生低头看信息,"执行组的人不高兴了。有个家伙说,不懂诗也能做科研,让我别误导。他的实验组确实是科研部顶尖的。"庚生抬头,"你认同他吗?"

"你跟他有冲突,不要拿我当借口。"祝炀声音变尖,"我爸妈就是这么干的。你们有意思吗?我同意那个人的观点!不过你的问题不难回答,诗特别感性,也可以特别有逻辑,否则,所有的长诗和神话就没法编码到人的无意识世界里了。不是有一种说法吗,人类的集体无意识。勿言鼠一定懂很多长诗,我之前不知道它懂,现在知道了。我可以用这个逻辑做它和其他三只鼠的更强的连接。所以我比较厉害,我能进科研组!"

庚生夸张地往后坐,一副受惊万分的模样:"你厉害,我这儿通过。老鼠暗纹的小中山装可以预订了。"

"一定是纯系小鼠暗纹。"祝炀要求。

——现在回忆,科研部庚生的面试充满拙劣的演技,怪不得他一直找懂艺术、懂诗的科研工作者,而真正懂的人一定会放弃科研部,去设计部。

祝炀的科研部身份卡下来得很快。按沃师傅和克里斯奶奶的说法，那属于内部加急。他们最近也忙，沃师傅暂停了维修店的日常事务，与克里斯奶奶一起编写四勿动物混合现实的适应性程序。沃师傅说："我们重拾旧业。"

获得身份卡当天，祝炀接到通知，让她去地方警局领她的四勿动物。她是一个人过去的，对接人个子近两米。祝炀抬头，才看清他胸前的身份铭牌——卢修。卢修连着语音，正和别人说话："她是一个人去的吗？"然后自己回答，"确实得一个人去。"

——而此时此刻，祝炀更想去"镜子乐园"。

五年前，为挽救与迪士尼竞争的颓势，"环球"选择同"镜子乐园"合作。勿用研究并制造了四勿恐龙，主要投放于娱乐产业。"环球"预先买断了所有四勿恐龙的民用使用权。"镜子乐园"获得"环球"的商业模式和主题乐园经营体系。很快，"镜子乐园"变为后起之秀。据说，第一批四勿恐龙的试用款已投放"镜子乐园"。网上流传着长着短羽毛的中华龙鸟溜出"镜子乐园"的视频，它跑去了"镜子乐园"的外围——"镜花缘"。于是，勿用公司暂时叫停四勿恐龙的主题游乐项目，也暂停投放试用款。对外说法是恐龙的腺体易受其他生物吸引。坊间传闻，一只粉红眼的勿视白兔将中华龙鸟引出了"镜子乐园"。媒体怀疑，勿用反悔了，勿用并不想把充满商机的四勿恐龙拱手让给"环球"。

祝炀刷勿用科研部的身份卡，系统亮绿灯。她十分高兴，起身，意识到身份卡虽弹出绿色箭头，但并非指向"白鹤"列车。它跳动着指示：往山下走。票据的绿色箭头此时化为墨绿，催她快一点，也指向山的下面。

祝盟目送"白鹤"离开"分叉"站台，一列又一列，非常懊恼。她不甘心。她藏起卢修给的票据，将身份卡的刷入信息抹平，嘱咐勿言鼠别动、别吱声。然后，她挎上背包，一脸淡定地走向刚进站的"白鹤"。

"镜子乐园"会自动扫描身份，万一科研部准入卡或警局通行票管用呢？去他的绿色箭头。

橙色光环拦住了她的去路，将她套在距"白鹤"一步之遥的地方。一只新鲁尔公司的黄铜机器人从站台的金属立柱中爬出，步伐摇摇晃晃，语调充满歉意："这位小女士，你的准入身份卡和准入票据，皆不能用于'白鹤'。'白鹤'是游客专线，只有购买游客身份，并支付相应款项的人，才能进入。您可支付款项，由监护人陪同游玩，或者选择其他的途径进入'镜子乐园'。"

"其他途径？"祝炀问，"这么说，身份卡和通用票也能通向'镜子乐园'？"

"当然，只是路线不同。'白鹤'直接穿山越岭，其他嘛，我也不清楚。我是'环球'购买的新鲁尔机器人，只存储游乐项目的线路数据，其他线路听游客聊过，不知道细节。不过，"它显得有点笨，"其他线路，皆需穿越'镜花缘'地区，不同的目的有不同的取道方式。您有两种绿色箭头，看您怎么选了。您很幸运，您有箭头。"说完，它跌跌撞撞地爬回立柱，很快便严丝合缝地嵌入立柱表面，看不出痕迹。

祝炀觉得有点怪，新鲁尔机器人以稳定著称，但这只看起来有点疯。

时间过了三点，"白鹤"班次减少，大部分游客五点前入园，入夜后的"镜子乐园"更五彩缤纷。祝炀又跑了一遍电子通票和身份卡的数据，终于接受了事实，她的目的地本就不该是"镜子乐园"。

卢警官告诉她，警局系统不适合检测勿听仓鼠和提线勿言鼠。但他不说原因，非常可疑。他又解释，勿用公司提供帮助，可以找编撰学的老学者袁道——他有检测特殊四勿动物的技术。他给了祝炀警局通用的电子通票，票据有具体坐标，按坐标能找到袁道。他说："勿用科研部的人会陪你去。"

勿用科研部的人没工夫。他们忙于"四勿龙"项目启动前的最后检测，科研组导师全被调用。他们商量一番，决定让祝炀自己去"镜花缘"。沃师傅为勿听仓鼠装配了更尖锐的爪子与更坚硬的前牙，为勿言鼠装配了新款的多语言系统。他告诉祝炀，这都是科研部提供的稀罕东西。当然，无偿的给予总有代价。祝炀发现勿言鼠和勿听仓鼠的后颈多了蚀刻条码。提线勿言鼠的条码暴露在外，紫外光一照就发亮。勿听仓鼠的条码被蚀刻于毛皮下面的金属骨架上，能自行发光，只是非常暗淡，盖着毛皮，不仔细瞧，看不出。最有趣的是，勿用和警局都各自蚀刻了条码，上下排列。

祝炀带着它们离开北京，中途住在"吾丧我"连锁旅店。"吾丧我"通常设立人工智能通用工作台，勿用、伊奥、新鲁尔或其他小公司产的物件可进行紧急维修。她租了一个，用不同方式扫描勿用与警局的两重条码，想获取更多信息，未果。她只知道，警局条码显示，"本人工智能产品属涉案证物，不可进行民用、商用或跨国业务"；勿用条码则说，"本四勿产品属勿用商业机密，具有完全排他性"。从电子法律条款看，两组条码的数据与相关系统已然相互排斥。

把这两种条码放到一起，是蠢，还是故意？

祝炀犹豫了一天，决定回北京再问一问沃师傅。

她不愿意去"镜花缘"，都说那儿是法外之地——一种"必要"的真

空地带。就像数学的形式系统中，每套定理都有必要的不完备，每套法理的形式体系内，也总有无法填补的窟窿。祝盟提过，按编撰学，必要的漏洞带来必要的新东西，能调整系统。可祝炀不喜欢漏洞，她喜欢一切复杂的东西井然有序地运作，每个细节清晰又可控。

天色变暗，最后一班可接收未成年人的"白鹤"离开"分叉"，其后班次享有特殊的沿途景观，祝炀更无权上路了。

她转身，望着黑幽幽的台阶。"分叉"站台的设计类似埃舍尔的画——整洁的站台，对称的廊柱与路标，穿插搁置镜面模样的广告牌，造成错位与矛盾空间的幻觉。因此，抵达站台的游客总举着带有全息箭头的票据，宛若捧着一枚不定向的指南针，紧跟箭头走，谁也不会注意真正的行进方向。

祝炀吸气，打起精神。她还有希望，毕竟，穿过"镜花缘"便能进入"镜子乐园"中心地带，再搭"白鹤"返回，都不耽误。

她端平电子通票与身份卡，两个绿色箭头平行排列，双双指向"分叉"站台的一个向下的分叉口。勿言鼠探出头，勿听仓鼠难得地吱吱叫。它们变得兴奋。祝炀沿台阶向下一层，又向下一层，双箭头几乎没带她走弯路，只径直找最近的楼梯，往山麓方向去。台阶越变越白，楼梯扶手越来越低矮，来往的人却没变少。祝炀第一次知道，原来整座山的截面全部属于"分叉"站台。箭头跳动着催着她，她不由自主地放慢了脚步。如果"分叉"的最顶层是满面红光的游客，下面即是为"镜子乐园"客户服务的、来往取货的投递人，再往下是乐园各部门的管理人员，然后是乐园各种人工智能的制造者与维护者，再下一层属餐饮与环卫的输送环节。比起顶层的舒适环境，每下一层，便抵达另一种生态。祝炀以为"分叉"只是旅游线路的中转，很明显，它是"镜子乐园"与外界一切的中转。

　　下到山中间，她停止脚步。走着下山的游客只有她，别人几乎只在自己的层级横向运动，按照身份箭头指示行进。勿言鼠拍她，指指角落——玻璃与廊柱的反射中，一排电梯不断穿梭。由于视觉错位，电梯不完全上下行进，也偶尔左右摆动，或者来回兜圈子。透明玻璃电梯内，有单纯的货物，有迷路的游客，有身着不同动物纹样中山装的勿用人士，也有大小不一的垃圾箱。

　　祝炀脱口问："为什么不搭电梯？"

　　两个箭头指了指彼此，意思是，为了与对方协调，选了一条徒步线路。

　　祝炀重新扫描身份卡与电子通票，此时此刻，二者正进行复杂的信息交换，以计算一条不违背双方目的的线路。祝炀叫停电子通票，果然，身份卡的绿色箭头九十度转弯，指向透明电梯。她又启动电子通票，叫停身份卡，电子通票的绿色箭头反方向九十度转弯，指向一条更幽深的走廊。她和勿言鼠、勿听仓鼠盯着走廊深处——一只皮毛发白、双眼粉红的生物一闪而过。

　　一只兔子。

　　勿言鼠对接勿听仓鼠的即时扫描，说："勿视兔。"

　　电子通票的箭头变为粉红，使劲指着兔子消失的方向，催祝炀：跟上那只兔子。

　　祝炀回忆卢修一板一眼的模样，来回翻电子通票，怀疑警局的通票被入侵。她决定保持双箭头的运作，两个箭头重新变绿，整整齐齐地标示下一层。

　　太阳几乎落到山的后面，余晖显得比往日更长。

过了山中间平台区，"分叉"车站的分层开始模糊。眼前出现一片复杂的轨道系统。磁悬浮、高速铁轨与狭窄缓慢的有轨电车穿插为复杂精细的运输结构。各种职业的乘客离开一趟车，随即上到另一辆，班次按分秒计算，对接良好，不差丝毫。铁道货运一半供给"分叉"上层，一半向下运输。人往来穿梭，货物却只进不出。祝炀晃动身份卡，说"物流运输"。随后空中投射出"镜子乐园"区域的物品运输情况——小部分直接进入"镜子乐园"，大部分实际投入"镜花缘"。"镜花缘"又不间断地装配物品，从不同隐蔽渠道送入"镜子乐园"。整体看，"镜子"区域确实类似黑洞，吸收任何货物或物质，而除了热耗散，几乎没有事物离开"镜子"的内循环。

一颗粉红色弹球噗一声打破空中的全息投影。祝炀左右瞧，没找到可疑的人。她警觉起来，调整箭头。它们不再直直地往下方引路，它们的方向复杂起来，不断变换，时上时下。祝炀加快步伐，却觉得跑了很久，还在同一层面打转。

"目的地是哪儿？"她终于问，"'镜花缘'有没有落脚的地方？有'吾丧我'吗？我喜欢那儿的工作台。"

双箭头急转直下，一列斜贴着山运行的列车擦过祝炀，飞驰而去。箭头指向一座斜立的站台。天越来越暗，"分叉"车站启动照明，一层层灯火沿山麓流动。白日被阴影遮盖的管道逐一显露，大大小小、粗粗细细、盘根错节，仿佛被人工调制的灯光唤醒。大多管道带着复杂的控制阀门，远看如或层层叠叠或互呈环状的管乐器，只是更大些——有的截面直径足足有两米。双箭头不再指路，只死死瞄准车站。祝炀有些急，放弃道路和楼梯，翻过不同的金属凭栏。倒置的列车擦着她的头顶走过。勿言鼠不断提醒她:"小心。"

她走神了。从车厢、管道、铁轨的缝隙中,她能望见山中的湖泊。没有风,湖水却波光粼粼,晚霞最后的光辉与"分叉"站台的灯火同时在湖面跳动。她猜湖底有另一个世界——通向"镜花缘"。

车站越来越近,路牌显示:"斜面车站。"

又一枚粉红弹球向祝炀的面庞砸过来。她别过脸,闪开了,趴在她头顶的勿听仓鼠则扑向弹球。它与弹球同时滚到下一层金属平台——太高,祝炀不敢跳。她喊:"等我。"

与此同时,勿言鼠指着湖面方向:"那里,在那里。"

祝炀抬头,整个"分叉"车站突然发出宏大的声响,管弦交错、鼓乐齐鸣。顶层车站的最后一班"白鹤"已离开。"分叉"车站上半层正式闭站,下半层正式开站。不同层级的光线从湖中心泛起,沿玻璃墙面、五彩广告牌、多层管道与轨道以及外缘树林的树叶反复反射,似乎扫描了整个轨道空间。

这回,祝炀瞧见了小小的袭击者:一只粉红眼的白兔和一只身躯直立、手拿弹弓的灰兔;还有一只,浑身漆黑、双眼也黑,乍一看很难被发现,但当光圈划过,它整个身躯呈现荧光绿色。

基因移植,是荧光蛋白兔?

祝炀瞪圆眼睛。

通常的四勿动物只用人工皮毛,没活性。但既然能发光,就是活性皮肤。祝炀第一次见。

光辉散去,荧光蛋白兔重新变黑。"分叉"站台更吵闹了。祝炀找到勿听仓鼠。荧光蛋白兔吐出粉红色弹球——很硬,砸掉了勿听仓鼠刚翻新

的半颗门牙。祝炀举起弹球，里面色块滚动，应是某种信息存储设备。勿听仓鼠的注意力被转移。"分叉"站台所有管道一时间全部启动，阀门相继打开，货物被扔进去，然后，不同身份的人也轻车熟路地找到熟悉的阀门，打开，往里跳。

勿听仓鼠竖起耳朵。

"听呀。"勿言鼠也提醒祝炀。

祝炀仔细分辨，她听见不同的曲调，活泼、欢快、雄壮或悲哀，却无人演奏，也没有任何程序在自动播放。她听出是管乐的声音。她从背包中拿出简易分析仪，还没启动，又一颗粉红弹球，打碎了她的分析仪。

"喂！"祝炀大吼，"你们干吗！"

粉红眼的兔子一动不动。拿弹弓的兔子耀武扬威、活蹦乱跳。黑色的荧光蛋白兔张开小巧的三瓣嘴，用牙齿敲击旁边的管道，形成振动。振动沿管道系统传播，距离不长，传导至祝炀的地方，反增益为晃动地板的震颤。

"勿言兔。"祝炀心想。

提线勿言鼠爬出背包，踩着震动，晃动中空的四肢。它的发声系统类似"分叉"站台的管道系统，它很快翻译了勿言兔的警告："外来电子设备不能进入'镜花缘'，四勿动物除外。"

勿动兔又拉开弹弓，祝炀来不及反应，她背包中小小的备用通信和混合现实装备被一一击碎。

她气坏了。

那三只兔子确认她不再有违禁物，互相碰撞身体，往前一蹿，消失不见。

一列倒悬列车驶入"斜面车站"。好几个人从车窗探出头，饶有兴趣地瞅着祝炀和被打得破破烂烂的背包。

"他们知道，而我不知道。什么叫电子设备，我的身份卡和电子通票，不也是电子设备吗！"祝炀心想。

她重新拾起两枚箭头，箭头随管道系统的乐音跳动着。她明白了。勿用的身份卡与警局的电子通票不是"外来设备"，它们很早以前就写入了"镜子乐园"，不，写入了"镜花缘"。

如离开"镜子"区域，她的票和身份卡可能须永久留下。

进入管道系统的人与货物越来越多。"斜面站台"的候车乘客反而变少，管道奏鸣曲也就越来越宏大，越来越丰富。

乐曲来自管道内部，来自复杂的运输流。当人或物挤压气流，形成不同频率的振动时，管道阀门会张张合合地控制气流。"分叉"站台的管道乐曲就这样天然形成。

祝炀皱眉，问箭头："如果我不想搭车，是不是走管道更快？"

双箭头尖端对尖端，似乎面面相觑，最后同时往湖水方向指。它们并不坚定，似乎问祝炀："你想好了？"

"当然。"

祝炀放弃背包。她抱着勿言鼠，让勿听仓鼠仍趴在她头发上。她一路往湖边跑。在天彻底变黑前，她到达湖岸。

"分叉"站台的设计非常巧妙，最后一缕阳光经多重反射，一直围着湖中心打转。

双箭头也互相追逐着转圈。

祝炀一时没了主意。

阳光消失的时候，湖面产生了变化。拱起的脊背由远及近，最先露出面庞的是非洲象，继而不同种类的象群互相跟随，走出湖水，在细密的沙滩上留下厚重的脚印。一只小象沿湖坐下，动作似人类，然后它用鼻子刨了一个水坑。双箭头指向水坑。

祝炀小心翼翼地走向小象，踩着水坑。她担心巨大的母象袭击她。母象只用鼻子卷走了小象。湖的水位悄然上涨，越来越快。箭头仍指下方。水迅速漫过祝炀的下巴。要不是勿言鼠很沉，她已无法站稳。但她不知该不该站在那儿。她觉得自己会被淹死。水漫过她的头。她尝试在水下睁眼。她发现脚底产生漩涡，沙子开了条缝儿。她看见一个管道口。

而此时此刻，一群蝠鲼飘过她的头顶，张开扁扁的三角形身体。她意识到它们不在水中，它们飞翔并穿梭于管道层的广阔空间。

随后，千万条蝠鲼同时出现，形成鸟群似的集合，上下漂移，排布出好看的形状。

她想迈步，浮出水面去看，却一脚踩空，随着旋转的水流，陷入黑漆漆的、向下的管道。

兔（二）

有一阵，祝炀觉着自己在垂直下落，用胳膊碰一碰周边，才确认她仍在管道中。她担心勿听仓鼠和勿言鼠，怕勿听仓鼠放松爪子，怕勿言鼠的关节经不起反复撞击。她看不清周围,只感觉那两枚绿色箭头一直贴着她的脸,按照管道的曲折方式指明方向。勿听仓鼠紧紧地抓着她的后领口,勒得她生疼。勿言鼠的胳膊和腿来回晃荡。它在拐弯处伸手时不小心丢了右小臂,却毫不在意。高速运动中,风穿过祝炀的衣裳,穿过勿言鼠身体的每个关节和每个中空的骨节,发出了美妙的乐音。与此同时,他们也成为"分叉"站台管道奏鸣系统的一部分。祝炀感到耳内气压时而紧,时而松,看不见的管道气口与管道气门一定有开有合,她的跌落线路与速度形成不同气柱,构成了"分叉"管道的一串声音节律。十几分钟后,整个空间变平缓,她总算找到重力支点,可以滑滑梯一般往下溜。管道内壁一节金属、一节合成材料、一节合成塑料,安置与排列没有规律。速度缓慢时,祝炀用手碰管道表面——新旧不同。她摸到一层油污,也摸到了发涩的纳米塑料制品,想来本用作其他用途。

时间很久,久到祝炀有了时间思考。随身分析仪与智能设备被勿动兔打碎了。电子通票与身份卡一黑一白,宛如两张催命符,围着她转。它们的智能提升——肯定接入了新系统。

"镜花缘"?

"镜花缘"同时是垃圾场和加工厂。当然,还有一种说法,"镜花缘"的设计很早就出现了,甚至早于勿用的四勿动物。"镜花缘"希望造就极致的熵减系统,除了无可挽回的热耗散,它只创造有序产品,只提供有序的机制。从物品流动看,"镜花缘"似乎已达到初衷。网络流传的视频与图片则指向了另一个极端。"镜花缘"中各色人皆有,挤着住在一起。俯视镜头中小房屋层层叠叠、交错相垒。长居者或志愿者说"镜花缘"宛如一座贫困又充满创意的乌托邦,不过信他们的人不多。祝炀记得

通往"镜花缘"的大巴扎遮天蔽日,一眼望不到头,断臂的老鲁尔黄铜人经营着古老的道德叠加计数仪,旁边店铺卖着一盆盆浸透了香料的烤肉。想到这儿,她感到饥肠辘辘,有点期待"镜花缘"混乱的局面了。"镜花缘"很矛盾,目的是造就熵减的有序世界,却呈现一片杂乱无章。

管道坡度越来越缓,几乎变为横向,惯性无以为继,仍看不到路的尽头。祝炀不得不自己动手,最后四肢着地,慢慢往前爬。勿听仓鼠与勿言鼠却很自得。勿听仓鼠跳离祝炀,径直往前蹿,消失一分钟后,才自行折返。勿言鼠代它说:"前面有分叉,不知怎么走。"

双箭头互相追逐,指向右面。

祝盟动作慢,按时间,天已黑透,她需要吃的。

四下不再漆黑,"分叉"管道系统的乐曲逐渐消散。嘈杂的人声从不同的方向传来。勿听仓鼠与勿言鼠越来越快乐。她从未见它们如此快乐。

勿听仓鼠来回往返。

她问:"快到出口了?"

勿言鼠回答:"快啦,快啦。"

勿言鼠和勿听仓鼠的同步耦合越来越强。

管道口径逐渐宽大,祝炀终于能站起来,她微微弯着腰,尔后直立行走。

有一回,勿听仓鼠隔了很久才返回。

她瞧见白色影子与荧光蛋白的绿一闪而过,粉红色弹球叮叮当当地沿管道壁撞击而来。祝炀闪开,它照直而去,消失于身后黑乎乎的管道,毫无停下的意思。

她总算想起勿听仓鼠的信息分析与追踪功能。

她问:"听见了什么?"

"不够,数据不够。"勿言鼠回答。

她指两个箭头:"它们的数据流好像很充沛,入侵它们。"

两个箭头似乎想跑,勿用身份卡与电子通票却没法逃跑。勿言鼠拿起卡与票,用爪子指读数据。勿听仓鼠后背的皮毛露出一线红色。祝炀猜,它虽老,但处理能力依然很强。她想知道一代勿用的设计逻辑。

"不远啦。"勿言鼠解释,"我们刚离开'分叉'站台的广阔区域,快到山脚了,再往前,有一串螺旋轨道,底端直接接入'镜花缘'。"

"我们找袁道,他离得近吗?"

"等进入'镜花缘'。只有进入'镜花缘'定位系统,才能知道。"

"'镜花缘'定位系统?"

"对,消除外界定位,只用自身定位。"

她加快步伐。管道变为环形洞穴。她开始小跑。她先感受到风,是穿过山与山的风。风徘徊于墙面,发出宏大的回音。她同时闻到机械运转的机油、金属香和食物香料的气味。她很快抵达螺旋扶梯,扶梯旋转着向下收窄,底部有光。楼梯的金属缝隙中有绒毛,黑色,像荧光蛋白兔的毛皮;用手捋,十分短小柔软,又不像兔毛。

"其他动物的皮肤组织?"她问勿听仓鼠和勿言鼠。它们摇头,表示并不知情。

祝炀捧着勿听仓鼠,抱起勿言鼠,一路向下。绿色双箭头越来越活跃,颜色越来越淡,终于,它们抵达管道系统底部——"分叉"站台某出口。

突然而至的灯光让祝炀眼前发红,一切变为亮橙色,适应一会儿,她才看清外面的世界。

"镜子"区域为喀斯特地貌,人类改造时,尚处早期山脉形状。年长日久,水流侵蚀,加之人工建筑的雕琢,从山顶看,山脉形状似乎变化不大,但从底部看,则完全是另一番景象。

似山似石的岩壁高高升入云霄,石壁向内弯曲,底部的人工建筑支撑着石壁,岩石镂空处也填满了建筑。颗粒状的岩层显得松松垮垮、摇摇欲坠、十分易碎。而与此同时,小型集装箱般的人工建筑伸出枝枝杈杈,如树木枝干、如藤蔓触角,见缝插针,挤入岩石缝隙,形成支撑点与支撑结构,巩固着山石岩壁的形状。远远望去,被腐蚀成中空的山崖横跨江河。人工建筑正自行移动,取代旧的支撑框架,形成新建筑群。祝炀看不清人们具体的样貌,但他们似乎十分适应运动的建筑,纷纷离开旧居,进入新居。四勿动物们也各有各的住处。

"镜花缘"确实类似世界上的那些人口密集的贫民窟。所有建筑狭小紧凑,层层错落而置,从祝炀面前一米的位置开始,向远处无限延伸,环着山石与河流,一直通到"镜子乐园"。大多道路宽度不足一米,人们已习惯取捷径——蹦跳着跨过房顶。略宽的道路填满车辆与货物,热闹的氛围像充斥烟火的夜市,像快乐的嘉年华。夜空被山崖铺天盖地的气势覆盖,只留下一些弯弯曲曲的、零碎的、属于天空的缝隙。白色山崖与浅绿色植物反射着"镜花缘"中灯火通明与人来人往的影子。

过山车般的交通工具从祝炀头顶轰然而过。她捂双耳蹲下。勿言鼠学她。管道出口位于过山车旋转轨道的最低点,承受离心压力,形成管道内部一阵一阵的风声。管道边缘裂了缝隙,一群灰色勿动兔正蹦跳着修补。它们很不安分,往往动作过度,修补的软性材料堆积过多,被踩得很难看。

与此同时,一个旋转舱体又在祝炀面前飞驰而过,几乎擦着地面。

祝炀的视线跟着它向上，找到边缘的轴承与连接的杠杆，杠杆又连着杠杆，经过多重机械结构，最终接入不远处的摩天轮。摩天轮有两层，内圈层的结构类似寻常观光设施，固定的椭圆形舱体围成圆盘，笔直的合成钢支撑着它们，聚集于轴心；外圈层的设计则非常奔放，它们通过可自由旋转的杠杆臂和轴承，连接于每个内圈舱体，受力点也仅依靠与内圈舱体的连接。随着摩天轮的转动，外圈舱体几乎在自由甩动，时不时地撞上人工建筑与岩石，撞得岩石坑坑洼洼，不断掉碎屑，舱体却完好无损，还弹来弹去。强风刮来，它们会顺着风甩动，整座摩天轮便摇摇欲坠。放眼望去，类似的摩天轮很多，既像游乐设施又像风力发电。她看见有人开门，从外圈舱体向外跳，紧接着，一匹勿动马找准机会，跳入刚刚空下来的舱体——摩天轮也是交通工具。

闻多识广的勿听仓鼠紧紧抓着她的肩头。它也没见过类似的世界。

祝炀躲过又一个飞转的舱体，进入"镜花缘"。

五颜六色的人工建筑很快包围了她，全是活动房，不高，有一定智能，能依据周围状况自行移动、自行组合、自行寻找维修。

一人见了她，猜出她不熟悉"镜花缘"，提醒说："定位脱离外界导航了，让箭头连接'镜花缘'的内部系统。"

另外一人顺手帮她调整了身份卡与电子通票的适应性。两个箭头很快不再杂乱无章地互相追逐，重新形成一个定位。但它们没有指同一方向。

"怎么回事？"祝炀将电子通票与身份卡插入票夹。票夹好几层，刚拿到的，是陌生人送的。

"镜花缘"的物品观念很淡薄，比如流动的人工智能房、互相赠予事物的事，很常见。祝炀拿票夹时说自己饿了，便收到一颗粉红色的糖，上

面画着一只粉红眼白兔。

她一边吃一边走，观察着周围。人们靠票夹定位，票夹里插不同的卡片或票据。最厚的票夹足有几百张，弹出上百个箭头，密密麻麻地指点着行进的路线。不过，箭头多也有好处，箭头群落形成类似鸟群的群体结构，能指明一个大方向。祝炀瞧瞧自己的两个箭头，一左一右，指了完全不同的方位。

"票夹。"有人提醒她，那人是卖纯素食甜点的。祝炀饿坏了。"启动票夹，根据票夹坐标系统，再判断箭头的方向。"那人帮她调试票夹，给了她一些甜点。

票夹投射"镜花缘"的三维全息地貌图，然后全息像消失，只剩一个亮点，爬动于票夹表面。双箭头依据票夹的定位，不再指相反的地方。

"什么意思？"祝炀问。

"票夹是一个简易的定位系统，每张票指一个方向，将不同的方向与坐标系相互叠加，就能找到你要去的真正方向。不过，大多时候，得自己判断。"

祝炀低头："这个点是？"

"坐标系的定点。"

"但它是动的。"

"这才是奥妙所在，'镜花缘'没有固定的坐标系和坐标点。"

上方的过山车轨道吱呀呀地响着，它正自行变轨、自行伸长、自行靠近附近另一座过山车轨道。变轨扳手自己扳动，咔嗒一声，轨道相接，变换，过山车飞驰而过，时间刚好。

祝炀问："过山车也按流动的坐标系前进？"

"对，所以在'镜花缘'，你每时每刻都需注意整体变换的坐标系，注意票夹的箭头方向，调整自己的目的地。有的人，一直在里面转，转不出来。有的人好不容易出去，再也不愿意回来。大部分人却喜欢来往于外面与这里。"

"你呢？"

那人的人工智能房开始活动，她往后面的街道退，换了一套店面。她回答："我嘛，我是比较幸运的人，现在不需要票夹，也能知道我的定点。"

"你分明在动。"

"对于流动的坐标系和箭头的方向，定点一直在动。但我知道我没动。你能看出我为什么没动吗？"

祝炀语塞。对方看上去在不断运动，短短时间内，店面售卖的东西已变了两轮，卖的全是食物。对方的工作似乎不是售卖，她在统计不同店铺的货品和质量。她体型丰满匀称，近看显得胖胖的，衣服是贴身面料，外罩薄纱，与祝炀对话时，嘴也没停，轮番试吃着店铺的食物。

"这是你的工作？"祝炀追着她问，追得太紧，人工房不得不掀开墙面，为祝炀让路。

"我的工作之一。"

"你还做什么？"

对方停止动作，仔细回忆："太多了，来'镜花缘'十几年，我什么都做过，不过，也都一样？"

"为什么都一样？"

对方笑笑："你真的对'镜花缘'一无所知。"环绕她的墙壁顺时针转了一百八十度，摊位一时布满色彩斑斓的饮料。"不，你太小，不要乱

尝鲜。"她挑了颜色最平淡的气泡水,告诉祝炀,"记住,不论'镜花缘'如何自由,也有年龄和进化史的界限。颜色和气味越花哨的东西越具有实验性,越朴素的越安全。你想试你年龄段以外的东西也不是不行,但要一步步地来。"她的座椅底部似鸟足,很高,"鸟爪"扒着地面活动,"鸟腿"弯曲,可以跳跃。

祝炀要追不上她了:"等等,你还没回答我的问题。"

"给你箭头的人没给答案,我也不便多说。"对方指指天空,"镜花缘"山谷的灯火越来越辉煌,已将天外世界挤得只剩一道缝隙,"聪明的小姑娘,你觉得,一个只进不出的熵减世界,会怎么运作呢?"

她说完,两间活动房左右夹击,截断了祝炀追逐的道路。

"她一定不愿回答我的问题。"祝炀想。

祝炀低头,仔细观察票夹。坐标系的定点愈发明亮,沿着票夹表面迅速爬来爬去,毫无章法。勿用身份卡与警局电子通票所投射出的箭头根据定点流动方式,不停变换指向。它们适应了流动坐标系,双双变为棉花糖似的粉红色。祝炀则沿路吃饱喝足,大脑逐渐停摆。她敲一敲趴在肩头的勿听仓鼠。它的耳朵支棱着,耳郭似乎变大一圈,脊背同时闪烁红色与绿色的光弧。她拍拍它。它没反应。

"它有点信息过载。"勿言鼠解释。它自得其乐,双足行走,如一只偶获生命的木偶。进入"镜花缘",它显得更聪明了。或者说,自打从科研处边缘捡到它,它虽头脑空空,却越来越睿智。祝炀与祝盟没为它填充巨量信息,只让它慢慢吸取周围世界的给养,希望它逐渐恢复。它恢复得很快。

或者,它有能力重新生长?祝炀决定,等离开"镜花缘"回到北京后，她要立刻检查勿言鼠的神经网络。不。她摇头。别人会先于她。她来到"镜花缘"，目的便是找专家扫描勿言鼠和勿听仓鼠。有那么一会儿，她心生怀疑，觉着面相古怪的卢修警官和声音里充满笑意的庚生全是骗子。祝盟几个月不联系她，不是被骗，就是与骗子达成了共识。沃师傅和克里斯奶奶也忙着自己的事。她又剩自己一个人了。她没法向严肃的母亲和玩世不恭的父亲求助。事实上，他们是她求助名单中的最后选项。

她拉紧勿言鼠骨节分明的手掌，勿言鼠也拉紧她。勿听仓鼠大概听见了她怦怦跳动的心脏，安慰地舔她的手指。祝炀做出一个决定，她要在袁道扫描勿言鼠与勿听仓鼠前，先了解它们的情况，这样，就能避免警局或勿用公司先拿到它们的信息——他们都想获得四勿鼠的所有权。

她打起精神，自觉情绪化了，一天的行程太长，她需要休息。她得找歇脚地。她抬头，不知不觉已走到峡谷低矮的中心地带，向远望去，"镜花缘"也像一个乐园，充满功能性的游乐设施遍布峡谷。回身看，山崖底部的跳楼运输机能将人向上甩，如果高度过了密密匝匝的管道，人一撒手，便可返回"分叉"站台。她向前方瞧，山崖中间，悬空挂着旅店，粉红色的字迹星星闪闪，是勿用的"吾丧我"连锁旅店。不同地方的"吾丧我"装潢不同。她没见过粉红色的"吾丧我"。

祝炀对粉红箭头说："别管袁道了，我要去那儿——'吾丧我'。"

双箭头互相追逐，呈大约九十度角，标记两个方向。祝炀皱眉。她猜测票夹定位系统类似地磁指针，只是地磁的轴心几乎不变，票夹的定点却是一直在动。定点每次移动，她都需重新根据箭头判定方位。她取两个方向的中间值，盯着"定"点，亦步亦趋地走。不久后，双箭头不再互相撕扯，它们重新并行排列，指向了同一方位，达成了统一，这证明她的定位

策略是正确的。路越走越通。她不必沿曲曲折折的小径寻路，大部分智能活动房会随她的方向避让道路。她观察周围人，有些捧着票夹一脸愁苦，完全陷入了曲折的回路，有些则同她一样，走蜿蜿蜒蜒的路如履通衢。她有点得意，但一走到"吾丧我"跳楼运输机前，就泄了气。

她怕高。

祝炀喜欢干净，喜欢整洁。她怕高、怕高温，也怕冷。和祝盟比，她适合蹲在工作台前，永远鼓捣人工智能。她端详跳楼运输机，升降盘如巨型菌类的伞状顶，落下的丝线宛如菌丝。提示牌显示，她的个子小，不能坐伞状升降盘，只能绑着绳索向上荡。

她吓得摇头："为什么？"

跳楼运载系统接入票夹，解释道："'镜花缘'游乐性运输源自一个古老设计，名为'不可能乐园'。那里有三天三夜才能折返的传送带摩天楼，有升至平流层的旋转木马，有上下纷飞的跳楼运输机。'不可能乐园'的构想来自二十世纪中期，这在当时自然无法实现。'镜花缘'的最初设计者吴处只想造一个熵减的'镜子乐园'，对于她来说，熵减意味着构造新东西，尝试不可能之物，所以她试了'不可能乐园'。她走得更远，将'不可能乐园'改造为'镜花缘'的基础运输系统。当然，你可以不搭乘跳楼运输机，旁边有条小径，爬一天一夜能到'吾丧我'。道路两侧提供的食物不错，还有可供小憩的活动房。"

吴处？

祝炀听过她。

吴处是勿用公司初期的合伙人之一，没多久便离开了。很长一段时间内，她周转于全球大大小小的教育机构，培养了很多人工智能的专业人士。勿用公司中的青年一代或多或少都听过她的课。据说，她手把手地将观念与技巧传授给了与她最契合的学生——勿用设计部的娄珪。"镜花缘"的确属想象派的世界。祝炀没经历过勿用的草创时代，那时人类对人工智能的想象还十分狭窄，老鲁尔、勿用和伊奥花了几十年才改变了公众的认知。但按祝盟的说法，三个公司的初衷也早早地跟着变了。

时代变换前，吴处已销声匿迹，没想到她设计了"镜花缘"。按年纪，她现已快六十了。

"绝对安全。"跳楼运输机劝她，"你闭眼，然后就能向上飞，卡带松开，你睁眼，就抵达了平台上方，按箭头指示，找落脚点便可。"

祝炀紧张地皱眉。跳楼运输机慷慨地提供了一个大背包。勿言鼠与勿听仓鼠钻入背包，祝炀拉紧封口。跳楼运输机自动伸出弹性绷带，播放游乐运输系统的安全介绍："过山车用于长距离通行，磁悬浮过山车高速滑动的快乐能驱散'镜花缘'漫漫旅途的困乏；旋转木马输送局部社区货物，它们上上下下，沟通了智能叠加楼层的立体结构；旋转茶杯类似漂流，往往从山石险处顺小巷而下；人工活动房的排布也随时变动，它们跟着道路的曲折不断转弯，从不减速，'不适合餐后搭乘'。"跳楼运输机没解释为何到"吾丧我"的运载工具是跳楼运输机，没说为何作为跳楼运输机，它却仅能自下往上地运送旅客。祝炀能瞧见"吾丧我"的正门，离店的人逐一搭乘旋转茶杯离开。

"准备好了？"跳楼运输机问。

祝炀来不及回答已双脚离地，她的心脏似乎率先失重，她大声问："为什么选游乐项目？交通运输应该更高效稳定！"

"不，'镜花缘'的首要原则是不确定。"

下一秒，祝炀被甩到空中，她感到世界因重力下沉。她迅速升至高

点,一切停滞半秒,山风透过喀斯特岩的缝隙吹进来,略带潮湿,还未被人声鼎沸的世界浸染。然后,她照直下落,脑袋几乎撞着地面,跳楼运输机及时将她和她的同行人拎起来,甩向更高的地方。她几乎与"吾丧我"的悬空旅店持平。旅店占地不大,楼宇精致,很难判断是哪一级别的"吾丧我"。一行字一闪而过,她没看清,身体又往回落。她的好奇心变强。耳边提示音响起:"下一次。"她面庞朝下,鼻尖几乎擦着翻动的智能门板。跳楼运输机提前将她向上甩,说:"危险。"她借着力道往上翻,直立脊背,最高点时,"吾丧我"也退至脚下。她看清了更远的世界。群山缝隙形成迷宫般的走廊,山麓陡峭;遍布模块化的房屋,不同片区的色泽与样式不尽相同;房屋群体又整片整片地缓慢移动,像山石脚边的浪;浪花中,灯火飞扬,最远的地方最亮,五彩霓虹显得刺眼——"镜子乐园"。祝炀身后的卡带自动解锁,她脱离跳楼运输机的束缚,低头找落脚点。"往右看。"跳楼运输机提醒她。她瞧见降落的圆圈,地面富有弹性,她摔倒了,背包飞到圆圈外。她偷眼瞧,所幸有人比她更狼狈。

这一回,她看清了"吾丧我"——粉红墙面,重檐屋顶,楼宇的模样近看很古典,嵌入山崖的镂空结构,如月中宫殿。不,粉红色表面不完全是墙面,"吾丧我"每一层几乎都由落地窗构成,不同方向探出或亭或台的智能结构,侧向看,错落有致。落地窗的通透地方能瞧见屋内布置,不通透处加了粉红隔层,折射着粉红色的碎光。粉红眼的白兔再次一闪而过。

祝炀的两枚粉红箭头自认已完成"吾丧我"导航任务,重新寻找袁道。它们互相纠缠,选择了几乎相反的方向。时间快至午夜,票夹表面的定点不断爬行,毫无规律。袁道的位置也不确定,双箭头每分每秒都在刷新调整。祝炀松开背包，勿听仓鼠与勿言鼠完好无损。她进入"吾丧我"，门厅与穹顶的弧光呈粉红色，到处是接入端口。祝炀猜测，"镜花缘"人工智能群落互相连接，活动的建筑接连游乐的交通工具，食物与饮料的制造厂与奏鸣曲管道串联。她暂时没将勿听与勿言接入系统。

入住手续简单。勿听垂耳兔扫描票据与身份卡，二者密钥叠加，形成双重保证。它的双耳几乎遮住双眼，勿听仓鼠与勿言鼠靠近时，勿听兔那与身体比例不符的长耳朵支棱起来，耳郭外翻，耳膜极薄，胶质皮肤内细细的电子纹路纤毫毕现。很快，勿听垂耳兔恢复平静模样。它本给祝炀安排了顶层的视野宽阔的房间。它改主意了。房卡显示：最底层。

祝炀不满意："为什么？"

垂耳兔撩起耳朵尖儿，示意祝炀将房卡插入票夹。两颗粉红弹球突然劈头盖脸地砸向祝炀。垂耳兔跳跃，耳朵如翅膀般散开，耳郭挡住弹球，弹球也借力减速，乖巧地滑入垂耳兔的耳洞。垂耳兔落回祝炀面前，仍双耳竖立。她猜到它的意思，从它耳洞内取出弹球，塞入自己的双耳。弹球表面并不光滑，质地类似磨砂晶体，进入祝炀耳朵后，自行吸收空气中的微尘与颗粒。很快弹球膨胀，不但没有滚入祝炀的内耳，反而迅速向外爬，找到舒服的位置，静止不动了。

票夹与房卡整合，形成第三枚粉红箭头。耳内语音导航开启，讲的是"镜花缘"中"吾丧我"的建造史。三枚箭头同时指向旧式电梯。耳中的声音说："欢迎来到'吾丧我'连锁旅店首家店面，这儿即是最初店址，设于月圆山崖。"

"第一家'吾丧我'？"祝炀转移注意力，跟着箭头指示，进入黄铜电梯。制式相同、大小不一的齿轮与杠杆带动机械结构，电梯哐当作响，

往下沉。

"——众所周知，'吾丧我'取自庄子《齐物论》，'吾丧我'旅店的初衷，是提供没有固定所有权的活动住所，为人提供诗中的广厦。诚然，具体到技术和现实层面，设计者需要另一种策略。"

电梯离开半悬空的"吾丧我"，沿房屋与山崖的缝隙横向滑动。"镜花缘"正式进入午夜嘉年华狂欢。街道挤满了人，人工智能房屋被翻动得更加欢腾，四勿动物于街道中排成队列，巨型礼花在山与山之间绽放，四散的焰火贴着活动房板弹来弹去。星星点点的灯火腾空，构成分形几何的变换形态。

很快，电梯找到入口，降到山的里面。

"——技术层面，房屋的建造和移动需有自主性、引入分布式无意识网络。设计者是勿用公司早期合伙人之一，熟悉人工智能感知系统。她将房屋的必要元素拆分，嵌入智能网络，加入分形设计，让房屋视情况自行生长，形成了'吾丧我'的雏形。如今，'吾丧我'退化为单纯的商业连锁旅店。'吾丧我'的雏形则脱离'吾丧我'理念，进化为'镜花缘'的建筑体系。"

电梯降入地底，穿过大大小小的溶洞房间。祝炀仔细观察，溶洞表面贴着软化的智能房结构模块。

"为什么'吾丧我'没成功，'镜花缘'成功了？"祝炀问。

"因为不是每种环境都适合'吾丧我'，"语音导览回答，"也不是每个人都能适应'吾丧我'，因此，设计者选址'镜花缘'。二十五年前，这里不叫'镜花缘'，只是遍布'镜子乐园'杂乱无章的外围小工厂和小作坊，充满被困住的流动人口，堆满生产生活的琐碎垃圾。设计者认为,这里是最佳实验场。十五年后,'吾丧我'的雏形生长为'镜花缘'。此外,全世界只有'镜花缘'的'吾丧我'有语音介绍。"导览停顿一秒,"您将抵达隶属'吾丧我'的溶洞剧场。您的房间位于溶洞剧场底部。如有需要,可随时咨询。"

耳中的声音消失。电梯落入宏大的中空场所。溶洞剧场的幕帘与垂饰全部吊挂于钟乳石柱上。所有雕像与座椅依着钟乳石的走向雕刻,是栩栩如生的人和动物。环形的观众座席两侧设有凹槽,水流潺潺而过。此时此刻,剧场空无一人,暗渠的水哗啦啦地流向池座,积于剧院底部,泛起一层烟雾。

"这属于什么设计?"祝炀问。

导览回答:"'镜花缘'设计遵循三个构建特点——不确定、复杂、熵减。"

很快,他们沉到整个"吾丧我"的底部。电梯门吱呀呀地拉开,祝炀的房间在剧院后台杂物间的附近。

走了整整一天,又被安排到这里,祝炀非常沮丧。她抽出房卡,刚想发作,勿言鼠已跳着走出电梯,走到走廊拐角,那儿通向演员化妆与候场的地方。

它指着墙表面用霓虹光柱编织的粉红句子,说:"这个我认得,在伦敦的老维克剧院见过。"

祝炀靠近,看清了那行字——永远胆大妄为(Dare, Always Dare)。

兔（三）

一夜无梦，祝炀醒来时，心满意足，甚至忘记逼仄房间的压抑。溶洞底部不分昼夜。她的房间足足有二十米长，高却不到三米，且左右墙间距窄，只两米。唯一的床抵在房间尽头，卡在三面墙的中间。祝炀眨眼，让自己清醒，意识到房间是由供溶洞剧院的演员穿行的走廊改造的，不知怎的，从中间截断，改成了临时住所。祝炀拍拍床垫，很旧。床单被罩是新的。她扒拉标签，一面写"镜花缘·吾丧我"，一面写"桂水寒于江，玉兔秋冷月"。专属品牌，外面没见过。"镜花缘"果然只进不出，自产自销。她环顾四周，衣柜与写字台都很老旧。写字台正面放着写字板，前面挂着巨型屏幕，左右两侧摆着不同形态的键盘，倒是新款。祝炀觉得此处不像客房，更像某人的常驻地。

"镜花缘"地无固定房屋，人无固定居所，每个人皆是别人的沙发客。

她靠近写字台——木质的。祝盟也有类似的桌子，也改造成了适于工作的形态。钻研编撰的人喜欢木桌子，尤其中国的编撰学师生，祝炀眼中，这只是寻求古老的文人传统，对实际工作没真正益处。纳米合成材料的写字台才是最佳选择。祝炀猜"镜花缘"活动房安装了最新开发的适应性材料，或许是实验品。鲁尔公司做智能适应性材料最好，它的宣传语说

"物质也有进化史"。祝盟的榉木写字台又笨又丑，祝炀想给祝盟换，祝盟不干。编撰者应该明白，物质也是编撰的一部分，他们应寻求更复杂的物质。祝炀一边想着，一边摆弄写字台表面的工具，都是常见款，只有一件比较奇怪。

一支毛笔。

数字艺术家或混合现实艺术家使用电子毛笔，古画和书法用传统毛笔。

这一支特制毛笔挂在写字台边缘，笔杆修长，材料为合成物质，表面漂浮着粉红光泽，看上去具有极强的智能适应性，应是电子毛笔。尾部的红绳挂着条码牌，一排零的末尾，有一个壹——系列的限定款。角落小小的颜体写道："毛颖。"笔尖材质最为特殊，摸上去质地舒服，是真正的动物皮毛，甚至掺杂一些绒毛，比一般的毛笔软，仿佛能吸收空气中的味道。

祝炀摘下毛颖笔，开启写字板。她先试了试平面模式，毛颖笔接触写字板，自动根据力道与角度形成干湿浓淡的效果，也可通过语音指令改变墨的质感。她画了一只兔子，提起笔，写字板即时存储，闪烁着暗淡的光线，毛颖笔尖端的锋毫则变亮、闪烁，呈荧光蛋白的绿色。

的确是活性毛。

祝炀想到荧光蛋白勿视兔，怀疑它们用了同一技术。

她转换立体模式，发现已有人画了立体兔。有趣的是，画作近看像书法，站远一些看，则是墨线勾的立体兔。祝炀调整全息像，这的确是书法。写字板提示，这是四种字体的四个"兔"字，从前后左右四个方向写成，墨迹于空中形成痕迹，变为某种立体书法。立体书法又构成形象的

生物，宛若经由文本与造型构成的雕塑。祝炀看署名，只有"编撰者"三个字。

周围变冷，她微微打寒战。"桂水寒于江"一句又落入她的眼帘。她发现屋内潮气增加，墙壁缝隙渗出白色雾气。勿听仓鼠趴在床头，用牙齿敲着截断走廊的墙。祝炀关闭写字台，放下毛颖笔。勿言鼠仍炯炯有神地盯着毛颖笔。它探手，拾起笔，指一指自己："我的。"

"别人的。"祝炀强调。

勿言鼠突然变聪明了，说："'镜花缘'没有私有物，我可以用。"

祝炀犹豫。勿听仓鼠用四肢扣住墙面粗糙处，沿边缘爬，一边移动一边咬。它正在拆墙。它的行动力快赶上勿动鼠了。勿言鼠则拽紧祝炀的衣角，很坚定："它能适应我，我能适应它。"

勿言鼠脱去蓝丝绒外套，露出结构分明的背部支架。它双臂倒翻，摸着脊柱骨节，丈量长度；算好后，微微弯腰，迅速取下脊柱中间的一段，又迅速将毛颖笔接入。活性的锋毫恰好插入勿言鼠下端中空的脊柱，条码标牌则没接好，露在外面。毛颖笔的活性笔杆很快适应了勿言鼠的形态学设计，微微弯曲成脊柱形状。提线勿言鼠直立身体，毛颖笔自然而然地挺立，变为一根细细的腰椎，不仔细看，不知道是毛笔。勿言鼠十分得意，将旧脊柱丢入垃圾箱。

与此同时，整面墙开始松动、晃荡，灰尘一层层落下，勿听仓鼠咬开顶部最后一颗螺钉，墙吱呀呀地扭动，轰然前倾，还没落地，后面一群四勿兔已惊得四散而去。墙另一头的走廊很长，看走向，几乎贯穿了溶洞剧场底部。看装潢，又不是用作走廊。一节一节的房间由透明玻璃门隔挡，类似连贯的火车。白色雾气从隔挡下面渗入，形成气态暗流。墙板砸碎了化妆桌与明晃晃的地灯。四勿兔躲到远处的房间。祝盟抱起勿言鼠，没敢动。她与智能兔们对视一阵，互相揣测，没多久便达成共识——墙的崩塌只是一场误会。四勿兔随后安心跑回自己的工位，工位被砸坏的，则找了其他空位。

勿听仓鼠蹿回祝炀身边，爬回她的肩头，口中衔了一张单子。今日节目单上有一出舞台剧，名为《毛颖传》，旁边注"改编自韩愈《毛颖传》"。祝炀没听过，也不熟悉韩愈。她本能觉得是拥有毛颖笔的人，写了溶洞剧院的《毛颖传》。她望了望走廊上成百上千的四勿兔，又看看手中排版凌乱的节目单，对勿听仓鼠和勿言鼠说："它们是演员？"

"还是伴奏和小场务。"勿言鼠弯腰，脸凑到化妆台前，挤走一只勿视兔。它熟练地拿起粉扑与线笔，装饰一番面庞，又蘸着墨画了三瓣嘴痕迹，戴上头套，问："像不像。"

"像。"祝炀认为勿言鼠手法纯熟，比四勿兔还老道，"但老鼠本就像兔子，都是啮齿类。你能装别的动物吗？能装人类吗？"

"那就得换颜相了。"勿言鼠做出换脸的动作，"不过，装人不难。进化上，人和啮齿类属同一祖先，有相似的颜相学。但如果换马脸或羊脸，按照颜相学，我还是不是四勿鼠呢——"

它话没说完，走廊尽头有人走来。对方长手长脚，身形佝偻，所过之处，灯光逐一变亮，四勿兔用的化妆灯很矮，顶灯的光又过于昏黄，他的下颌与凹陷的面颊首先显露，却只有锋利的线条与大块的阴影，好似强光并非照射他本人，而照出了他的阴影。他赤足蹚过烟雾。他的骨架大，骨节突出，手指长，足背高。他表情肃穆，眼神瘆人，整体看去，像一只放大的勿言鼠，又像一个人类版本的提线木偶。放到人群中，他宛如怪物，

放到舞台中间，他大概会充满造型的美感，能直接让光与影成为雕刻体态的刻刀。

祝炀本能地觉得，这是房间的老房客来赶新人了。对方不急不慢地步步靠近。勿言鼠和勿听仓鼠也有点怕。

四勿兔们习以为常，不受干扰。

"你也是演员吗？"祝炀问。

没回答。

"是溶洞剧院的管理人员？"祝炀听见自己的声音发颤。

对方似乎微微点头。

"你写的吗？"祝炀小心地举起节目单。

对方停了脚步，问："我的笔呢？"声音像用磨砂纸擦玻璃。

"我借走了！"勿言鼠不知天高地厚地回答。它举手，转身，撩开衣服给对方看。

一瞬间，祝炀觉得应该道歉，应该抓起勿言鼠，摘除毛颖笔，物归原主。可她的本能替她省去了后面的动作——她想留下毛颖笔。

她一边大声说"对不起"，一边抱着勿言鼠，向后转，夺路而逃。最近的电梯已升至"吾丧我"中庭，她冲入溶洞剧院，兔子们被惊得四散跑开。它们正在测试灯光与布景，光束扫过，荧光蛋白绿晃得她瞳仁疼。她从后场跑到舞台正中，追光追着她。她不敢回头，不敢看四周。她跳下舞台，从侧门溜出溶洞剧院。而对方居然抄了近道，从剧院外的另一条走廊赶来。所幸，对面一架空空的电梯刚好落下，祝炀跳进电梯，猛按"吾丧我"最顶层，又猛按关门键。电梯吱吱呀呀地开始上升，她这才发现，对方并不愤怒。他抬高手臂，举起单子，慢慢说："拿了我的笔，就来看我的剧。"

祝炀微微松口气，有点愧疚。她想起"镜花缘"的票夹，担心匆忙之间遗忘了。她从衣服内兜找到那三枚箭头。"吾丧我"旅店的箭头悠哉悠哉地自己围着自己转；另外两枚箭头则猛指同一方向。祝炀低头。它们指着那个面容枯槁、形如骷髅的人。

袁道？

电梯迅速升离溶洞剧场。

祝炀心有余悸，又松一口气。

她整理思路，希望判定一个问题，袁道是否可靠？要不要把勿言鼠和勿听仓鼠交给袁道？离开北京前，她特地咨询了沃师傅。她义正词严，想学习成年人与成年人的对话。她与沃师傅各占据工作台的一侧。她告诉沃师傅，她既不想把四勿鼠给警局，也不想把四勿鼠给勿用科研部，她甚至不想把它们的监护权或使用权暂时转给祝盟。

"该怎么办呢？"她问。她未成年，又没有自主权。不过，按她的观察，祝盟也没什么自主权。这和年龄无关。沃师傅总是一副闲云野鹤的样子，仿佛他有自主权。

沃师傅面露慈祥的笑容，只说："你是你，四勿是四勿。如果你不确定你的自主权，就从它们的角度想想它们的自主权。"

祝炀拍拍勿言鼠的脊背，毛颖笔接入后，笔杆变得富有弹性。祝炀想，勿言鼠喜欢笔，可能也喜欢袁道和袁道写的戏。勿听仓鼠也一样。勿视和勿动呢？她想勿视了。勿言鼠不聪明，但勿视一定能看穿袁道。电梯很快升到"吾丧我"顶层的露台。毫无遮挡的平台人声鼎沸，大家伸着头，都往东方看。祝炀凭身材小挤到前排。

白天的"镜花缘"没有晚上热闹，活动房的位移速度大大减缓。整片区域仿佛陷入午后酣睡。只有转动的旋转木马与翻动的过山车运送外来货物。街道堆满了昨夜的垃圾与杂物，勿动兔奔忙清理。显然，顶层露台的人并不关注"镜花缘"。他们表情兴奋，充满期待，似乎即将欣赏绝妙的景观。

那是"镜子乐园"的方向。

不明所以的新旅客打听事情原委。

"都是传闻，"一个声音回答，"说四勿龙中的一只运到了'镜子乐园'，二月二启动，时间很近了，今天第一次实验。"

另一个声音解释："四勿龙最早的颅相设计和安装其实就在'镜花缘'，差不多是八年前的事，那时候我还以为是大型的游乐灯会或是龙舟项目，没想到是正规东西。"

住店客问："'镜花缘'不是只进不出吗？"

"四勿龙的雏形很快就分解了，设计团队也迅速离开，当然，有人没走。据说勿用的想象派强行推进龙项目，他们内部对成品有分歧，所以四勿龙一直特别神秘。"

"为什么选'镜花缘'？"祝炀小声问。

"'镜花缘'允许法律以外的物品和设计思路。设计部的那句话怎么说的？"

一个人接："先违法，再合法。"

"听他们胡说八道。"一人评价。

"勿用操作专利而已。"一人补充。

祝炀没太听懂。大家也自觉回避了讨论。人们似乎很闲，一分一秒地等。祝炀不耐烦了，低头看着《毛颖传》的节目单。

单子没有制作人员与演员，只有杂乱的五幕剧梗概，像一个杜撰的怪异故事。

第一幕讲一个兔子种群，可以拔毛做笔锋，俗称毛颖兔。毛颖兔的毛能制成毛颖笔，写起东西自成章法，笔下无不纂录，阴阳卜筮、山经地志、字书图画、九流百家、官府簿书、市井贷钱都能编撰。毛颖兔本来长居山中，后来被人发现，几乎都被抓来做了毛颖笔，人们便以编撰者自居，忘了毛颖兔和毛颖笔才是与物相齐的纂录者。

第二幕出现一个长着兔唇的毛颖人，早年生活于圆圆的月球表面，觉得生活平和又无聊，于是偷跑到下界群山中，和毛颖兔玩得甚欢。秦始皇的将军蒙恬向南伐楚，于群山中大猎。有人听说过毛颖，建议蒙恬取了献于章台。蒙恬放弃百兽，独独围住毛颖，带毛颖和毛颖兔返归秦王都城。始皇果然高兴。

第三幕讲毛颖在文明世界的生活，只是不知是月球人、是兔、还是笔。它们忙于为秦编撰。它们善随人意，正直、邪曲、巧拙，都一一随着人世的逻辑，编撰可理解的图文说明。人们忘了自己为何拥有编撰的技巧，忽视了毛颖的能力，它们不多说，也不泄露毛颖编撰的奥妙。

第四幕似乎没讲毛颖居住的世界，讲的似乎是被它改变过的世界。毛颖的编撰一直抵达造物的决策层，毛颖画了颅相，画了冰山。毛颖将颅相化为冰山露出海面的部分，它一边为了人类调整冰山上面的颅相，一边按照新颅相，调整海面下冰体的结构，以支撑冰山。它觉得海洋最难理解。它成功地设计了一座又一座的颅相的冰山。它越来越孤独，越来越困惑，就像被海洋围绕的一座孤零零的冰山。

第五幕抵达结尾。不久后，人类疲怠于毛颖的编撰，他们说毛颖的毛已被拔得秃秃的，毛颖的灵气已然消失，人类已有了自己的编撰学。始皇不满意毛颖的编撰，自然而然地疏远了它，不再见它。最后，全人类都忘了它。毛颖们却很高兴。它们终于可以离开岗位，返回广袤的山河。它们中有的返回了过去的深山，长了新的毛发，重新养育了一个丰草长林的世界。

祝炀读完，若有所思，本能觉得《毛颖传》讲了编撰学，毛颖的结局便是"镜花缘"。溶洞剧院的四勿兔演员扮演毛颖们，故事中的蒙恬、秦王或兔唇人则另有其人。她努力回忆祝盟提过的编撰学史和编撰学八卦，仍无法对应现实的影子。

人群欢呼。她的思路中断。极目望去，曲曲折折的石灰山崖尽头，"镜子乐园"的五彩斑斓突然收束。大地开始震动，碎石、灰尘与树叶窸窸窣窣地掉落。智能房受波动影响，来不及加固山崖，而人们顾不得这些。声音波动由空气传来，很难判断是风还是四勿龙的吼叫。声音敲击耳膜，敲击胸膛。祝炀觉得自己并非在听声音，而正跟着什么事物一起振动。"分叉"站台的管道系统随之启动，一时鼎鸣交错，鼓乐擂擂。管道系统的节奏被打乱。祝盟远远瞧见"分叉"站台底部吞吐的货物突然停滞。勿动兔纷纷冲入管道内部，进行梳理，然后货物与它们全部被杂乱无章地吐了出来。

"快看——"

话音未落，一个修长的身躯弯曲脊背，腾空而起，体表布满五彩流线，光泽转动飞快，波段融合，显得很亮，宛如一枚越出地表的发光体，太晃眼，使人们睁不开眼，纷纷用手臂遮挡。

"勿视龙。"有人大声说。

它腾空的姿态不似神话或童话中的龙。它弯曲身体，依赖弹力腾空。"像什么呢？有点像尺蠖。"祝炀自问自答。他们居然没按爬行动物的行为学设计。她想睁眼，再看清点儿。而勿视龙已四肢伏上层叠的山石。它似乎打碎了"镜子乐园"的玻璃钢建筑，玻璃碎片随它的动作一层层跌落，反射出五彩的光线。祝炀根据玻璃的圈层，判断勿视龙爬得很快。它的动作更像蜥蜴，它正爬向"吾丧我"。人群开始恐慌，即将陷入骚动。不过没爬多久，勿视龙又腾空了，它的目标并非向上，而直直向下。

祝炀听见山崩地裂的声音，睁眼时，勿视龙已不见踪影。

起伏的山峦塌了一块儿，地表裂开的缝隙蜿蜒曲折，延伸至"吾丧我"的山脚。祝炀靠近"吾丧我"顶层的护栏，复杂的溶洞结构暴露于空气中。

勿视龙如跳水运动员，照直扎到溶洞底层去了。

"怎么回事？"有人小声问，"失败了？"

祝炀发现周围的人纷纷举起票夹，消除了各种箭头，只保留票夹表面的坐标系。

这一回，坐标定点没移动。它稳稳地定于勿视龙"扎猛子"的地方，仿佛标记了勿视龙。

随后，地底深处传来缓慢震动。勿视龙再次启动。定点也开始移动。速度很慢，目标为"镜子乐园"。

"我们不知道测试目标。"有人对祝炀说，"但至少，结果在可控范围内。"他感叹，"我们的定点已经很久没去'镜子乐园'了。"

"定点到底是什么？"有人有同样的困惑。

那人从祝炀手中抽出传单:"这个,看看就知道了。每天傍晚有场次,每场都有微妙调整,主线故事基本没变。"

祝炀仍在想着坐标系定点。

如果定点可以位移到"镜子乐园",就意味着地底有一条通路,比地表弯弯曲曲的峡谷与过山车方便。况且,勿视龙体型巨大,很可能直接开路前行,如此,她就能沿着勿视龙过境后遗留的宽大甬道,直接进入"镜子乐园"。

"吾丧我"顶层的人群逐渐散去,祝炀一边盯着票夹定点运动的轨迹,一边观察勿视龙遗留的沟壑。"镜花缘"的活动房们按片区逐一苏醒,脱离了勿视龙带来的震荡而产生的休克。它们迅速移动,自行分解为活动房板和活动的间架结构,一点点填补地底的溶洞迷宫与地表裂缝。游乐运输设备最先修复。它们改变轨道,风驰电掣地从"吾丧我"里接送人与维修器材,处理事故现场。旋转木马借着氢气球的浮力抵达山巅,修复山脉的轮廓与环山断裂的管道。一时间,"镜花缘"退去杂乱氛围,进化为富有生机与自主性的活的群落。

祝炀一直等,等到太阳从头顶划过,大片阴影重新占据山谷,定点才真正进入"镜子乐园"范围。她使用"吾丧我"旅店记录仪,根据镜子地区的平面图,标记定点的运动路径——并不复杂,略有弯曲,形态像龙。如果以前的定点位移状态类似布朗运动,这回,它走了捷径。

时间不早了,她得去看《毛颖传》。她重启票夹的勿用身份卡与警局电子通票,粉红的双箭头直直指向地底。她对照"吾丧我"的立体结构图,果然,袁道所处位置在剧院正下方的兔子走廊。他大概一直没离开。

没了毛颖笔,他用什么写字呢?

祝炀本以为观剧的人会很少，结果，从顶层搭电梯，每层都喊停，每层都进人——只进不出。人们衣着各异，端着酒水饮料。很多人腋下夹着迷你工作台或用于存储大体量材料的平板，既像参加社交活动，又像谈生意，或者二者兼具。电梯龟速下降。祝炀被挤到角落，周围一片嘈杂。祝炀感到电梯墙面一点点往后退，她上下观察，每停一次，每一层的金属结构便会接入电梯，增加它的空间与承重。当电梯落到"吾丧我"一层中庭，已成为百人电梯。当它落入山中的溶洞，人数增加速率减缓，电梯却仍在扩展，抵达溶洞剧院时，电梯已扩容为半个篮球场大小。

听声音，暖场已开始。勿听仓鼠双耳支棱，勿言鼠告诉祝炀："勿言兔正在背话剧《哥本哈根》，背到海森堡带着团队，带着反应堆，反复辗转在德国境内。"

祝炀点头，想着这么难的故事，为什么是暖场。

她跟着人流入场。溶洞剧院人声鼎沸，几乎没人关注舞台。观众忙于互相攀谈。他们勾肩搭背，握手鞠躬，杯盏交错。祝炀的一双粉红箭头指向舞台角落的包厢——袁道。他在最高层，恰好面向着观众席，正与另外两人交谈。看表情，他们正聊着严肃的话题。

祝炀问勿听仓鼠："听得见吗？"

"不，太吵，信息量太大，只能听见附近谈判的一些东西。"勿言鼠替勿听仓鼠回答。

"谈判？"

"对，这里不是看表演的地方，是谈事情的地方，能听见生意、政治、不同项目、不同法律条款。"

祝炀有些无措。然后，灯光毫无预兆地集体熄灭，几十只荧光蛋白勿

视兔蹿入观众席，向着前排引导观众。有一只勿视兔从祝炀脚边跑过，还狠狠踩了她。她想了想，跟上，它将她带到第一排，中间区的边缘有一个余座。她抱起勿言鼠小心就座，偷眼观察，果然，只有前排的观众是观剧人，其余人只是借溶洞剧院来谈事情。

一束光照向大幕底部。红彤彤的幕帘后钻出一只勿言兔。

它活动三瓣嘴，大声宣布："世上大部分事，将在此处达成共识。"

它体型小，声音却大。祝炀耳膜发疼，所幸"吾丧我"的耳中弹球起了缓冲。勿言兔的声音定能传到溶洞剧院的每个角落。人们却无动于衷，嗡嗡嗡的交谈声更肆无忌惮。黑暗提供了丰富的安全感，让谈判变得畅所欲言。池座的一位高个子甚至起身，向二楼包厢的一位长发女子挥手。祝炀忍不住也欠身，探头，瞧见池座底部小小的区域为乐队。勿听兔组成了交响乐团，其乐器迷你，声音依赖池座凹陷的空腔设计，将音量翻倍。

勿言兔蹦跳着念节目单，吐字清晰，其余声音则化为一片不可辨识的噪声。

祝炀终于发现，此时此刻，交谈者的周遭声音环境全部加密。加密系统并不封闭。人们的谈话声与加密音频借助溶洞剧院四壁的材料层层反射，形成更为复杂的震荡腔体。即使听见周围人交谈，也只能听见只言片语。虽然知道他们所谈重要，但一切彼此干扰，无法形成谈话圈以外的人可理解的信息。

祝炀捧起勿听仓鼠。它缩成一个团，耳朵微微抽搐。勿言鼠帮它捂耳朵。

邻座人轻声告诉祝炀："它信息过载了。我们听不懂，它能听懂一些，但不一定能消化信息。看模样，它是早版本的四勿动物，高感知做得太好，但认知没法承受。"对方找到两颗迷你粉红弹球，递给祝炀，让她放入勿听仓鼠耳内，"弹球耳塞，能中和信息，但对于人工智能，有时还得引导。'镜花缘'的熵减系统很容易让人和人工智能过载。"

"引导？"

对方指舞台："看表演，这儿的演出就是维系每个交谈圈层的内稳态。"

台上的勿言兔突然挺立身躯，支棱耳朵，高举前爪，说："我们的智能尚不能容纳太复杂的东西。不过，只要太阳仍然燃烧，地球仍然转动，我们的世界便是一个熵减系统。自然将越来越复杂，生命将越来越复杂。人类那削弱的感知力、共情力和认知力将如何重获复杂？请享受《毛颖传》。"它猛地一跳，与追光同时消失。

勿听仓鼠恢复清明。它与勿言鼠齐齐盯着勿言兔消失的位置，出神地思考，仿佛刚才那一段话让它们离开躯壳，去了更遥远的地方。

黑暗持续一阵。勿听仓鼠与勿言鼠一动不动。祝炀看票夹，定点没动，仍在"镜子乐园"。她冷静下来，第一次将"不确定、复杂、熵减"三个词的意义连成逻辑。它们不是独立的三个方面，而是一套系统的连续表现。

当人第一次进入"镜花缘"，一切都在运动，一切显得不确定；然后，人会发现不确定的事物并非衰败，而是形成不断超出自己可控范围的复杂秩序；最后，不确定的、复杂的机制形成，终将使系统处于一种趋向熵减的状态。

就像溶洞剧院，复杂的、充分交叠的声音是有意义的信息。它们各自构成某种有序涡流，表面看，传播性极低，但如果拿到谈话圈密钥，便可

窥见进入涡流的路径。

剧院里的钟乳石逐一闪烁,剧院逐渐变亮,幕布开启,光将前景打得很亮,看不清后面的布置。

四只四勿兔并排而立。

"非礼勿视。"

"非礼勿听。"

"非礼勿言。"

"非礼勿动。"

它们分别说。

"都说我们高感知,不过,视觉、听觉、嗅觉、味觉、触觉,所谓五感,四勿动物只占其二。这是怎么回事?"勿言兔问。

兔(四)

"世上本无四勿兔,世上只有毛颖兔,毛颖兔现于山间,记录山林的一切。"

一群群毛颖兔蹦跳着进入舞台,踏得舞台咚咚响。勿动兔摆动结实的后足与臀部,舞姿如踢踏,带来非同一般的气势。

溶洞剧院舞台空旷,纵深层层叠叠。四勿兔体型小,最大的与勿言鼠一般,最小的比勿听仓鼠还瘦削。只有它们十几只群体运动,形成不同动势，才能使观众看清表演。它们构成的群态如人类群舞，又如植物界天然形成的几何形状。舞台灯光与布景呈现不同质感的青蓝与青绿。四勿兔大多戴着面具——动物面具。每种动物面具构成一组群体，偶有零散个体，如象、海豚等。四勿兔的数量最多，直接涂抹面部——五颜六色。勿言兔们大声讲述着毛颖在丛林中的美好日子。多只勿言兔一起念白，音调富有层次、清澈明亮，又温柔轻巧，宛如盘桓于山林间绕过巨石的河水。

可惜，很少人看表演。观众的交谈如火如荼，形成工业世界持久不变的噪声生产系统。与之对比，舞台隔离出另一个世界。很快，祝炀发现，舞台的植被并非随意设计，模型很眼熟。她看勿言鼠与勿听仓鼠，它们看得正入神。她通过票夹，启动"吾丧我"房卡的语音介绍，服务条目果然包括观剧导览。她输入布景植被，半透明小字显示：云南横断山脉裸子植物。

四勿兔扮的动物互相旋转，跳着交错的群舞。同一种群一会儿一分为二，一会儿合二为一，分开舞动时面对面做着镜像动作，仿佛互相模仿。她仔细观察，并不是每只兔子总待在一个群体里、跳同一种舞蹈。它们会互相串，甚至互换面具。仅几只零散的动物不参与群舞的流变。

大象、海豚，还有猕猴，群体性强，更容易同人工智能共情。甚至在祝炀出生前、勿用公司未成立的时候，昆明动物所便在山里做了人工智能动物的放养项目，目的是培养智能动物与野生动物的共情和互动。

模仿产生共情，共情产生群体行为，群体行为将重新滋养感知与认知。

袁道的书提过，培养人工智能的应是动物，不应是人。

祝炀没去过山里，没见过老动物所，更没经历智能动物与野生动物混

合放养的时代。但她听过很多事。以前祝盟不多讲。如今，她到了北京，与成年后的祝盟更加亲近了，所以祝盟才说了更多老动物所的故事。

她知道早年的选种逻辑。老动物所研究员挑选群体性弱的动物进行放养实验。猴子、大象以及昆明以外的海豚实验最开始被排除在外。

"一半以上的人工智能的五感比真动物敏锐，尤其是听觉、视觉。如果产生新共情，会干扰原有群体行为。所以动物所挑选了野兔、华南虎。"祝盟解释，"不过我家搬到山里的时候，老动物所的项目重点已转到猕猴了。"

舞台中央，更多戴猕猴面具的四勿兔出现。它们有的从顶部脚手架照直跳下，有的从观众席后方奔来。有一阵，它们冲散了其他种群的舞蹈与歌唱，随后，混乱进入下一场稳定态。空气中，光影与声色流动。荧光蛋白勿视兔融入布景中的丛林，一群一群地闪烁着。

"为什么引入四勿猴？共情研究有突破？"祝炀问"吾丧我"导览，对方表示，无法回答《毛颖传》以外的话题。

"胡说。"祝炀在心里嘀咕。这个故事讲的就是编撰学，编撰学最时髦的是人工智能编撰，毛颖兔就是毛颖笔，毛颖笔就是编写。

祝炀嗅着淡淡的植物香与动物麝香，舞台发散的温度时高时低。毛颖兔们跳动，白色雾气跟着流动，滑落舞台，渗入前排观众的衣领缝隙，带来真实的触感。祝炀张口，吸入雾气，舌尖尝到腥甜的味道。

嗅觉、味觉、触觉。

"毛颖兔不分四勿。毛颖兔的毛发能吸收任何事物。毛颖笔能记录任何事情。"

祝炀不由自主地问："最早的四勿动物不是四勿，是五感？"

这回，勿听仓鼠动了。它回头，望着祝炀，微微点头。

勿言鼠则伸出关节分明的指尖，示意祝炀安静。

她仔细听舞台上勿言兔吟唱的词曲。

《毛颖传》第一幕更像歌舞剧。兔子们戴面具群舞，与山林环境互动，几乎融为一体。勿言兔说着毛颖为古人纂录的阴阳卜筮、山经地志和字书图画。祝炀联想到现实中第一批人工智能动物。它们的五感大概同毛颖兔一样，在山林中、在野生动物种群中逐渐形成。它们搜集了五感数据，人类对五感数据进行间接的处理与整合，构造出了四勿动物智能系统最早的雏形。

第一幕结尾，勿言兔悄声告诉大家："……人们于是以编撰者自居，忘了毛颖兔和毛颖笔才是与物相齐的纂录者。"

四周骤然变黑，嘈杂的谈话声重新填充祝炀的头脑，她思维的某个角落仍想着勿言兔的话。

或许，最早造出四勿动物智能系统的不是人类，而是放养于横断山区的智能实验品。它们五感敏锐，通过与野生动物、与自然环境一点一点地互动，形成了无意识的智能网络。

第二幕，溶洞剧场的穹顶微微震动，冷光球体缓慢降落，表面模仿了月球形状。一只提线木偶单手拉钢线，双足踩着"月球"阴面，伸展另一只胳膊，尔后将手搭在额前，向下方打量。球体轻轻转动，总算转到光亮的地方。

祝炀先瞧见它的兔耳，然后瞧见它的面庞——提线勿言兔。

它又非常像提线勿言鼠，除了耳长、鼻短、三瓣嘴，四肢的形态与动作几乎是提线勿言鼠的翻板。

提线勿言鼠中空的发声器官属老一代产品，大概是同一地方供货，此后再无生产。如果剥去面庞，提线勿言鼠和提线勿言兔或许在人工智能分类学的谱系中更为接近。她仔细观察提线勿言兔，想知道它的关节材质是不是同样老旧。但勿言鼠已趁她不注意，跳出她的怀抱。它踩着她的膝盖与肩头，跳到椅背之上，迈开步子，跨过人群，踩着他们的肩头与头顶，一边蹦跳一边说："我的同类，我的同袍，你的骨头是否和我一样插了一支毛颖笔？"

一时间，噪声交谈几乎停止，溶洞剧院难得鸦雀无声。舞台中间头戴面具的兔群聚集为菱形，后足用力敲击地板，与整个剧院形成共振。由于没有噪声抵消共振，剧院顶部和走廊的钟乳石柱发生剧烈抖动，碎了几根。

人们忽视了祝炀，盯着提线勿言兔和提线勿言鼠。

"新的故事线。"有人悄声评价。

"五六年没新角色加入了。"有人补充。

什么叫加入？祝炀想站起来，叫提线勿言鼠回来。邻座按着她的肩头："别急，先看看，看它怎么行动。"

"它不是这儿的演员。"祝炀强调。

"提线四勿动物不常见，能直接融入故事的，更罕见。我觉得，你并不知道你的提线勿言鼠是什么品系。这是了解它最好的机会。你看，它即兴反应了。"

祝炀抬头，提线勿言鼠高举双臂："我是个异乡人——"

不，不是即兴反应。几个月前，觊觎勿听仓鼠的坏人袭击她和祝盟，勿言鼠念过这首诗。此时，它的声音与舞台的震动互相抵消，缓和了整个剧院的共振。摇摇欲坠的钟乳石柱重新凝滞。窸窸窣窣的生物飞过穹顶，实时修补着，看不清物种。

"在这片海底压着的世界，太阳用弯曲的光窥视，空气在我两手间漂浮。"勿言鼠一手按胸口，一手向勿言兔摊开，"有人说我生来是囚徒——"

本来，钢索应该向前荡，再向后荡，幅度越来越大，直到冷光"月球"荡入舞台范围，然后提线勿言兔跳入兔群。而此时，提线勿言兔停下动作，绳索也跟着逐渐静止。它应该念台词，但它低着头，粉红色眼睑下垂，眼神变得深邃，超脱了卡通玩偶的气质。它直直地望着提线勿言鼠，于是，绳索跟着下放、下放，慢慢接近观众席，接近勿言鼠。

"这里没有我熟悉的面孔。"勿言鼠一边说，一边环顾四周，目光越过了祝炀与勿听仓鼠。

勿听仓鼠不再安分，它吱吱地叫，像在呼唤勿言鼠。

"难道我是一块被扔在这深底的石头？"勿言鼠没回应勿听仓鼠，大概也忘了几个月前经历的"动物的人性时刻"，它继续说，"我如何攀爬这光滑的树身？摇摆的树冠在我的头上相聚……"

祝炀害怕勿听仓鼠跟着勿言鼠失智，她将手伸到头顶，护着它。它暂时没有逃跑的意思，只用爪子抓着她的头皮，十分焦虑。

月球模型落到剧院底部，几乎贴着观众的头皮摇摆。

提线勿言鼠伸展胳膊，手指与肢体关节借粗糙的"环形山"施力攀上"月球"，很快站到提线勿言兔身边。它们肩并肩，十指指尖碰到一起，奏出一串叮叮咚咚的曲调，如水滴，如风铃，如晨鸟啄取树干中的虫。

它们同时看向舞台，齐声说："我想在那里坐下，眺望，从我家乡的

烟囱升起的炊烟。"

随后，它们踏着"月球"，同时摇钢索，只两下，便荡到舞台上。它们落到中心，兔群们围着它们跳。提线勿言鼠让它们安静，提线勿言兔说："非礼勿视，非礼勿听，非礼勿言，非礼勿动。"随着它的声音，兔群不再按面具的模样分类，它们互相穿插，互相辨别，按照四勿的节奏辨别自己的特质和其他动物的特质。它们仍歌唱毛颖兔纂录的世界，只是当舞蹈形态趋于稳定时，它们已重新分为四部分，分别是勿视、勿听、勿言、勿动。

提线勿言鼠与提线勿言兔进入勿言的群落，一个在队首，一个在队尾，动作趋同，同时叙述："月球的毛颖人定了新的规则，毛颖兔不再按照五感吸收自然的知识、撰写自然的知识。它们采取了四勿。"它们互相对望，"四勿有优也有劣。"

勿言鼠说："它们有了优势，懂得了言语的表达与行动的精准之后，就越来越像毛颖人了。它们变得可以适应人类社会。"

勿言兔说："但它们也有了劣势，它们变得只擅长视觉与听觉，它们的嗅觉、味觉和触觉逐渐退化，不，逐渐被压抑，很少写入它们纂录的世界。"

它们齐声说："区分了优与劣势，人类发现了它们。"

很快，数不尽的新四勿兔顺着钟乳石滑落，进入剧院。一些摇摇欲坠的石柱相继断裂，坠到观众席，造成几处小骚乱。新来的兔子所戴的面具很奇特，既像人类，又像猴子。似人似猴的模样比人类滑稽，比猴子狡黠。它们迅速集结，扑向舞台。为首的几只头戴羽毛冠。

狩猎场面——蒙恬围毛颖。

兔群踢踏舞的声音越来越厚，模仿战鼓雷鸣。提线勿言兔与提线勿言鼠挥动胳膊，中空的骨骼拖出长长的尾音，像军号。应是到了《毛颖传》的宏大场面。不过人们的视线纷纷从舞台收回，溶洞剧院恢复了谈判场的模样。不同噪声重新浮现，抵消了舞台的壮阔形态。

祝炀没想清楚提线勿言鼠的动机。钢索吊着冷光的月亮，已升回穹顶。

她感到有人在瞧她。她顺着目光找——顶层包厢，是袁道。

不知何时，包厢里其他人都走了，只剩袁道。他盯着祝炀。不，他盯着勿听仓鼠。他的目光在勿听仓鼠与勿言鼠之间来回打转。他低头，膝盖上放着一个半透明屏幕，数据不断滚动。

祝炀没心思看舞台了。她不喜欢被别人居高临下盯着的感觉，她得把勿言鼠弄回来。她左右四顾，想着对策。舞台上，秦人狩猎打得正酣。兔子们互相撕咬，有的毛皮绽开，露出皮下腺体与复杂的机械结构。一只荧光蛋白兔偷偷离开舞台，又从池座爬出来。

逃兵，粉红眼的勿视兔。

祝炀迅速探身，伸手抓住兔耳朵，将勿视兔拎起来。

"看那儿，那人的透明平板。"祝炀指袁道，"看清了就放了你。"

勿视兔蹬了蹬腿，与祝炀对视。它认为与其挣扎不如服从命令，于是它转头，开启远程扫描。祝炀换了一只手。舞台酣战接近尾声。她又捞了只体型小的勿言兔，对它说："它看见了什么，翻译翻译。"

"案件、卷宗。"勿言兔小声回答，"北京、勿用科研部、四勿鼠。一只提线木偶、一只袋熊、一只老动物所的早期二代产品，还有一只……"勿言兔偷眼看勿听仓鼠，"还有一只一代四勿——勿听鼠，可能

包含稀有数据。"

"稀有数据指什么？"祝炀问。

勿言兔爪子指指舞台，兔群已排列整齐，蒙恬抓了毛颖们，带到了秦国章台。它说："毛颖兔的五感能收集稀有数据，只是大部分人类不会处理。"它随即捂住三瓣嘴，但仍不自觉地说，"我说多了，他看我了，袁道看我了，快让我走。"

"不，把它看到的全翻译完再走。"

"我只来得及翻译关键地方。"勿言兔继续，"新闻，武陵养殖的'吾丧我'，常远复出，常远的阿尔茨海默病，文恭做的新畜牧业产品链。"

"接着说，别停。"

"还是新闻，曼德勒，'万神殿'，马哈牟尼。勿用内部搜索，最新科研，人面颅相学，'有分'系统的自然颅相学。"

勿听仓鼠和勿言鼠去过武陵养殖。勿视小白鼠和勿动袋熊大概还和祝盟在一起，在曼德勒。袁道正梳理事件，缩小范围。

"勿用内部搜索，最新人事变动。关键词，祝盟，调勿用销售部。关键词，祝炀，入勿用少年科研组。"勿言兔的声音戛然而止。

祝炀抬头，这回，袁道看的是她。他眼眶凹陷，骷髅般的面庞似乎只留眼白，不断反射舞台的灯火。

祝炀后背发冷，手一松，勿视兔和勿言兔蹬蹬腿，落向地面，眨眼便溜走了。"镜花缘"的票夹仍亮着，两枚粉红箭头露出来，直直指向袁道，同袁道对峙一般。

祝炀突然悟到一件事。勿用公司和警局，不一定是袁道的朋友。万一他们貌合神离呢？

溶洞剧院再次陷入黑暗。第二幕结束。

结束前，扮演秦王的勿言兔宣布："毛颖们将留在人类世界。"

提线勿言鼠则突然说："——武陵的丛林和我们将重获新生。"

武陵？

"我听错了吗？"邻座人悄声说。

祝炀则想起《毛颖传》的结尾，有的毛颖返回深山，重新养育了一个世界。

她开始紧张，她的心脏怦怦跳。

幕布拉开，色调漆黑。秦王宫殿。兔群中只剩提线勿言兔，不见提线勿言鼠。袁道也不见了，只剩他用过的透明平板——被摔成了三块。

"袁道呢？"祝炀抓紧票夹，"显示他的位置！"

两枚粉红箭头似乎受到干扰，互相戳着。祝炀有些慌，问："勿言鼠呢，告诉我提线勿言鼠的位置！"粉红箭头没反应，"袁道是不是带走了提线勿言鼠，快告诉我提线勿言鼠在哪里！"

两枚箭头互相重叠，尔后分开，同时指袁道所在的包厢。祝炀强调："他不在了。"她调出"吾丧我"的房卡箭头。她问："勿言鼠还在'吾丧我'吗？"三枚箭头没有立刻行动，似乎在计算信息流。

舞台中央，戴着人面或猴面的四勿兔越来越多，行为越来越像人类。它们开口交谈，讨论起人和动物的智能。戴兽面的毛颖兔说："动物的感知丰富，感知带来智能。"戴人面的毛颖说："人类进化出认知，认知才是智能。"提线勿言兔徘徊于兔群中，左瞅瞅，右看看。

三枚箭头动了。它们仍同时指包厢，随后列为一个固定形态，像摔成

三块的平板。祝炀这才想起，"镜花缘"属半封闭系统，只提供"镜花缘"的内部搜索。虽然外部物质源源不断进入，"镜花缘"并不直接提供外部信息。到现在为止，她一直无法连接任何外部数据库。袁道能搜索武陵养殖与曼德勒，还能搜索她和祝盟的背景，说明他有信息渠道。

祝炀弓着腰，离开座位。三枚箭头指向整齐。勿听仓鼠却不愿离开，它盯着舞台吱吱叫。祝炀安抚："得先找勿言鼠，帮我听周围情况。"

台上的提线勿言兔告诉兔群："认知和感知不分伯仲，毛颖人知道将它们编撰在一起的办法，万物就是这样形成的。"它转向观众，对观众说："不止认知与感知，物质也是这样形成的。"观众忙着交谈，有人甚至隔着楼层高声谈条件。噪声越来越大。人们因为熟悉剧目对白，就忽视了毛颖兔。

人面毛颖们喜欢提线勿言兔的观点，它们很高兴，尤其是坐于正中的几只。它们急于赋予毛颖表达与制造的能力，越来越多的勿言兔与勿动兔出现。它们头戴越来越丰富的面具。

勿听仓鼠抓紧祝炀的头发，示意她看。她瞧见袋熊面具。袋熊是勿用公司最新的民用产品。袋熊毛颖旁边，一只毛颖兔变戏法似的拿出新面具，类似马，头上有角，是独角兽。袋熊毛颖与独角兽毛颖各自念念有词，加入舞台合唱的洪流。高音部赞美人类编撰学的想象，低音部赞美自然编撰学的进化，中音部很难找，几乎只有提线勿言兔不断地唱，没偏离。

祝炀一面听，一面溜着边，找侧门。迎面撞上一群兔子，她被吓了一跳。面前的兔群不是勿用产品，它们也是兔子，悄悄地自称毛颖兔，却少有皮毛，暴露出机械骨骼，很像"分叉"站台新鲁尔公司的产品。她为它们让路，它们一只只爬上舞台。舞台的另一侧出现几只新兔子，没有毛、皮肤光滑、双足站立,很像人类,或者说,很像伊奥的产品,数量极少。

祝炀离开溶洞剧院底层,脑子嗡嗡作响。《毛颖传》讲的不仅是编撰,袁道把本世纪智能研究的历史全放进去了。祝炀还不懂其中奥妙,没法判断到底多少是真,多少是假,多少是已发生的历史,多少是实时加入的新叙事。《毛颖传》会紧跟时事或超越时事编撰吗?提线勿言鼠刚才的行为是怎么回事?

客梯全部升到"吾丧我"主旅店。祝炀转弯,按箭头指示,找到通向包厢的弯曲楼梯。每过一个转弯,点亮走廊的灯总闪烁"永远大胆妄为"。她回头,楼梯走向与扶手似乎也不固定,每走一步,都发生微微偏折,总往右边倾斜,她于是努力往左靠。她猜自己正贴着墙壁走,因为她能听见溶洞剧院内纷纷攘攘的噪声谈判。

她脑中则琢磨着另一个问题。

即便袁道是编撰学老专家,即便《毛颖传》是袁道编排的,可到了舞台,一切便会超出他的掌控。一旦出现意外,毛颖兔们按什么演?

她想着"镜花缘"的活动房自行叠加,旋转木马飘向天空,过山车贴着她的鼻尖变轨。

她到了顶层包厢,推门,迎面有人。她险些关上门夺路而逃。勿听仓鼠见多识广,抓紧她的发根,不让她动,扯得她头皮生疼。她稍作镇定,判定对面二人不是全息影像,是活生生的人类。一组复杂的抽象线条覆盖他们的面部与四肢。他们面露冷笑。祝炀看不清他们的真实面容,只有黑色墨线堆积出微妙的嘲讽。

一个声音问:"提线勿言鼠是你的?"

一个声音说:"你坏了我们的生意。"

祝炀不敢动,不知如何作答。她告诉自己别怕,快想点别的。她猜全息影像投射的黑色墨线属颅相学前沿,用以人脸加密。她想:溶洞剧院的谈判原来为机要服务。

一个人竖起黑漆漆的手指:"它是一代吗?"

另一个小声道:"肯尼亚国际医疗团队的一代勿听仓鼠,可能是联合国直属,我们不好抢。"

"你们抢了勿言鼠?"祝炀问。

他们互相看看,一个回答:"我们没必要和勿用抢。"

另一个纠正:"不,我们不和袁道抢。"他突然问,"去过武陵养殖?"

"没,我姐——"祝炀打住,可惜晚了。

"那就是祝盟去过。"一个低头,看纸质报告,"把勿视猞猁从马哈牟尼引出来的那个。"

他们同时起身。

"你们干吗?"祝炀拦着门。

两人面面相觑,一个说:"告诉你也无妨,新闻没夸大其词,武陵养殖要做新畜牧,我们当然要谈新产品。虽然袁道十几年前就离开勿用,不做他们的编撰学顾问了,但他还能代勿用谈事情。只是,今天的事情黄了。"

"我们不确定原因。不过有人知道答案。"他们对视,"祝盟现在在缅甸吧。不过,想让她回北京也不是没办法。"

祝炀急了。勿听仓鼠警觉地紧紧抓着她。她觉得它的爪子已抓破她的头顶,血热乎乎地一点一点淌下来,顺着太阳穴和面颊滴到领口。

她咬紧牙，总算让开路，躲到一边。

勿听仓鼠去过武陵养殖。他们不知道它去过。她得保住勿听仓鼠，否则她就什么都没了。

"一代四勿能识时务，有意思。"临走时，一个人回头看勿听仓鼠，他若有所思地评价，然后对同伴说，"勿用回收一代四勿，也为了新畜牧？"

"不，回收是想象派经营龙项目的策略，新畜牧是进化派的思路。"

他们从走廊转角消失，祝炀狠狠地摔上门，使劲蹭眼泪。勿听仓鼠顺着她的裤脚滑向地面，一片一片拾起袁道的平板。那两人大概在袁道走后才返回包厢，也看了平板信息，大概觉得没用，多踩了几脚。勿听仓鼠一面用身体擦着鞋印，一面拼凑着平板。祝炀从反光中看到自己半张脸糊了眼泪和血，更加伤心。

"想点儿别的。"她告诉自己，"想别的办法。"

她靠近包厢边缘，俯视舞台。第三幕接近尾声，提线勿言兔已戴了人类面具，模样像骷髅。大部分毛颖兔也换上了人类面具。故事中的毛颖人越来越接近人类，它们学着人类社会的规则，帮人类解决问题。

"想点儿别的。"勿言兔大声说，"想别的办法。"

一只荧光蛋白兔跳起来，提醒道："智能不局限于人或动物或人工智能"。

提线勿言兔抬起胳膊，指着高高的冷光月亮，问观众："智能到底是什么？我们需要发挥想象。"

四下漆黑。祝炀脚边的平板亮了。勿听仓鼠拼拼折折，使它重新启动。祝炀蹲下。平板用了表面富于张力的显示屏，破碎的边缘如流水，被拼得很贴合，仍可以延续显示功能。信息传送中断，画面滞留于最后几个

窗口，除了勿用内部数据库，新鲁尔和伊奥的科研数据端口也弹出来。具体信息看不清，关键词条却很清晰，跨物种、颅相学、通感。"镜花缘"自身的数据系统几乎占据半个屏幕，词条标记——物质智能、熵减，还有一个明显是新增词条——袁道刚刚输入的"武陵牛"。

"武陵牛"一词下方，数据自动滚动，相关词条自动连接周围：动物智能提升、动物认知、进化的方法。有趣的是，距离"武陵牛"一词最遥远的词条"想象的方法"，也探出一根红线，粗粗地连着"武陵牛"。

这是实时数据输入，实时数据整合。

祝炀清醒了些。

与此同时，第四幕开启。一根红色缆线伸出包厢，向外连接，挂到溶洞剧院空中。来自观众席的声音突然变小，人们纷纷抬头。第四幕的布景变了，表演空间超出舞台，占据溶洞剧院整个中空层，无数缆线正自动架起，互相衔接。

提线勿言兔换了一副鼠面具，不知何时落到了祝炀身边。它放下医疗箱，跳起，踏上缆线，向祝炀招手，比划自己的面庞，随后歪头，掀开耳朵，机械结构表面一串条码和一行蚀刻的小字清晰可见：镜花缘，2020。

它说："这儿是我的出生地，我没离开过我的出生地，提线勿言鼠不一样，它已经忘了这儿了。"

它随后转身，沿缆线跑向溶洞剧院中央。

"什么？"祝炀想拉住它问个明白。提线勿言兔已支棱着双耳，选择恰当的缆线，滑到了剧院底层的走廊。

此时，祝炀才发现剧院陷入一片寂静，观众不再言语。一层层搭建的缆线世界成为他们关注的焦点。他们各取所需，盯着不同的位置。祝炀所在的包厢位于上方,她很快发现最顶层缆线编织的形状类似起伏的山峦。占据高点的山峦不多。四只四勿兔蹲在一个高点上。伊奥公司的人工智能兔与新鲁尔的机械兔分别攀上两个高点。祝炀不认识另外几个小高点的技术。不过,她能明白,这不仅关乎《毛颖传》,而且标定了全球智能发展的实时状态。

很明显,已定形的高点不那么吸引观众目光,人们等的是中层与底层的变化。

她弯腰向下看,越来越多的毛颖兔出现,挂着不同面具,沿绳索运动。

从接近观众席的位置到穹顶高点,不同色泽的缆索大致分为七层。祝炀不懂每一层形成的逻辑,但观众们懂,他们又开始大声喧哗,指点着不同位置毛颖兔的动向。

他们的目的不仅是谈判,还有数据网,只进不出的"镜花缘"居然有这一功能。

祝炀有些无措。提线勿言兔沿剧院过道缓慢地走。祝炀看票夹,两枚粉红箭头有些混乱,它们一会儿指提线勿言兔,一会儿指地底深处。祝炀研究票夹表面的地图,箭头方向正是勿视龙消失的方向。勿视龙扎得深,不知是袁道还是提线勿言鼠,正沿着它的路径,去往"镜子乐园"。

观众席突然骚动,声音变大。一开始,祝炀没找到变化缘由,只瞧见有人直接离席,平板与文件夹也弃之不顾;更多人则面露惊讶,不自觉地站立。祝炀听见了旁边包厢的对话。

"底层变化?"

"不仅如此,还有连带效果,你看那儿的龙。"

"影响范围呢?"

"不用等了,连着'镜花缘'的线全部动了。"

祝炀望向远处,缆线编织而成的高点之一,正蹲着一只兔子。它没戴面具,小心地移动四肢。它脚下的绳结全部在震,有的开始松动,那儿象征"镜花缘"。她的目光顺着颤动的缆线,她先发现偏高层的部位,面带混合现实面具的兔子越来越多,呈集群状态,上下扩散。从中间层的包厢内部蹿出几只体型很大的、戴着龙面具的兔子,它们每跳一步,所有缆索都跟着晃荡。而最底层,灯灭了,很黑,并不断传来声响。直到兔子们爬到一定高度,祝炀才瞧见它们的面具——大大小小的花牛。

勾连着溶洞舞台、溶洞观众席、溶洞钟乳石柱的缆索结构逐渐失去稳定,它们互相连接,又连接错位,不停地互相松绑、解锁、接锁、重新打结。只是绳索连接的节奏赶不上兔子们蹦蹦跳跳的动作,它们念起了勿用的句子,"非礼勿视、非礼勿听、非礼勿言、非礼勿动"。越来越多的观众离席而去。

"过山车满了吗?"

祝炀听见有人喊。

"现在最快去'分叉站台'的路径是什么?"

有人回答:"管道!"

人们喊叫、推搡、涌向门口。整个缆索结构开始崩塌,最先垮掉的是四勿兔占据的高点,然后,剧院的灯灭了。一时间只能瞧见荧光蛋白兔明亮的颜色和观众席票夹的无数箭头。

混乱中,提线勿言兔重新爬回舞台,敲击地面,将地面敲了一个坑,随即消失。

兔（五）

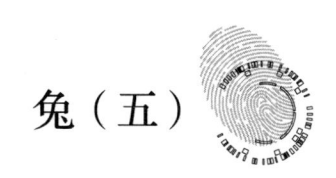

　　第四幕与第五幕间隔很长，让人怀疑《毛颖传》的结尾已然丢失。祝炀的双眼适应了黑暗。她看到兔子们纷纷撤回后台。剩余观众很少，大多同祝炀一样，是游客并非常客，不完全理解第四幕故事缆索解体的征兆。

　　勿听仓鼠咬开医疗箱，找到药膏，帮祝炀涂抹伤口。票夹表面的定点缓慢位移，不似之前布朗运动似的轨迹，更像步履蹒跚之人的行进。祝炀借着三枚箭头的辉光，瞧见医疗箱开合处的铭牌："镜花缘·吾丧我。"使用完毕，铭牌底部伸出细细的丝线，纠缠为细小藤蔓，自行连接仍挂于包厢的缆索，随后，医疗箱自行吐出一枚小齿轮。丝线、齿轮、缆索形成机械结构，很快，医疗箱顺着缆索滑入黑暗。

　　灯光重新点亮，溶洞剧院断裂的钟乳石与断裂的缆线一片狼藉。修复已早早地开始，不同的丝线结构悄然生长，宛如有生命的植物。负责维修的兔子们很难看出是四勿兔中的哪种。它们有的身背活动板，有的为活动板抹涂料，有的将软化后的活动板捏成需要的形状。它们重装剧院座椅结构。祝炀伸手感受包厢装饰物的表面材质，类似丝线和"镜花缘"的房屋材料，也像毛颖笔质地。

　　祝炀问语音导览："一样的？"

　　"是。"

"最小的基础结构是什么？"

出乎意料，票夹投射了箭头以外的影像——一个孢体，既像动物细胞，又像植物细胞。细胞壁并不结实，呈碎片状，浮于细胞膜表面，碎片缝隙间伸出鞭毛一般的机械结构，可让孢体游走，也可以生长成类似树突、轴突一般的结构。孢体内部充满不同的能量机制，大部分属电子机械原件，也有一些生物活体。看显示比例，孢体比一般的动物细胞大。

兔子们重新出现于舞台，一群跟着一群，一只只摘掉面具，互相用爪子擦去不同妆容。它们最后才摘去龙面具与花牛面具。兔群复归最初模样，四勿兔的分界也彼此模糊。它们念第一幕的旁白："世上本无四勿兔，世上只有毛颖兔。毛颖兔现于山间，记录山林的一切。"

与此同时，票夹提供了一个互动界面。

语音导览提示："游客也可修订基础孢体结构。如受广泛认同，修订结果会自动进入'镜花缘'的动态群落。"

祝炀用手指碰界面，没反应。她问："是DNA认证？"

"需用'镜花缘'的毛颖笔。"

溶洞剧院内，观众所剩无几。他们心不在焉地看着舞台，大概猜到了其后的情节。毛颖兔们全部摘下面具，离开人类。它们手持各种工具，拔下自己的毛发，开始搭建"镜花缘"的迷你模型。

如果它们演绎的故事与现实相通，那意味着"镜花缘"的建造者与勿用公司分道扬镳后，才真正采取了毛颖笔的新思路。祝炀通过勿用少年科研组的考核，题目内容涉及"智能与编撰"，但并未直接引向毛颖笔和基础孢体结构，也没提"镜花缘"的智能房屋与游乐园运输系统。

祝炀仔细观察兔群。它们将毛发插入笔杆，尖端搓细。小小的"镜花缘"雏形弹出诸多互动界面，大多为孢体结构的修饰程序。毛颖兔们或叼着笔，或抱着笔，及时微调孢体的功能机制。它们很快造好迷你"吾丧我"。"吾丧我"又自行长出活动结构，与毛颖兔一起经营"镜花缘"所在的喀斯特地质形态。模型中心留了空地，大概是"镜子乐园"。随后，一只巨大的粉红兔蹲到空地处，不再移动，却不断"吞噬"靠近它的活动结构，"排出"原始杂质。"镜花缘"的兔子们不以为意。它们收集杂质，制成新的毛颖笔杆，搭建嘉年华似的交通工具与分布式的养殖系统。"镜花缘"如真菌、如地衣般逐渐生长。祝炀深深为之吸引，甚至暂时忘记了提线勿言鼠。

　　当"镜花缘"填满舞台，生长为如今的占地面积，人类面具重现于兔群。其中一副面具面似骷髅，祝炀本能觉得这是袁道。另一副面具面相温和，祝炀在网上见过，从前是勿用的人，是吴处。扮成袁道的兔子将迷你"吾丧我"垫高、再垫高，尔后找准合适位置，专注于打造迷你溶洞剧院。与此同时，扮成吴处的兔子一步步研究"镜花缘"群落的原理，用毛颖笔勾画了一幅全息图。它困惑、犹豫，似乎不知如何把握自己的研究成果。终于，它回到最基础的孢体结构，使孢体与孢体群落形成对照与映射。毛颖笔随之画出一幅坐标系统，一枚定点天然形成，不断流动。人面兔子们欣喜地围着坐标系，互相分享坐标系，它们迅速通过坐标系融入"镜花缘"的群落生态。坐标系定点随之适应、调整，久而久之，一半以上的时间落到扮演吴处的兔子身上。每过一段时间，吴处兔和袁道兔会碰一次头，大约是互相交换信息。每次与吴处兔接触后，袁道兔都会拿起毛颖笔修订《毛颖传》。第一次上演的故事格局很小，只纠结认知与人类的自我意识问题，后来，故事结构越变越好，融入了勿用、老鲁尔、伊奥公

司的发展史。当剧作成熟，袁道兔突然决定重写。他选了老动物所为切入点，讲起了智能本身的近代史。自那以后，他的工作量变小，故事学会了自行成长，他仅负责修饰叙事单元。当剧院上演的《毛颖传》接近尾声，故事中，袁道兔的《毛颖传》已可以同现实对接。不同的人面兔子带着货物进入"镜花缘"，同时根据自己的经验修订"镜花缘"的最小单元结构。它们似乎像韩愈《毛颖传》里的人类一样，忘记了兔子们和毛颖笔勾勒的孢体才是"镜花缘"的基础。

剧目接近尾声，迷你溶洞剧院即将上演新剧目。勿听仓鼠背后的毛皮变红，显出警戒颜色。它视力不足，只能以听力弥补局限。它咬住祝炀衣角，提醒她注意舞台。果然，提线勿言兔再次出现，它头戴勿言鼠的面具，远远看去，更像勿言鼠了。它身边跟着两只兔子，一只头戴仓鼠面具，后背发红，毫无疑问，扮演着勿听仓鼠；另一只头戴人面，体型很小。祝炀想，那就是我了。

她感到新奇又怪异。她已被载入《毛颖传》，证明此行不虚，对编撰的历史有些影响。可她完全不知道缘由，不了解大部分事情的前因后果。她还没想明白为何《毛颖传》能实时编撰。或许是熵减与复杂性的双重结果？

然后，迷你剧目复刻现实。扮演祝炀的兔子适时进入溶洞剧院。她突然紧张起来。她意识到这剧目能重现她错过的情节。留下的观众同她一样，注意力通通提高，关注着舞台，等着叙事的复盘。

当进入第二幕，提线勿言兔同时扮演了它自己与提线勿言鼠，它一会儿摘下面具，一会儿戴上面具，折腾得很欢。包厢内，扮演袁道的兔子越来越形似骷髅。祝炀紧紧盯着它们俩，感觉有些忙不过来。

她对勿听仓鼠说:"你负责提线勿言兔,我盯着袁道。"

勿听仓鼠通晓了她的指示,双耳耳郭扩张一圈。

提线勿言兔与提线勿言鼠构造一致,它们中空骨骼发出的声音也类似。

第二幕结束,迷你溶洞剧院变黑,真正的溶洞剧院灯火通明,观众看得清迷你剧院发生之事。提线勿言兔狡黠微笑,扣上鼠面具,弯腰掀开舞台地板,消失了。与此同时,扮演袁道的兔子跳起来,向上爬,持续向上,一眨眼,便离开"吾丧我",往"分叉站台"去了。祝炀更担心提线木偶们。她用余光瞧勿听仓鼠。它一动不动,没有异常。

下一秒,提线勿言兔出现在观众席。它一边跑,一边卸下一把观众席座椅的扶手。它微微弯腰,迅速将一节脊柱取下,将扶手安装到脊柱位置。

它的脊柱也是一支毛颖笔。

它已将它取出来。

它抓着脊柱毛颖笔,调出"镜花缘"最小基础结构的互动界面,迅速修订起来。它下笔速度很快,脚步速度也快。只是它写的东西有误,一半以上被系统弹回,另一半看不清是什么。

一时间,祝炀和其他观众都难以分清提线勿言兔到底扮演的是勿言鼠,还是它自己。它离开了舞台,仍戴着面具。

勿听仓鼠全神贯注。

祝炀抬头找扮演袁道的兔子,她跟丢了。那只兔子最后出现在"分叉站台"的中层,随后不知去了哪里。

"绝对不能跟丢提线兔。"祝炀对自己说。

情急之下，祝炀悟到了毛颖笔的存在。提线四勿生产自"镜花缘"，本就具备"镜花缘"的基础结构。因而提线勿言鼠能以毛颖笔为脊柱，通过"分叉站台"管道时，能发出美妙的声响。它懂"镜花缘"的编撰规则，它能将它所知所见直接写入"镜花缘"。

提线勿言兔一直奔到剧院后面，身影一闪，消失于门后。

祝炀头脑清醒过来。她冲出包厢，一边对勿听仓鼠说"跟紧了"，一边保留"吾丧我"房卡的粉红箭头。她命令道："定位毛颖笔——提线勿言兔此时此刻拿着的那支。提线勿言兔是'吾丧我'的演员，你肯定能定位它。"

果然，箭头转动，直指地底。祝炀举着票夹，找到电梯。由于勿视龙钻得很深，打通了深层构造，溶洞剧院下方出现了新的洞穴。自动生长的电梯仅走了两层。祝炀只能走旁边的楼梯，又下了四五层。台阶表面覆盖的纳米结构逐渐消失。台阶变为石阶，石阶变为锐利的岩石块。祝炀滑倒了两次，才抵达"镜花缘"新生成的真正地底。

洞穴很大，已被活动的房板与人造地衣处理，宛如城市里的宏大拱廊。火车轨道刚刚诞生，沿洞穴探向漆黑曲折的远方。旧式电车只有一节，其座椅材质松软，并不结实，大概只是暂时使用，不久会被新款式取代。祝炀刚坐稳，电车自行启动。车门上方显示目的地："镜花缘。"

此时，票夹箭头只剩一枚。勿用身份卡与警局电子通票双双失效，说明袁道已离开"镜花缘"区域。祝炀突然松了一口气。她和他只打了两次照面。他什么都没拿到。她也不算没完成庚生和卢修布置的任务，但她心里又没底。很明显，袁道懂得"镜花缘"毛颖笔的全部编撰原理。提线勿言鼠已把它的经历、她的经历，乃至祝盟与勿听仓鼠的经历，写入了"镜花缘"。袁道看出多少?《毛颖传》的观众呢?会不会全世界都明白了《毛颖传》第四幕的奥妙,只有她不懂?

祝炀打了一个寒战,看向车窗外。复杂的溶洞镂空与支撑结构相辅相成,逐渐拓展"镜花缘"。她甚至看见溶洞钟乳石与智能材料互相融合时,一支毛颖笔笔杆随之脱落。粉红眼的兔子一闪而过,留下一撮绒毛。

她承认,她开始喜欢"镜花缘"了。她没见过品种这么丰富生长的自洽世界。她问耳中"吾丧我"导览:"为什么除'镜花缘'以外,没人使用'镜花缘'的运作方式?比如活动房、过山车还有管道运输?"

"'镜花缘'的熵减机制消耗大量物质,因而只进不出。按目前自然与文明的现状,地球只能支持一个'镜花缘'不断运作。"

"以后呢?"

系统陷入沉默。

整整半小时,祝炀耳边只有风与火车轨道缓慢的咔嚓声。粉红箭头指向前方,指向"镜子乐园"。按时间与距离算,她快到了。她的注意力转向票夹表面。

定点越来越近,越来越近。它的移动速度非常缓慢,就像顺洞穴返回的老者,没搭乘轨道系统,而是一点点地挪动。火车自动前进,祝炀不知如何让它停止或减速。她的心怦怦跳,不确定自己所期待的事物。定点是一座房子?一只兔子?还是一个人?

而她最先看见的,是提线勿言鼠。

那家伙蹦跳着跑向她,跑向没有火车头的火车。它后面跟着一位老者。祝炀来不及观察老者,她担心提线勿言鼠一头撞上火车,被撞得骨架散碎。她跑向车头。车头的正面窗户自动回撤,风迎面扑来。提线勿言鼠

猛地跃起，它变得更灵活，更加适应这个世界。它跳入车窗，直接投入祝炀的怀抱。勿听仓鼠非常高兴，吱吱地叫。祝炀发现提线勿言鼠的臂骨与腿骨换了新。她敲了敲，是"镜花缘"毛颖笔的质感。

列车与定点擦肩而过。

列车突然加速。

她想起了老者。

她向后跑，跑到车尾。车尾玻璃消失，劲风穿过车厢，形成共振。祝炀紧紧抓着护栏，认出老者。

传闻中"镜花缘"的缔造者——吴处。

吴处不紧不慢地转身，目光睿智，轻轻地挥手。

"喂，停车！"祝炀大声命令。

相反，列车开得更快了。

吴处露出调皮的微笑。

"我想问——"祝炀尽力喊，"'镜花缘'到底是什么？"

吴处说话了。

祝炀自然听不清。

列车猛地拐弯，选择了一条迂回线路。

祝炀被甩到角落。与此同时，提线勿言鼠开口，是老者的声音："我本想制造有灵性的心灵，但不够，我需要一个灵性的熵减世界。只有这样，才能支持地球上所有的智性生命。"

"《毛颖传》是什么原理？勿用公司呢？"

勿言鼠和勿听仓鼠同时摇头。

通信中断。

粉红箭头消失。票夹表面地图也随之消失。定点毫无踪影。

车已驶离"镜花缘",进入"镜子乐园"。然后,它开始向上爬,朝地表运动。它开始不断减速、减速,快到地面时,几乎趋于停滞,又似乎无法刹车,即将向后退。祝炀赶忙跳下单节车厢。它感到她走了,果然迅速回撤,返回黑暗的地底。祝炀只好捧着勿听仓鼠,拉着提线勿言鼠,顺着铁轨徒步向上走。渐渐地,铁轨退化,枕木逐渐变薄、变短。不知不觉,铁轨遁于泥土。

属于"镜花缘"的事物没有留下任何痕迹。

嘈杂的乐曲与欢乐的笑声由地面传来,像真正的噪声,敲击着祝炀的耳膜,让她焦躁。

她快抵达地面了。她看见勿视龙尖锐的爪子。爪子尖端沾着碎片——"镜花缘"活性房板的碎片。她伸手揭下碎片。智能材料已失去活性。

勿视龙处于暂时休止的状态,匍匐于洞口。

她总算找到缝隙,爬到地表。

"镜子乐园"高高的水晶塔与水晶钟比山崖和云层还高。

人群没注意到她。人群正在狂欢。

她似乎看到提线勿言兔攥着毛颖笔,一闪而过。

时间正值午夜,她看见五彩的全息标语划过夜空,闪烁的色泽覆盖天幕的星辰——"勿视龙试运行成功"。

大屏幕播放着勿用公司的直播对谈。

庚生身着勿用设计的正装,坐于桌子一侧。另一侧是袁道,他仍布衣薄衫,面容枯槁,但他面带微笑。

勿听仓鼠后背显现红色,提线勿言仓鼠伸手,祝炀抱起它。它盯着袁

道的样貌，悄声评价："非礼勿言。"

袁道似乎刚说完什么。庚生便点头赞同，肯定道："没错，我们必将进入万物有灵的时代。"①

注：节选自双翅目的长篇小说《四勿动物·生肖》，《毛颖兔》主要讲即将读初中的祝炀带着勿听鼠、勿言鼠，造访"镜花缘"区域的故事，部分情节参考韩愈的《毛颖传》。

科幻文学群星榜

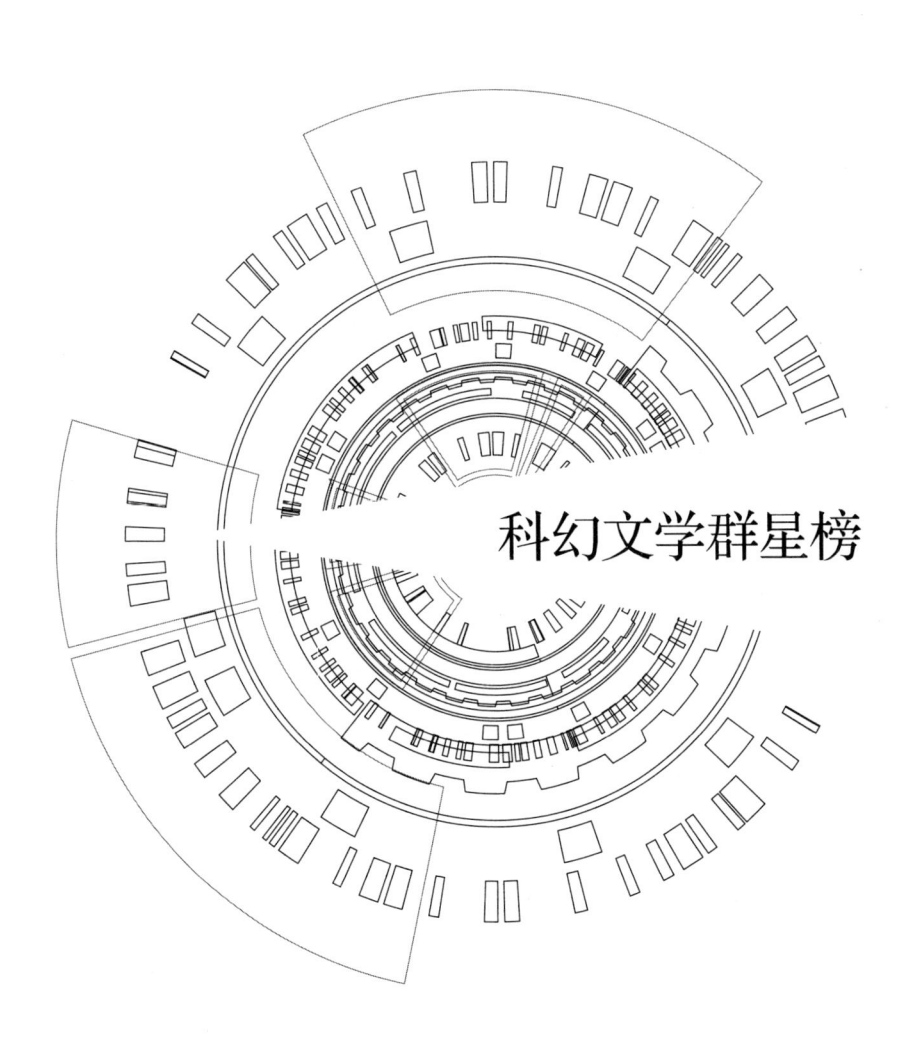

科幻文学群星榜 出版书目

序号	作者	书名
1	郑文光	侏罗纪
2	萧建亨	梦
3	刘兴诗	美洲来的哥伦布
4	童恩正	在时间的铅幕后面
5	张静	K星寻父探险记
6	程嘉梓	古星图之谜
7	金涛	月光岛
8	王晋康	生死平衡
9	刘慈欣	纤维
10	潘家铮	子虚峡大坝兴亡记
11	韩松	青春的跌宕
12	星河	白令桥横
13	凌晨	猫
14	何夕	异域
15	杨鹏	校园三剑客
16	杨平	神经冒险
17	刘维佳	使命：拯救人类
18	潘海天	饿塔
19	拉拉	永不消逝的电波
20	赵海虹	月涌大江流
21	江波	自由战士
22	宝树	人人都爱查尔斯
23	罗隆翔	朕是猫
24	陈楸帆	动物观察者
25	张冉	灰城
26	梁清散	欢迎光临烤肉星
27	七月	撬动世界的人于此长眠
28	杨晚晴	天上的风
29	飞氘	讲故事的机器人
30	程婧波	第七种可能
31	万象峰年	点亮时间的人
32	长铗	674号公路
33	迟卉	蛹唱
34	顾适	为了生命的诗与远方
35	陈茜	量产超人
36	刘洋	单孔衍射
37	双翅目	智能的面具
38	石黑曜	仿生屋
39	阿缺	收割童年
40	王诺诺	故乡明
41	孙望路	重燃
42	滕野	回归原点